Please Come Flying

Evelyn Schlag

Please Come Flying

Roman

HOLLITZER

Gedruckt mit freundlicher Unterstützung von

Stadt Wien | Kultur

KULTUR NIEDERÖSTERREICH

BUNDESKANZLERAMT ÖSTERREICH
KUNST

Evelyn Schlag: *Please Come Flying*
Roman
Hollitzer Verlag, Wien 2023

Umschlaggestaltung und Satz: Daniela Seiler
Coverfoto: „Swinging City", New York, ca. 1956; von Ernst Haas
(Getty Images)

Hergestellt in der EU

www.hollitzer.at

HOLLITZER

ISBN 978-3-99094-047-1

für Gisela Kayser

1

Die *Maasdam* verließ den Hafen von Rotterdam. Ein paar letzte Blicke auf die zwei Türme des Hauptgebäudes der Holland-Amerika-Linie. Ehe sie auf offene See kamen, fiel Nebel ein. Dann stoppte das Schiff die Weiterfahrt. Es dauerte eine Weile, bis die Passagiere den Grund für die Verzögerung erfuhren. Die *Maasdam* hatte ein Fischerboot gerammt, die drei holländischen Fischer hatten Glück im Unglück. Lisa war damit beschäftigt, ihren Koffer in die Kajüte zu bringen, ein paar Sachen auszupacken. Ihre Rolleiflex-Kamera hatte keinen Schaden genommen. Sie spürte die Unruhe in ihrem Magen, wollte aufs Deck hinaus.

Das Schiff zog eine lange Kurve – dort um die Ecke liegt New York, dachte sie. Ein paar nicht verankerte Stühle liefen an die Reling. Ein alter Sonderling in seinem ockergelben Mantel mit einem schwarzen Persianerfellkragen ließ sich nicht aus der Ruhe bringen. Erst als ein paar Passagiere auf ihn zustolperten, sprang er auf und hob seinen Stock zum Fluchen. Warum sie nicht in ihren kleinen Häusern in Europa sitzengeblieben seien? Norddeutsch oder schon Holländisch, sie verstand nicht alles. Lisa konnte sich mit Mühe an einem Stuhl festhalten, der im nächsten Augenblick zu schlittern begann. Der Atlantik hielt viel Wasser bereit.

Im Speisesaal saß sie mit einer Wienerin und ihren zwei Kindern am Tisch, die zum Familienvater nach Vancouver fuhren. Sie waren richtige Auswanderer, ihre Habe war in zwei großen Kisten verpackt. Diese Leute hatten keine Zukunft für sich in Österreich gesehen. Der kleine Junge freute sich auf die Prärie, seine ältere Schwester hatte Angst vor den Indianern.

Es wird euch gefallen, sagte Lisa.

Ein Mann aus Rotterdam setzte sich zu ihnen. Lisa nahm die Speisekarte. Auf dem Deckblatt schwammen drei Fische friedlich in einem grünen Tang im durchsichtigen Meer. Friday, September 6th, 1957. Für sie kam nur etwas Leichtes in Frage. Vegetable Soup, danach eine Omelette mit Schnittlauch. Lisa dachte an ihre kleine Tochter daheim in Österreich, die vielleicht auch eine Eierspeise essen würde. Zum Glück mochte Kathi die Küche ihrer Oma, wo die Katze Muina auf dem Schrank saß. Was gäbe sie darum, jetzt bei ihnen zu sein.

Der Holländer sprach ein sympathisches Deutsch, in dem alles einen spielerischen Ton erhielt. Selbst als er von dem Unglück bei der Ausfahrt erzählte, klang das nicht nach einer Katastrophe, sondern nach etwas, mit dem man immer rechnen musste. Seine Landsleute lebten mit den Gefahren der See und der großen Passagierschiffe, auf die sie sehr stolz seien. Er hob besonders die neue *Statendam IV* hervor, durchgehend mit *air condition* ausgestattet und, wie auch die *Maasdam*, mit den modernen *stabilizers*. Die fingen die Rollbewegungen bei allzu großem Wellengang ab. So oder so ähnlich. Julian war vor drei Monaten mit der *Statendam* nach New York gereist.

Sie lächelte den Holländer an. Blaue Augen hatte sie immer gemocht. In seinem Blick lag Mitleid, er griff nach ihrer Hand, das war eine schöne Geste.

In Le Havre lichtete sich der Nebel. Vom Halt in Southampton bekam sie schon nichts mehr mit, weil es Nacht geworden war und sie erschöpft, aber hellwach auf ihrem Bett lag. Sie war so überdreht von dem langen Tag, dass sie nicht einschlafen konnte. Mehrere Male während der Zugfahrt nach Rotterdam hatte sie sich eingeredet, sie könne bei einem dieser deutschen Bahnhöfe aussteigen und den Zug zurück nehmen. Wenn ein Schaffner durch den Wagen ging und sie fragend anschaute, fehlte nicht viel. Er könnte einen besonderen Blick haben für Menschen wie sie, die lange mit einer Entscheidung gerungen hatten. Die Wahrheit war, dass es zwei Wahrheiten gab. Julian wollte die einjährige Ausbildung zum Anästhesisten am renommierten New York Hospital absolvieren. Wenn sie Julian nicht verlieren wollte, musste Lisa ihrem Mann nach New York folgen und Kathi über Monate hinweg bei den Großeltern zurücklassen. Nur einen Stock tiefer. In bester Obhut.

In dieser ersten Nacht tauchten Bilder von torpedierten Kriegsschiffen auf, eine Holzkiste krachte auf das Deck, Koffer rumpelten vorbei, Sturm und Gewitter, hoher Wellengang, Lärm, Schreie, dann wieder Stille und der nicht aufhörende Zugriff in ihrem Magen. Tee. Julian hatte nichts von seiner Überfahrt berichtet.

Am nächsten Morgen saß sie mit der Familie aus Wien beim Frühstück, alle hatten bleiche Gesichter. Lisa ließ sich von dem Kampfgeist der Frau anstecken. Am Nebentisch unterhielten sich die Engländer, die in

Southampton an Bord gegangen waren. Zum Glück erholte sich ihr Magen und sie wanderte auf dem Schiff herum, sog die salzige Luft ein, lehnte sich an Türen, wenn der Horizont kippte, und fragte sich, wo der nette Holländer geblieben war.

Es gab ein Lese- und Schreibzimmer mit einer Bibliothek. Viele Namen, die ihr nichts sagten, aber von Pearl S. Buck ein neuer Roman, *Letter from Peking*. Sie hatte *Ostwind-Westwind* und *Die gute Erde* gelesen. Ein Kinderbuch, in wilden Strichen gezeichnet, fiel ihr auf. New York im Regen, tiefe schwarze und graue Wolken, durch die Möwen wie hineingeworfen taumelten. Auf dem Fluss schäumten die herumschlagenden Wellen mit weißen Kronen, Eltern hielten ihre Kinder mit beiden Händen fest. Obwohl es vom Regen handelte, wurde Lisa immer besser gelaunt.

Sie versuchte, sich Mr. Stanton und seine Frau Betsy vorzustellen, ihre Arbeitgeber. Mr. Stanton arbeitete nicht weit vom New York Hospital in einem Anwaltsbüro, war mit einigen Ärzten befreundet – so war es zur Vermittlung der Nannystelle für Lisa gekommen. Sie hatte lange nicht gewusst, was sie ihrem zukünftigen Schützling mitbringen sollte. Welche Ansprüche würde dieses Kind haben? Sie hatte den Gedanken an das Mädchen weggeschoben, von dem sie nicht einmal ein Foto besaß. Ein Halstuch mit Märchenfiguren hatte sie vor Kathi versteckt, in dem Papier eingeschlagen in der obersten Lade des Schranks, bei der Unterwäsche, die sie nie trug.

Lisa wollte ihrer Familie auf dem Briefpapier der Holland-Amerika-Linie schreiben. Das Firmenzeichen war ein sich aufschwingender Bug, nicht so imposant wie auf den Plakaten, die in Rotterdam im Hauptgebäude hingen. Dort warteten die Wolkenkratzer der Skyline von New York im Hintergrund, und im Schlund des Schiffs segelte ein altmodisches Boot mit sechs weißen Segeln mit, über einem dunkelgrünen Wellenmeer.

An Julian brauchte sie nicht mehr zu schreiben. Sie kam selbst, wenn auch nicht per Luftpost. In neun Tagen würden sie in Halifax sein, das war schon fast New York. Er hatte zwei Fotos geschickt, auf denen er mit seinem Chef und dessen Frau in einem Restaurant zu sehen war. Alle hoben die Gläser, wen ließen sie da hochleben, einen fotografierenden Gast?

Eine wohlwollende und gutgelaunte Gesellschaft, die Lisa auch aufnehmen würde. Wenn sie Julian in ihren Briefen nach New York gefragt hatte, wie er seine Abende verbringe, waren bloß knappe Antworten gekommen. Nachtdienste, Lesen in der Bibliothek. Sie dachte an die langen Briefe aus seinen Studienjahren in Wien. Ab 1946, fünf Jahre lang jeden Tag mindestens ein Brief, zwei volle DIN-A4-Seiten lang in seiner modernen Schrift, die ihr so imponiert hatte. Keine Spur des strengen Kurrent, das sie verwendete. Er machte Gedankenstriche statt Kommas zwischen den Sätzen, so flogen die Wörter geraden Wegs zu ihr und rissen sie mit. Und wie er Abkürzungen schrieb mit Punkten in halber Buchstabenhöhe. u·s·w., als sollten diese Punkte ebensowenig den Boden berühren.

Sie war dieser Schrift verfallen gewesen. Fünf endlose Jahre, Abend für Abend, wenn er von den Vorlesungen und Übungen in sein kleines Zimmer heimkam, erklärte er ihr seine Liebe und entwarf das gemeinsame Leben für sie. Eine Praxis daheim als Landarzt, der Menschheit dienen, und sie sollte sich pharmazeutische Grundkenntnisse aneignen, um ihm in der Ordination zu helfen. Er lud sie ein, ihn einmal in den Seziersaal zu begleiten, es würde ihr sicher gefallen.

Dein Warten ist ein großes Opfer, hatte er aus Wien geschrieben. Nie mehr getrennt sein!

Meine Lieben zuhause, Papa, Mama, Kathilein!
Ich bin auf dem riesigen Schiff und ihr fehlt mir alle fürchterlich. Das Meer ist wild, aber wir haben es gemütlich in unseren Kabinen. Die Mitreisenden sind sehr nett. Jetzt fällt mir ein, dass dieser Brief erst in Kanada aufgegeben werden wird. Die letzte Möglichkeit wäre Southampton in England gewesen. Hast du wieder Eierspeise gegessen, Kathilein, oder einen Kaiserschmarren? Hier gibt es eine lange Speisekarte. Die Vanillecreme würde dir schmecken. Ich sitze mit einer Frau aus Wien und ihren zwei Kindern im Speisesaal. Sie wandern nach Kanada aus, in den Westen (Vancouver). Ein sehr freundlicher Holländer sitzt auch bei uns. Es geht mir gut, macht euch keine Sorgen.
Viele Bussi

Die Überfahrt blieb rauh. Lisa flüchtete vom Panoramadeck in die Bibliothek und weiter in ihre Kabine und in den Speiseaal, wenn es Zeit zu essen war, und starrte zu den Rettungsbooten, die am Oberdeck aufgereiht auf ihren Einsatz warteten. Manchmal saß der Holländer in der Bibliothek, schrieb, neben ihm lag ein aufgeschlagenes Buch. Einmal hob er den Deckel hoch, eine Biografie von Arturo Toscanini. Er war diesen Januar in New York gestorben.

Ein mutiger Mann, sagte der Holländer. Er weigerte sich, Mussolinis Faschistenhymne vor den Konzerten zu spielen. Einmal wurde er niedergeschlagen. 1937 emigrierte er nach New York.

Lisa wusste nicht, was sie sagen sollte.

Geht es Ihnen besser mit der Seekrankheit?

Sie verneinte.

Als sie Julian in der Menge der Wartenden erblickte, war alles anders. Er winkte ihr mit seinem Hut. Er hüpfte sogar ein bisschen hoch, um einen Blick von ihr zu erhaschen. Im Trubel nickte sie noch dem Holländer zu, der nicht weit von ihr einsam ankam. Sie verließ die *Maasdam* wie im Traum, die letzte Viertelstunde, bis alles erledigt war, dauerte ewig. Sie war in einem müden Überschwang. Julian nahm ihr den Koffer ab.

Endlich, mein Schatz. Endlich habe ich dich wieder. – Sein Blick fuhr zärtlich über ihr Gesicht. Er drückte die Nase auf ihre Wange, da war schon sein Kuss in ihrem Kuss.

Das Empire State war auch gekommen, ebenso das Chrysler Building mit seinem gespitzten Bleistift.

Julian hatte sich den Nachmittag freinehmen können, um sieben Uhr musste er zum Nachtdienst. Mr. Stanton würde sie nach Kanzleischluss vom Krankenhaus abholen. Es war Lisa nicht unrecht. Ein Warten war zu Ende, das andere hatte noch nicht begonnen. Ein paar Stunden zwischendrin wären schön.

Die weiße Front des Gebäudes mit seinen schmalen, hohen Bögen und Seitentürmen, seiner markanten, zum Himmel strebenden Längsstruktur strahlte eine Macht aus, der man nicht widersprechen durfte. Weil hier jeden

Tag viele Menschenleben gerettet wurden, war es bedeutungslos, wenn man als Frau eines Gastarztes an die Tochter in Österreich dachte. Die kleine Maus würde wie eine echte kleine Maus in den endlosen Gängen dieses Spitals verschwinden.

Das *hospital*, sagte Julian stolz.

Sein Zimmer blickte auf den East River. Die Schiffe waren stehengeblieben. Sie wunderte sich über das schmale Bett. Selbst das Bett im Dienstzimmer des Ordenskrankenhauses daheim war freundlicher. Seine Hand wanderte ihren Rücken hinunter. Sein Geruch, den sie so vermisst hatte, der süße Geschmack, nicht vergangen. Das kann sonst niemand, dachte sie und erschrak.

Bist du hungrig? fragte Julian später. Es gibt eine Pizzeria nicht weit von hier. Wenn ich die Spitalsküche überhabe, gehe ich manchmal hin.

Lisa horchte in ihren Magen. – Ja, sagte sie.

Zuvor rief Julian bei Mr. Stanton in der Kanzlei an. Er würde Lisa in einer Stunde vom Krankenhaus abholen.

Stanton wird dir gefallen, sagte er, als sie in dem kleinen Lokal saßen. Nicht *so*. Er ist ausgesprochen nett und unkompliziert. Sie freuen sich sehr auf ihre Nanny. Bist du aufgeregt?

Überhaupt nicht, sagte sie.

Das glaube ich dir nicht. Dafür kenne ich dich viel zu gut.

Wie wars bei deiner Ankunft im Krankenhaus?

Die Chefsekretärin hat mir mit den Formalitäten geholfen, dann hat mich Dr. Brancusi durch die Station geführt, den Kollegen vorgestellt. Da gab es keine Vorbehalte, auch nicht bei den älteren. Willkommen in unserem amerikanischen Abenteuer, Schatz!

Mr. Stanton hatte seinen großen Schlitten auf dem Besucherparkplatz abgestellt.

Hi, Mrs. Shonfield, sagte er. I have practiced pronouncing your last name.

Not too bad, sagte Lisa. I know it's difficult. – Sie schaute zu Julian. Er war schuld.

Brauner Anzug, brauner Hut, Anfang dreißig. Mr. Stanton, oder sollte sie ihn im Geist George nennen, verfrachtete ihren Koffer ins Auto, noch ein paar Sätze zwischen Julian und ihm, *small talk* ging es durch ihren Kopf, jetzt spürte sie, was das bedeutete, nämlich Wichtiges beiseitezulassen. Der erste Abschied von Julian nach dem vor drei Monaten, ohne Schrecken, bald sehen wir uns wieder.

Mr. Stanton steuerte seinen Wagen durch den Spätnachmittagsverkehr, mit einem Finger auf dem Lenkrad, den Hut hatte er aufbehalten. Er warf Lisa amüsierte Blicke zu, als sie den Kopf nach den Wolkenkratzern verrenkte. Auf ihrem deutschen Stadtplan war Uptown Manhattan als Obere Stadt verzeichnet.

Er wolle mit ihr am Central Park entlangfahren, obwohl es ein kleiner Umweg sei, sagte Mr. Stanton und bog bei der nächsten Ampel nach links ab. Sie überquerten die Second Avenue, die Third Avenue, die Namen blinkten kurz auf, eine Fourth Avenue gab es nicht, schließlich lag das braune Areal des Parks vor ihnen.

Er sagte, die New Yorker seien sehr stolz auf ihren Central Park gewesen, aber die Stadt vernachlässige ihn seit längerer Zeit. Gewisse Teile seien verkommen.

Keep to the entrances when you walk around. We won't let you leave the house after dark.

Die Aussicht auf den unsicheren Park verschreckte sie. Sie würde sich trotzdem so viel wie möglich ansehen. Sie hoffte, die Kleine würde ihre Neugier teilen.

Die Stantons bewohnten die zwei unteren Stockwerke in einem Apartmenthaus im Norden der Upper East Side. Mr. Stanton stellte den Wagen auf einem Parkstreifen ab. Mrs. Stanton kam aus dem Haus, gefolgt von einem blonden Mädchen. Sie breitete die Arme aus und nahm Lisa in Empfang. Sie drückte ihre Ellbogen hinauf und hinunter, eine Szene aus einem Märchen der Brüder Grimm, Lisa kam nicht drauf, welches.

Welcome, welcome, sagte Mrs. Stanton.

Hi, Mrs. Lisa, sagte Suzy.

Der erste Brief ihres Vaters ließ nicht lange auf sich warten. Er hatte ihn am 10. September abgeschickt mit dem Sonderstempel Erster Polarflug Wien-London-Seattle-San Francisco. Sie wusste nicht, ob das einen rascheren Transport bedeutete. Der Brief war sieben Tage unterwegs gewesen, genauso lang wie Julians Briefe aus New York. Sie hatte nach ihrer Ankunft eine Ansichtskarte per *Air Mail* an die kleine Maus geschickt.

Lieber Papa! Die Familie ist sehr nett, Suzy – sie sprechen es mit einem U aus, das mehr nach Ü klingt, nicht wie unser Susi – gewöhnt sich rasch an mich. Ich bringe sie zum Lachen, erfinde Geschichten mit ihr. Oft muss ich mich zusammenreißen, der Gedanke an Kathilein ist unerträglich. Ich erzähle nie von ihr, die Stantons lassen mich in Ruhe und fragen nicht nach. Manchmal glaube ich, sie wissen gar nicht, dass ich eine Tochter im Alter von Suzy habe. Wahrscheinlich sind sie nur sehr diskret.

Kommen die Schwiegereltern euch besuchen? Julian werde ich nächstes Wochenende sehen. Du glaubst nicht, was man hier alles fotografieren kann. Solche Menschen gibt es bei uns nicht. Nicht nur wegen der Kleinstadt. Ich umarme euch alle. Lisa

Nach ihren ersten Erkundungsgängen beschloss Lisa, sich der Wucht dieser Stadt auszuliefern, sich in den Rausch des Neuen zu verlieren. Die Zeit schien hier breiter, es hatte viel mehr Platz in einer halben Stunde, gar in einem Tag. Dauernd wechselnde Menschen auf der Straße, ein Schub nach dem anderen, als würden hinter den Riesenhäusern unaufhörlich Erwachsene geboren und losgelassen, von Kindern und Babys gar nicht zu reden. Passanten wurden auf die Gehsteige gespült und schritten wie selbstverständlich aus. Jeder wusste, wie man sich bewegte, um andere Fußgänger kurvte, Fahrzeugen auswich, seinen Hut nicht verlor. Die vielen Frauenbeine in Stöckelschuhen, die das Gehen in Tanzschulen gelernt haben mussten. Die unzähligen gelben Taxis und die anderen mit eierschalenfarbenem Dach und der schwarz-weiß-karierten Leiste, die die Fenster wie eine Bordüre einfasste.

Könnte sie doch mit einem Maßband Woche für Woche abmessen bis zum letzten Monat ihres Aufenthalts, schnell heruntermessen, unter ihren Daumen die verstreichende Zeit spüren und den Aufenthalt verkürzen.

Lisa beugte sich zu Suzy und knöpfte ihr den Mantel zu. Die Kleine reckte den Hals.

You take the scarf?

No.

Sie band die Masche von Suzys Mütze unter dem Kinn, zog ein paar Locken heraus. Sie tupfte ihren Zeigefinger an der Zunge an und fuhr die Augenbrauen der Kleinen nach. Das ließ das Kind geschehen, als wäre es eine Salbung, etwas Geheimnisvolles von dort, wo Lisa herkam. Wenn die Mutter des Kindes dabei war, vermied sie es. Mrs. Stanton könnte das unhygienisch finden.

Die Geldbörse war ein Geschenk ihres Vaters für New York. Sie hatten auf der Bank Dollarnoten bestellt. Zum Glück passten die langen Scheine in das Fach. Sie kaufte zwei Karten für den nächstbesten Bus.

Lisa hielt sich an einer Schlaufe fest, die von der Haltestange baumelte. Suzy saß einen halben Meter unter ihr auf dem einzigen freien Platz. Lisa stand so nahe bei der Kleinen, dass sie nicht vom Sitz fallen konnte.

Don't kick me!

Suzy lehnte sich zurück und schaute zu den Erwachsenen hinauf, dem Mann neben Lisa. Lisa spürte seinen Körper an ihren anschlagen, wenn der Chauffeur bremste. Sie drehte sich zur Seite, schläfriger Blick zur Täuschung, ein Mann im grauen Anzug, glitzernde Kette am Handgelenk. Merkwürdig bei einem Mann. Die Kette schwang hin und her. Es war die linke Hand, der Knöchel des Gelenks, das weiche, fast weiße Fleisch. War das eine Narbe? Die Ader verzweigte sich wie Broadway und Sixth Avenue auf ihrem Stadtplan, quer darüber ein kleiner Strich, der den Verkehrsfluss störte. Eine Brücke aus Haut.

Sie war froh, Handschuhe zu tragen.

Der Bus wechselte die Spur, die Passagiere an den Schlaufen schwangen mit.

Lisa?

Liii-saaaa, maulte Suzy.

Whaa-at.

Suzy umklammerte ihr linkes Handgelenk mit der rechten Hand und schnalzte leise mit der Zunge. Dann umgekehrt. Nun streckte sie die beiden Hände wie an den Gelenken gefesselt vor sich hin. Ihre Augen rollten schräg zu dem Mann hinauf.

In diesem Moment drehte er seine Kette herum und rieb an der Stelle.

B-loood, formte sich auf Suzys Lippen.

Lisa warf einen Blick auf die Hand des Mannes. Natürlich blutete er nicht.

Sei dankbar, dass du am frühen Morgen nicht außer Haus musst, hatte Julian zu ihr gesagt. Du ja auch nicht, hatte sie gedacht.

Sie setzten sich auf eine Seitenbank. Suzy zog an den Bändern ihrer Mütze.

Hold still, sagte Lisa, während sie mit dem Zeigefinger nach dem Loch in der festgezogenen Schlaufe bohrte und sie auflöste.

Eine Frau nahm auf der gegenüberliegenden Bank Platz. Trotz ihrer massigen Oberschenkel, die einen dunkelgrauen Mantel zum Zerreißen spannten, legte sie die Beine übereinander. Sie hatte erstaunlich schlanke, elegante Unterschenkel. Mit einem Mal war sie eine andere Person. Die schwarzen Nylonstrümpfe sprachen von einem früheren Leben, die Laufmaschen waren zu kleinen Wülsten vernäht. Repassieren hieß das zuhause und war bis lange nach dem Krieg üblich gewesen. Sie trug halboffene Schuhe mit einem leichten Stöckel, in die sie gerade noch hineinpasste.

Der Kopf der Frau sank vornüber, ein Pfeifen ohne Ton. Ihr ärmlicher Leinenhut verdeckte Stirn und Augen, die Hände umklammerten den Griff ihrer Tasche, die auf den übereinandergeschlagenen Knien stand und wie in einem Gebetsritual vor- und zurücksank.

Lisa setzte die Kamera auf ihren Schoß und hustete leise, während sie knipste. Wenn die Frau bis zur nächsten Station schlief, könnte sie eine Aufnahme ohne Rütteln machen. Vorausgesetzt, Suzy hörte endlich auf, sich vor unterdrücktem Lachen zu schütteln. Sie presste ihren Schenkel gegen das Kind.

Im Wohnzimmer lagen die Magazine der letzten Monate. Das Septemberheft der *Vogue* zeigte auf dem Titelblatt die berühmte Suzy Parker, wie Mrs. Stanton ihr erklärte. Sie posierte in einem engen, blauen Kleid mit olivgrünem Gitter darüber. Keine Mode, mit der Lisa etwas anfangen konnte. Sie brauchte den Schutz und die Freiheit, die ein weiter, schwingender Rock gab. Da mochte Suzy Parker noch so siegesgewiss in die Weite schauen, die hohe Stirn, den Mund weit aufgerissen, so wollte sie nicht aussehen.

Suzy Parker lehnte an einer Reling, weiße Handschuhe, keine Angst vor Flecken (bei der Aufnahme hatte es nicht geregnet). Auf der *Maasdam* hatte Lisa nie so posiert, für wen auch? Für den netten Holländer vielleicht, aber nicht, solange sie gegen die Seekrankheit ankämpfen musste.

Parker habe als erstes Fotomodell mehr als hunderttausend Dollar im Jahr verdient. Letztes Jahr war sie in einer kleinen Nebenrolle in *Kiss Them for Me* mit Cary Grant und Jayne Mansfield zu sehen gewesen. Und in *Funny Face* mit Audrey Hepburn und Fred Astaire.

Lisa hörte genau zu, wie Suzys Mutter die Namen aussprach. Das waren nochmal aufregendere Namen, weil

Betsy als *native speaker* sie anders aussprach. Sie fragte Lisa nach ihren Lieblingsschauspielern.

Gregory Peck in *A Heart and a Crown*?

Der Titel sagte Mrs. Stanton nichts.

With Audrey Hepburn. – Er spiele in Rom.

Oh, *Roman Holiday*!

Urlaub in Rom – das klang langweilig. Da war der deutsche Titel romantischer.

You don't mind the rain? fragte Suzys Mutter.

I love rain, sagte Lisa.

Sie blickten beide auf Suzy hinunter, die sich nicht entscheiden konnte. Kurz darauf stand sie in ihren Gummistiefelchen, mit Dufflecoat und einem Regenschirm bei der Tür. Lisa hatte ihre Kamera unter der Regenhaut. Suzys neugierige Augen zeigten, dass sie über ihre Unlust gesiegt hatte. Sie stapften los, Suzy hüpfte in Pfützen, bis Lisa es ihr verbot. Eine Weile lang schmollte Suzy und schritt mitten durch die Pfützen, ohne große Spritzer zu erzeugen. Sie wanderten bis zu dem Platz, wo sie die Tauben fütterten. Lisa fragte, ob ihr etwas auffalle.

No.

Look at the pigeons.

Die nickten, schauten in die Pfützen hinein, legten den Kopf von einer Seite auf die andere, um ihr Aussehen zu kontrollieren.

Like ladies, sagte Suzy.

You know Venice?

Suzy schüttelte den Kopf.

Venice, Suzy, is the most beautiful city in the world. It's in Italy.

Little Italy? fragte Suzy.

Am Markusplatz gebe es noch mehr Tauben. And a big church, St. Mark's, the Markusdom.

Like a snow dome?

What's a snow dome?

A glass ball: when you shake it, snow falls.

Real snow?

Yesss.

Lisa machte ihre Regenhaut auf und holte die Kamera heraus. Einstellen, Auslöser entsperren, die Kurbel der Rolleiflex drehen, vor, zurück, es musste schnell gehen. Schon war die Kamera an ihrem warmen Oberkörper vertaut.

Ein herrlicher Herbstmorgen. Weniger als einen Meter vor ihrem Fenster zeigte ein Ast des Ahornbaums zu ihr her. Er könnte ein Verbündeter werden, ihr Botschaften überbringen. Der Ahorn strotzte nur so von goldgelben Blättern. Die Linden zuhause am Ufer des Bachs waren verspielter, schwangen sofort mit, wenn der Wind in ihre langen, dünnen Zweige griff.

Im Dezember 1944 hatte eine Bombe das ein paar Häuser vom Wohnhaus entfernte Geschäft der Eltern getroffen. Gut zwei Drittel des Dachstuhls fehlten. Ihr Vater hatte den Schaden fotografiert, der Schnee zeichnete auf den verbliebenen Querlatten des Dachstuhls weiße Wellenlinien, als rutsche das Dach langsam aus großer Höhe zu Boden. Von den Dächern der Nachbarhäuser mit ihren unversehrten Schneedecken gafften die dunklen Luken der Dachfenster herüber. Warum es den Schnee dort nicht weggeblasen hatte, blieb ihr ein Rätsel.

Die Eltern sagten noch lange, was für ein Glück es gewesen war, dass die alliierten Bomber außerhalb ihrer

Geschäftszeiten gekommen waren. Die Flotte befand sich, wie sie später erfuhren, auf dem Rückweg vom Protektorat Böhmen und Mähren Richtung Italien.

2

Hast du ihm von dem Teddybären erzählt? fragte Lisa.

Nein, sagte Julian.

Solltest du aber. Das imponiert deinem Chef sicher. Vielleicht rührt es ihn sogar. Hat er Kinder?

In seinem Büro stehen gerahmte Fotografien seiner Familie. An der Wand hängen Kollegenporträts, eins davon ziemlich schief.

Das finde ich sehr sympathisch. Wenn ich ihn kennenlerne, erzähle ich ihm die Geschichte mit dem Teddybären.

Wenn du meinst. Was gibt es für Neuigkeiten von zuhause? Was macht unser Liebling?

Lisa zog das Foto aus der Tasche, Kathi stand mit X- und O-Beinen zugleich auf einem Baumstumpf beim Bach.

Papa hat geschrieben, sie braucht orthopädische Schuhe.

Zeig her. – Julian besah sich das Bild. – Frag ihn, ob er bemerkt, dass sie schief geht, einen Haltungsfehler hat. Wie man nur die Beine so verdrehen kann.

Lisa nahm ihm das Foto aus der Hand. Die Frage, was mit Kathi geschehen würde, wenn sie ernsthaft erkrankte, hatten sie vor seiner Abreise natürlich besprochen. Auf Friedrich, den praktischen Arzt, war Verlass, und er hatte eine gute Art mit Kindern. Der Zahnarzt ebenso, und bei einer Verletzung oder Verdacht auf Blinddarm oder Mandelentzündung musste sie ohnehin ins Krankenhaus. Sein Chef auf der Chirurgie würde sie versorgen. Der Primarius war eitel, verlangte etwa von den Schwestern, sie sollten einen neuen Film mit seinem Doppelgänger O. W. Fischer ansehen. Julian strahlte etwas ganz anderes aus in seinem weißen Mantel. Freude an der Arbeit. Freude an den Patienten.

Und da ist ein Brief von der kleinen Maus für dich. – Sie gab ihm ein Kuvert.

Das dünne Stück Papier. Ein Schiff auf wildem Meer, Wellen mit blauem Buntstift. Zwei Tiere oder Flugzeuge schwammen hinter dem Schiff. LIEBER PAPI ICH SCHICKE DIR VIELE BUSSI. Am unteren Rand der Zeichnung eine Bordüre mit einer Windmühle, einem Mann, einem kleineren Schiff, einem Haus und einem Baum.

Bin das ich? fragte Julian.

Wer sonst?

Ich werde ihr bald schreiben, sagte er und steckte die Zeichnung in den Umschlag zurück.

Lisa trug ihr weißes Sommerkleid mit einer leichten roten Jacke darüber. Die Bank lag im Halbschatten. Er legte den Arm um ihre Schulter und küsste sie auf die Wange.

Keine Kamera heute?

Sie schüttelte den Kopf.

Warum nicht?

Lisa drehte sich weg.

Was ist?

Nichts, sagte sie.

Es war offensichtlich, dass er keine Lust hatte, das große Thema neuerlich anzusprechen. Am Ende ihrer

Gespräche war jedesmal die grausame Wahl geblieben. Nach einigen Monaten nachkommen, weil er ohne sie nicht sein wollte, und auf Kathi verzichten – oder mit der Kleinen daheim ein ganzes Jahr warten. Das Krankenhaus bot ihm freie Unterkunft und Verpflegung für seine Ausbildung, eine gemeinsame Wohnung für die Familie war ein frommer Wunsch. Mit seinem geringen Verdienst konnte er nichts beitragen. Sie musste für sich selbst sorgen. Da blieb nichts übrig für ihrer beider Kind.

Es war eine schlimme Liebeserklärung. Für ihn gab es nichts anderes, als dass sie im September folgen würde. Er brauchte sie. Und er brauchte ihre Hilfe. Bereits zuhause hatte er sie gebeten, öfters einen Beitrag aus den Schweizer und deutschen medizinischen Zeitschriften zu lesen, die nicht einmal das Krankenhaus abonnierte, sondern er auf seine eigenen Kosten. So würde sie sich an die Ausdrucksweise und bestimmte Begriffe gewöhnen.

Dasselbe sollte sie nun mit den englischen Fachartikeln tun. Sie müsse nur die medizinischen, sprich lateinischen Fachwörter unterstreichen, die leicht zu erkennen seien, und dann im Umfeld Wörter suchen, die sich wiederholten.

Sie hatte im Gymnasium eine gute Englischlehrerin gehabt. Nach seinem Studium hatten sie miteinander Kurse belegt, sich Lektionen für medizinisches Englisch von einer Buchhandlung in Wien schicken lassen.

Im Frühjahr hatte eine amerikanische Sprachassistentin ein Zimmer für drei Monate gesucht. Beverley hatte ihr die Angst vor der Konversation genommen. Sie war ihr wie eine Nixe vorgekommen, ein bisschen frivol, die sie in das neue Wasser des Amerikanischen zog.

In den ersten Wochen nach Julians Abreise hatte sie ihn sehr vermisst, es war die erste lange Trennung seit seiner Studienzeit. Dann war die Erwartung gestiegen, die Vorfreude, Neugier, auch die Angst vor New York. Kathi war immer deutlicher hervorgetreten, als hätte ihre Präsenz zugenommen, je näher die Trennung rückte. Sie hatte Lisas Aufregung mitgelebt, hielt beim Einschlafen in Julians Bett ihre Hand. Wenn sie bei Julian wäre, könnte sie auf ihn aufpassen. Er könnte sie weniger leicht betrügen. Manchmal durchlief Kathi ein Schauer wie einen im Schlaf zuckenden Hund.

Zog sie den Körper ihres Mädchens an sich, fiel ihr der rettende Gedanke ein. Es ist ja nicht für lange. Sollten wir es nicht aushalten, du oder ich oder wir beide, komme ich zurück. Egal, was aus der gebuchten Schiffskarte wird.

Was machst du abends? fragte sie.

Der Chef sieht es gern, wenn man die Vorträge besucht. Es ist eine einzigartige Gelegenheit, sich auf den neuesten Wissensstand zu bringen. Und wir stellen Fragen! Niemals wäre das in Wien möglich gewesen, das waren alles sture, arrogante Männer, die jede Frage als Angriff auf ihre Ehre betrachtet hätten. Wenn ich an diese Korporierten denke, mit ihren Schmissen auf der Wange und am Kinn. Die waren nicht eingezogen gewesen, das durften wir erledigen. Hier bläst ein anderer Wind, hier kannst du alles fragen. Ich habe nie eine dumme oder ironische Antwort erhalten. *Team spirit.*

Lisa hörte ihm zu. Wie lebendig er da wurde, als kreise ein anderes Blut in ihm, eines mit mehr roten Blutkörperchen, nicht das graue daheim.

Während der Hitzewelle im Juli sah ich einen kleinen Buben in den Springbrunnen hüpfen, erzählte er. Voll bekleidet, Hose und Hemd. Es wäre toll gewesen, wenn du das gesehen und fotografiert hättest. By the way … hast du wieder ein paar Filme voll? Mit zwölf Aufnahmen kommst du nicht weit. Ich verstehe, dass dir die Rolleiflex deines Vaters viel bedeutet, aber es gäbe bequemere Lösungen.

Ich würde die Filme am liebsten selbst entwickeln. Ich weiß, wie es geht.

Das kann man den Stantons nicht zumuten.

Nein? Tatsächlich nicht? Das kann man ihnen nicht zumuten? – Lisa war aufgestanden. Julian war sofort bei ihr und nahm sie in die Arme. Sie wollte ihn wegstoßen, aber er hielt sie fest, drückte ihren Kopf an seine Brust, unter seinen Kopf, in die Halsmulde, wo er so gut roch, wo sie sich aufgehoben und beschützt vorgekommen war. Es hatte sie nie gestört, wenn er nach Krankenhaus gerochen hatte, beim Heimkommen nach dem Dienst oder nach dem Nachtdienst.

Die Männer, die sie kannte, rasierten sich alle nass. Sie mochte den Geruch des Rasierschaums nicht. Er verband sich mit nassen Handtüchern, die nicht gewaschen wurden, mit Badekabinen, mit unsauberen Holzlatten, mit gestreiften, dünnen Frotteemänteln. Das Schlimmste war, wenn einer unter dem Ohr einen eingetrockneten weißen Fleck hatte. Sie hatte darauf gewartet, dass Julian sich in New York einen Rasierapparat anschaffen würde, für sein neues Leben, für das winzige Bad in seinem Ärztezimmer in diesem Krankenhaus. Das hatte er getan. Er roch nach einem neuen Aftershave.

Mein Schatz, sagte er inständig. Jetzt zeige ich dir, wie man Subway fährt, damit du nicht ständig den Bus nehmen musst.

Vor der Subway hatte sie sich am meisten gefürchtet. Lisa versuchte auszurechnen, wieviel 15 Cents in Schilling waren. Julian löste die Karten und steckte seine bei dem Drehkreuz hinein, das wild nach vorn ausschlug. Sie zögerte. Sie schob das Ticket in den Schlitz, beinahe wäre es umgeknickt, die Stangen griffen ihr an die Oberschenkel. Julian zog sie weg, damit die Leute hinter ihr ungestört weiter drängen konnten.

Während der Woche komme ich praktisch nie hinaus, sagte Julian. Da muss es mindestens doppelt so voll sein, wenn *rush hour* ist.

Aus dem Tunnel hörte man das Quietschen eines herannahenden Zuges, ein zum Äußersten gereiztes Tier, das es auf sie abgesehen hatte. Mit Getöse fuhr der endlos lange Zug ein. Die Passagiere strömten aus den Waggons. Dieses ewige Fließen, keine Ruhe, kein Stillstand, als ob es allein darauf ankäme, in Bewegung zu sein. Worum sollte es sonst gehen in einer Subway, deren Zweck es war, möglichst viele Menschen von einem Ort an den anderen zu bringen. Statt über der Erde wie bei Straßenbahnen und Bussen eben unter der Erde, eine geniale Erfindung. In Wien würde es nicht so bald Untergrundbahnen geben, dafür war die Stadt zu klein.

Sie fielen beide auf eine Bank, als der Zug losfuhr.

Julian nahm einen schmalen Plan aus seiner Brusttasche und faltete ihn auf.

Wir sind hier, sagte er. Wir fahren die Eighth Avenue hinunter, steigen am Broadway um, dann bis zur 42nd Street, bei der Public Library steigen wir aus.

Ihnen gegenüber saß ein Paar etwa in ihrem Alter. Die Frau hatte einen schwarzen Mantel über ihrem weißen Kleid umgehängt. Sie betrachtete ihre rot lackierten Fingernägel. Der Mann neben ihr war amüsiert. Er redete leise zu ihr.

Lisa stieß Julian leicht mit dem Ellbogen an. Er beugte den Kopf zu ihr.

Die zwei, flüsterte sie.

Hübsch, sagte er.

Die sind glücklich.

Wir sind auch glücklich. Wenn die aufschauen, sehen sie uns und denken sich dasselbe.

Beim nächsten Halt stieg eine kleine Gruppe Jugendlicher in Sportbekleidung ein. Auf den Ärmeln ihrer grauen Jacken prangte ein großes blaues B. Die Taschen schoben sie auf dem Boden herum. Lisa zog die Beine an.

Das sind Brooklyn Dodgers, sagte Julian. Zumindest die Jugendmannschaft. Die haben den ersten schwarzen Baseballspieler verpflichtet. Schnell sind sie ja. Angeblich übersiedeln sie nächstes Jahr nach Kalifornien.

Geht das überhaupt? Dann sind sie keine Brooklyn Dodgers mehr. Das wäre so, als wenn die Wiener Philharmoniker nach Salzburg übersiedeln. Und diese Nachwuchsspieler, die können doch nicht alle ihre Eltern an der Ostküste zurücklassen?

Alles geht. Wir sind in Amerika, vergiss das nicht. Für die Karriere tut man hier sehr viel.

Würdest du unserem Sohn erlauben, an die Westküste zu ziehen, damit er dort seine Baseballkarriere startet?

Ich kann mir vorstellen, dass die Jungen hierbleiben, sagte Julian. – Die Public Library wird dir gefallen. Zwei mächtige Löwen sitzen auf Sockeln bei der Treppe. Es hat etwas Orientalisches. Dein Vater wäre begeistert. Ich habe seine Belesenheit immer bewundert. Das ist ein festes Bild, das ich von ihm habe. Er und Mama am Tisch in der Bauernstube, er mit einem aufgeschlagenen Buch, die Zigarette im Aschenbecher. Mama –

Lisa hoffte, die Stantons würden ihr für die Ausflüge in den Central Park nicht ein wöchentliches Maximum setzen, zweimal pro Woche etwa, obwohl so die Zeit schneller vergehen würde. Das Wichtigste für Suzys Eltern musste das Wohl des Kindes sein, und wenn es solchen Spaß hatte, sollte man ruhig ein bisschen lockerer damit umgehen. Lisa hörte sich argumentieren. Sie wusste, dass sie vom guten Willen der Stantons abhängig war. Suzy hatte im Sommer Mumps mit nachfolgender Gehirnhautentzündung bekommen. Auf Anraten des Kinderarztes hatten die Stantons beschlossen, sie erst ein Jahr später einzuschulen. Sie genoss den Aufschub.

Vor Lisa lag der Schatten einer Frau im Gras. Die Figur verjüngte sich von den Knien und der Kante ihres Rocks bis zum Hals hin. Der Kopf war zu klein. Suzy hüpfte hinein und heraus.

What's this lady's name today? fragte Lisa.

Today – she's Mother Goose!

Why?

Suzy wanderte den Rand von Lisas Schatten ab.

You're a goose, Lisa. – Sie rannte mit flappenden Armen herum und drehte sich wie ein Kreisel.

What does Mother Goose want to do today?

Visit the carousel.

Okay.

Das Karussell befand sich in der Mitte des Central Parks. Lisa wartete darauf, dass Suzy müde werden würde, aber das Mädchen schritt und tanzte munter vor sich hin. Bald wurde ihr der Mantel zu warm. Mrs. Stanton hatte darauf bestanden.

Die Leierkastenmusik drang an ihre Ohren. Zirkus auf dem Fußballplatz. Das geschlossene Zelt, in dem sich die Musik wälzt. Die Waggons mit den Tieren.

Come along, drängte Suzy.

Die buntbemalten Pferde glänzten, als wären sie frisch gestrichen. Sie waren größer als normale Karussellpferde. Ein Apfelschimmel mit kräftigem Hinterteil, mitten im Sprung, zog vorüber, die Nüstern weit aufgebläht, das Maul offen, sodass man die fleischrote Zunge sah. Kinder mit ebenso weit aufgerissenem Mund, ein Lärm, Gekreische, Juchzen, und fröhliche Erwachsene, die hinter den Kindern auf dem Sattel saßen und das Zaumzeug in den Händen hielten. Luftballons, von denen sich die Pferde nicht beirren ließen. Ein Vater mit Hut und leichter Jacke hatte besonderen Spaß, seine Brille war verrutscht, er jagte mit lauten Rufen auf seinem braunen Pferd dahin.

Ein fremdes Mädchen kam zum zweiten Mal vorbei. Es lachte verzerrt wie ein Kobold, und Lisa wusste, dass das auch seiner eigenen Stimme galt.

Das Karussell stand still. Lisa ließ sich von dem Betreiber, der als Zirkusdirektor verkleidet war, aufs Pferd helfen und nahm Suzy von ihm entgegen. Das Kind saß vor ihr, Lisa spürte den warmen, von der Sonne erhitzten Körper. Als sie gemeinsam die Zügel hielten, erstarrte Suzy. Lisa musste sie am Bauch festhalten. Sie hatte keine Ahnung, warum sich das Mädchen fürchtete, der ganze Übermut war auf dem Boden geblieben.

Isn't the horsie wonderful? How he laughs? See his teeth? sagte Lisa.

Sie musste an die Bauernwirtschaft mit dem großen, hölzernen Drehkreuz auf der schiefen Wiese zuhause denken. Die Kinder hängten sich mit dem Oberkörper über die Querbalken und liefen mit, bis der Boden in der Abschüssigkeit verschwand.

Lisa winkte dem Zirkusdirektor, der die paar Schritte zu ihrem Pferd aufholte. Er wackelte mit dem Kopf und grinste.

My little princess, let's go for another ride, the prince is waiting for you, the most beautiful prince.

Wirklich ließ sie sich beeindrucken von dem Mann, sie entspannte sich, hüpfte hoch, sodass Lisa Mühe hatte, sie zu halten.

See? sagte Lisa.

Where is the Prince? fragte Suzy zurück.

Lisa dachte, für den musste wohl sie sorgen, wenn sie das Karussell verließen.

Sie saßen im Café. In der hohen Glastür schien ein junger Mann zu stehen, der sich umdrehte und Lisa eindringlich ansah. Er trug ein weißes Hemd. Forderte er Lisa auf, ihm zu folgen? Die Lampen des Cafés, große Schüsseln, hingen hellblau im Himmel. Von der Seite strahlten Neonstäbe von den Häusern kaltes Licht ab.

What do you want?

Ice cream, strawberry. – Suzy winkte dem Kellner, der sofort zu ihnen an das Tischchen kam.

Yes, madam? fragte er die Kleine.

Ice cream, strawberry, sagte Suzy und begann zu kokettieren, Kopf hin und her, der Mund ein breites Grinsen. Lisa bestellte Kaffee.

Am Nebentisch lächelte eine ältere Frau begeistert über das neckische Mädchen. Das Lächeln versank bald danach in einer Traurigkeit. Würden ihre Enkelinnen, die widerspenstigen Gören, dem Vergleich nicht standhalten?

Kein guter Tag heute, dachte Lisa. Es wurde wieder warm, viel zu warm, stickig, große, schnelle Hitze der Stadt.

Der Kellner schob die zwei Tabletts auf den Tisch. Suzy grub mit ihrem Löffel in das Schlagobers und nahm, so viel darauf Platz hatte.

You like it?

Suzy nickte tief und hoch.

You look like a –

Horse? fragte Suzy.

No.

A donkey? Iiiiii-aaaah.

Yes. Yes.

An einem der Tische hielt eine Frau ihre weiße Teetasse an den Mund. Sie sah aus wie eine Ärztin mit Mundschutz. Schräg daneben ein Mann allein. Er aß einen Schokoladekuchen.

In ihrer Stadt gab es zwei Konditoreien, die sich in einem ewigen Konkurrenzkampf befanden. Die eine trumpfte mit dem Sohn der alten Besitzerin auf, einem echten Genie, der über Rezepte aus Frankreich verfügte. Er war dort in Kriegsgefangenschaft gewesen. Die andere hatte das gespachtelte Milcheis auf ihrer Seite.

Das volle, aber nicht fette Haselnusseis, das Vanilleeis, das Schokoladeneis. Das Zitroneneis schmeckte, als sei es mit Wasser gemacht worden. Ein sogenanntes billiges Eis. Wie es billige Stoffe gab, billige Frauen.

Der Mann hatte seine Kuchengabel offenbar schon ein paar Sekunden in der Luft gehalten und schaute ihr zu. I was thinking about cheap ice cream, könnte sie sagen. *Cheap ladies.* Er ließ ihren Blick nicht los, auch nicht, als er seine Hand mit dem Tortenbissen zum Teller zurückführte. War das ein Flirtversuch? Ein wildfremder Flirtversuch? Die Männer, die bis jetzt mit ihr geflirtet hatten, waren alle mehr oder weniger gute Bekannte gewesen. Unverfängliche Begegnungen, unernste Plänkeleien, wer fand wen attraktiv, mit viel Gelächter, keine Nachtspaziergänge.

Das hier war – freie Wildbahn. Er sah nicht einmal einem Schauspieler ähnlich, was eine gute Ausrede wäre und eine Distanzierung. Dieser Mann schaffte das aus eigener Kraft. Schmunzelte über seiner Torte, nahm zart die Tasse, kein Ehering. Lieber wäre es ihr, er trüge einen. So konnte sie sich einbilden, er säße ihretwegen hier. Nicht ihretwegen, sondern er tat das aus Gewohnheit, in einem Café oder einer Bar zu warten, bis ihm eine Frau gefiel. Er wollte, dass sie ihn bemerkte. Er wischte seinen Mund mit der weißen Serviette ab, legte sie zurück und hob dabei seine Augenbrauen, aber nicht seine Augen, das tat er erst jetzt, nachdem sie darauf gewartet hatte. Ihrer beider Blicke trafen sich nun.

Are you the Prince? fragte Suzy.

Von den zwei neuen Fachartikeln handelte einer von der Renaissance der Hypnose in der Anästhesie, im anderen ging es um die sedative Wirkung des Antihistamins Promethazin bei einem chirurgischen Eingriff. Diesen würde sie zuerst in Angriff nehmen, weil er mehr Pflicht als Vergnügen darstellte. Hypnose klang interessanter, damit würde sie sich belohnen – und am Ende selbst bei der Lektüre einschlafen?

Außer wenn es um chemische Vorgänge ging, die kompliziert beschrieben wurden, verwendeten viele Autoren eine recht einfache, klare Sprache. Es gab beruhigende Sätze. Sedative – a good night's sleep before the operation. During the operation – it reduces the need – for anesthetic agents. Agents. Narkosemittel. It may stop hiccupping – that develops during surgery. *Hiccup?* Schluckauf. Julian hatte nie vom Schluckauf eines Patienten während eines Eingriffs erzählt. Nach der Operation verhinderte Promethazin langandauernden Schwindel und Erbrechen. Höchst sympathisch.

Dann stieß sie auf den Begriff *artificial hibernation.* Künstlicher Winterschlaf. Ein Bär tauchte vor ihrem geistigen Auge auf, in einer Höhle zusammengerollt, die Pfoten über Schnauze und Augen, das geschützte Rund eines schlafenden Tierkörpers.

Antihistamine im Tierversuch. Im Experiment wurden Labortiere verwundet, die zuvor verabreichten Antihistamine erhöhten die Heilungsraten.

Lisa hatte Julian nie danach gefragt. Sie traute ihm zu, an solchen Versuchen teilzunehmen, unter dem Druck eines charismatischen Chefs allemal. Ein unvermeidlicher Aspekt seiner Ausbildung.

Trauma war ein anderes Wort für Schock.

Liebe Lisa! Gestern wollten wir uns den Film *Tiere des Waldes* ansehen, kein Disneyfilm. Als das Eichkätzchen in Gefahr geriet, begann Kathi zu zittern und zu schluchzen. Wir gingen natürlich sofort hinaus. Wir sind beide sehr deprimiert, weil das Geschäft seit heuer so schlecht geht. Ich werde mir ein größeres Darlehen auf das Haus aufnehmen müssen, wenn ich eines bekomme. – Bitte nicht Julian erzählen. Mama hat mir bis jetzt 6000 Sch gegeben für die allerdringlichsten Fakturen, aber jeden Monat wird etwas dringend, da die Eingänge zu klein sind. Schreib Mama bitte nichts über mein Lamento, sie ärgert sich sonst wieder und ihr Herz ist sowieso nicht sehr strapazfähig. Vielleicht wendet sich doch noch alles zum Besseren. Verzeih, wenn ich dir von meinen Sorgen abgab! Dein Papa

Am nächsten Tag fuhren sie ein paar Stationen mit dem Bus und spazierten ziellos herum. Die Sonne schien, vor einer Bar stand ein unbegleiteter Kinderwagen, der einen scharfen Schatten warf. Ein Luxuswagen in dunklem Marineblau. Das Dach war in drei Etagen aufgespannt, auf dem Bettkörper spreizten sich vier Finger einer goldenen Krone. Eine Froschkönigskrone, wie auf den Dosen des Erdal-Lederfetts im Geschäft des Vaters.

Weiße Wäsche, keine Decke, ein Kissen. Suzy versuchte so weit wie möglich in den Wagen zu schauen, kenterte beinahe. Kein Baby. Nur eine Babypuppe in der vorderen Ecke. Sie nahm sie heraus und küsste das Zelluloidkind auf den kahlen Kopf.

Poor baby, sang sie. Where's your Mummy? In the bar?

Ein Neonschriftzug – *Rheingold Extra Dry* – hing von der Decke. Um diese Tageszeit war er nicht eingeschaltet.

Suzy hob die Puppe hoch, sodass sie mitlesen konnte. – Rhine, what kind of gold?

Bloß kein Wagner, dachte Lisa. Zuhause drehte sie bei Wagner das Radio ab.

Ach, nothing special. Not gold really.

But the baby doll wants to know.

Während Suzy die Puppe tröstete, richtete Lisa die Kamera auf die Scheibe der Bar. Drinnen saßen Männer in Anzügen, die ihre Hüte nicht abgenommen hatten.

Als sie sich umdrehte, kam ein kleiner schwarzer Junge mit Mickymausohren den Gehsteig entlang. Die Riesenohren wuchsen aus einer gestrickten Kappe und standen ab wie ein Geweih. In seinem Gesicht war alles rund, die Augen, die Lippen, seine eigenen kleinen Ohren – bis auf die Stupsnase ein richtiges Mausgesicht.

Er forderte Lisa auf, ihn zu fotografieren. Suzy wollte auch aufs Bild und stellte sich mit der Puppe neben ihn. Sie rollte die Augen zurück, bis fast nur noch die weißen Augäpfel zu sehen waren.

Where's the baby? wollte sie wissen.

Mittlerweile waren die Freunde von Mickymaus aufgetaucht. Der Größte trug ein Seil schräg über den Körper gewickelt. Er nahm es mit wichtiger Miene ab und warf es auf den Boden, wo es wie eine gebändigte Anakonda liegenblieb, nur die verstärkten Enden zuckten noch.

Can we jump? fragte Suzy.

Der Anführer pflanzte sich auf, stützte den Arm in die Hüfte und drehte mit der freien Hand die Mickymausmütze auf dem Kopf des Kleinen herum. Für ein paar Sekunden hielt er alle gefangen. Er maß Lisa mit den Blicken seines Vaters oder seiner fünf Onkel.

Die Tür der Bar ging auf und eine Frau trat heraus. Die hatte Lisa beim Fotografieren übersehen. Sie trug ein Baby auf dem Arm und vor ihrem Gesicht. Es gab keinen Laut von sich.

Suzy errötete. Sie versteckte die Babypuppe hinter ihrem kleinen Rücken.

Now put the baby doll back, sagte Lisa ruhig, und Suzy bettete die Puppe rasch ans Fußende des Wagens.

Did you take care of Dolly? fragte die Mutter.

Suzy nickte und hörte gar nicht mehr auf.

I beg your pardon, sagte Lisa.

Die Mickymaus-Freunde schüttelten voller Verachtung den Kopf. Der Anführer nahm einen Griff seines Seils auf und ließ die Schlange in Wellen auf dem Asphalt schnalzen.

My name is Claire, sagte die Mutter des Babys.

I'm Suzy.

How lovely, Suzy. This is little Maureen, she is only three months old. Where are you ladies going?

Vor kurzem war Lisa ein Laden mit orthopädischen Schuhen aufgefallen. Sie musste die unförmigen Schuhe mit den ungleich hohen Absätzen, den dicken Aufstockungen, den Ausnehmungen für Missbildungen allein fotografieren, das war nichts für Suzy. Der Besitzer saß vor dem Laden auf seinem Eisenstuhl, an die Mauer gelehnt, sodass die Vorderbeine des Stuhls in der Luft waren. Er trug ein weitärmeliges weißes Hemd, die Ärmel durch ein Gummiband in der Ellenbeuge zusammengehalten. So band Julian mit dem Gummischlauch einen Arm ab.

May I? fragte Lisa.

Er nickte kaum merkbar und sie drückte ab.

Got what you want, ma'am?

Sie fragte, ob sie die im Schaufenster ausgestellten Schuhe fotografieren dürfe.

Go ahead.

Sie legte die Kamera mit der Linse ans Glas und nahm sie ins Visier. In einer Ecke des Schaufensters lag eine Beinprothese, Unterschenkel. Sie war aus Holz und hatte vorne einen Lederstreifen mit einer Schnürvorrichtung.

They invent new things after every war when the cripples come home, sagte der Ladenbesitzer. My own son came home from Korea four years ago, a landmine explosion shattered his lower leg.

I'm so sorry, sagte Lisa hilflos.

Die Etage mit den Lederrollen in verschiedenen Farben zuhause im Geschäft ... ihr Vater fertigte Oberleder für Bergschuhe und die Arbeitsschuhe der Bauern an. In den ersten Jahren nach dem Krieg, als Julian in Wien studierte, hatte sie ihm dabei geholfen, hatte die Streifen zugeschnitten, die Löcher gestanzt. Nun saß Kathi dort ... Julian hatte Angst vor einem neuen Krieg gehabt. Als die Amerikaner Truppen nach Korea entsandten, hatte er ihr geschrieben, sie müssten sich bereithalten. Ich werde dich nicht im Stich lassen. Wo ich hingehe, nehme ich dich auch mit. Daran erinnerte sie sich genau. Sie müssten auf der Hut sein, sonst sei es für sie zu spät. In Schweden seien österreichische Ärzte sehr willkommen. Wo ich hingehe, nehme ich dich auch mit. Er hatte sein Versprechen erfüllt.

Ein paar Straßen weiter gab es eine Aufregung. Passanten standen herum, entfernten sich, andere Neugierige drängten nach. Jetzt erkannte Lisa, dass ein Einbeiniger auf der Straße lag. Ein weggeworfener Mensch. Die Krücken lagen neben ihm, wie sollte der jemals aufstehen? Seine Wangen schmiegten sich an den Asphalt, er hätte den Gehsteig ablecken können. Zwei Männer traten vor, griffen ihm unter die Arme und stellten ihn auf, er sank sofort wieder zusammen. Sein schmutziger Anzug, Hose und Jacke über einem Unterhemd, hing an ihm. Die Hose hatte sogar Stulpen gehabt, war irgendwann gebügelt worden. Dass jemand so verlorengehen konnte! Ein Bild. Noch eins. Sie ging rasch weg.

3

Lisa trug ihr bestes Kleid. Das kleine Schwarze mit Dreiviertelärmeln und einem rechteckigen Ausschnitt. Wann sonst als zu so einem Anlass sollte sie es anziehen? In seinen Briefen hatte Julian ihr Modevorschläge aufgezeichnet, ein Strickmuster für einen Pullover, den er bei einer Kommilitonin in der Vorlesung gesehen hatte, mit Sternchen in Kästchen, Farbbezeichnungen am Rand. Besondere Schuhe mit Keilabsätzen und einem Riemen um den Knöchel, unbedingt in Rot. Seine eigene Kleidung war ihm peinlich, er fand sie hinterwäldlerisch. Er wollte jedenfalls später sehr viel Wert darauf legen, wünschte sich auf der Stelle 50.000 Schilling, um Garderoben für sie beide zu kaufen.

An Schmuck hatte sie nur ihre kleine Perlenkette mitgenommen, aus einer unbestimmten Angst, er könnte auf dem Schiff oder in ihrem amerikanischen Jahr, das acht Monate dauern würde, verlorengehen. Am liebsten hätte sie ihre Stöckelschuhe in eine Tasche gegeben. Zum Glück regnete es nicht.

Anders als verabredet wartete Julian nicht in der Eingangshalle auf sie. Ihr erster Gedanke war, er muss Dienst machen, für jemanden einspringen. Sie ging eine Weile hin und her, rang sich schließlich dazu durch, den Portier zu bitten, dass er ihren Mann in seinem Zimmer anrufe. Während der Mann die Wählscheibe drehte, erschien Julian am Ende der Halle. Sie sah ihm die ganze Zeit zu, wie er näher kam, weit ausschreitend, ein Mann, der es eilig hatte, der ihr mit offener Hand zuwinkte. Ihr Herz stieg hoch. Er schloss sie in die Arme. Er trug sein helles Sakko, ein weißes Hemd, die beigefarbene Hose. Eine schmale, dunkle Krawatte, die sie nicht kannte.

Wir bringen deinen Mantel auf mein Zimmer, dann können wir zu der Feier gehen.

Die zwei Artikel, sagte sie.

Oben, gib sie mir oben.

Sie folgte ihm, den Weg kannte sie nun schon, die Gänge, die Lifte, das neue Personalwohnhaus, Zimmer 2055 oder 5220, fast das Geburtsdatum von Kathi. Ihr war unendlich heiß in dem schwarzen Kleid, gut, dass man da keine Schweißflecken sehen konnte.

Eine Gladiole, sagte sie. Wie kommt die in dein Zimmer? – Als handelte es sich um ein Kätzchen oder eine Fledermaus.

Das war eine dankbare Patientin. Schwieriger Schenkelhals.

Und warum nicht dem Operateur?

Ich bin mir sicher, Dr. Brancusi hat mindestens zwei Gladiolen bekommen.

Dass es die überhaupt hier gibt? Gladiolen sind für mich europäische Blumen. Die sind aus einer alten Welt, die trägt man im Arm –

Er drehte Lisa zu sich und verschloss ihr den Mund. Sie hörte nur, wie er zwischendurch „Romantikerin“ atmete, „altmodische, nostalgische“.

Julian steuerte mit Lisa durch die Gesellschaft, die in kleinen Gruppen um die Tische stand. Er blieb neben einem kleinen Mann in dunklem Anzug stehen, der lebhaft scherzte, mit einem anderen Arzt einen Witz teilte.

May I introduce you to my wife Lisa, Dr. Brancusi, sagte Julian, als der Witz zu Ende war.

Dr. Brancusi ergriff Lisas Hand und platzierte einen Kuss zwei Zentimeter über ihrem Handrücken. Er sprühte vor Energie, führte sie zu einem Tisch, an dem sie später sitzen könne, sie und ihr Mann und der Chirurg aus der Schweiz, wo war er, und da war die Oberschwester, Head Nurse Nora, und Kollegin DiMaggio *over there*, mit der Julian oft zusammen Dienst machte. Und auf eine seitliche Frage eines asiatischen Kollegen bestätigte er, dass Studenten im dritten Ausbildungsjahr ein spezielles Training für Lokalanästhesie bei Verwundeten erhielten. In Zusammenarbeit mit den Streitkräften.

Head Nurse Nora kam mit einem Glas Sekt für Lisa. Sie waren alle sehr neugierig auf sie.

Welcome, welcome.

Nora hatte rotblonde, irische Locken, ein offenes, blasses Gesicht. – Is your accommodation okay?

Yes, sure, everything's fine, sagte Lisa. Sie hatte das Gefühl, das müsse so sein, niemand erwartete, dass sie über etwas klage. Das hatte sie nicht vor. Sie würde sich alles verbeißen, was in die Nähe von Kritik kam. Was sie sagen könnte, wäre, da, da steht er, mein Mann, der Vater unserer Tochter, und fühlt sich so wohl wie nie zuvor in seinem Leben.

And the family?

They are wonderful, sagte Lisa. Sie täten alles, um ihr den Aufenthalt in New York so angenehm wie möglich zu gestalten.

Oh, good, but of course …

Was wusste Head Nurse Nora von Kathi?

Let's move on, sagte die Schwester und nahm Lisa energisch am Ellbogen. There, there. Sie manövrierte Lisa elegant an den Partygästen vorbei. In einer Ecke mit einem Philodendronstock setzte sie die zwei Gläser Sekt ab, die sie in einer Hand transportiert hatte. Beim Niederstellen auf dem Fenstersims wäre beinahe eins umgekippt. Lisa griff rasch danach.

Cheers, sagte Head Nurse Nora. I'm Nora.

Cheers, I'm Lisa.

You know what my husband did so that children wouldn't be frightened by the ether mask?

No, sagte Dr. Brancusi. Tell me.

He lay a teddy bear with a narcotic tube beside the child. The ether came through the teddy bear.

Bravo! Das sei großartig. Ihr Ehemann könne sehr gut mit Patienten umgehen. Er nehme sich Zeit für sie. Das entspreche ganz der Philosophie des Krankenhauses, und besonders in der Anästhesiologie legen sie großen Wert darauf, dass sich der Patient rund um die Narkose und den Eingriff gut behütet fühle.

As in hypnosis therapy? fragte Lisa.

Die Tischgenossen horchten auf, die Gespräche verstummten.

Exactly.

Julian lehnte sich zu ihr. Lisa wusste, dass er nichts von solchen Methoden hielt, er war ein geradliniger

Chirurg, er schnitt durch Fleisch und Muskeln und nähte das wieder zusammen. Mit einem Schuster hatte er sich nach seiner Magenoperation darüber unterhalten, welche Naht er angewendet hatte.

He brought me a new article which I found very interesting, sagte Lisa.

Bei der Hypnose würden die Patienten am Tag vor der Operation dreimal hypnotisiert, habe sie da gelesen. Der Anästhesist strahle Wärme aus, der Patient fühle sich ernst genommen. Dazu komme die weiche Sprache, die Monotonie, das Murmeln. *The monotony, the murmur.* Die englischen Vokabeln spielten mit ihr.

So you read our journals? – Dr. Brancusi nickte anerkennend.

Julian schaute verwirrt in die Runde. Lisas Herz schlug wie verrückt. War sie durchgedreht? Das musste aufhören. Dr. Brancusi durfte ihr nicht mehr recht geben. Was würde er von Julian denken, trotz allen Lobes? Seine kleine Frau galoppierte lustig durch die Versammlung und übertrumpfte ihn.

Bei den Büchern auf dem niedrigen Tisch im Wohnzimmer der Stantons stach Lisa ein Cover ins Auge. Unter dem Titel *John Sloan. A Painter's Life* war ein Schwarzweißfoto des Malers zu sehen. Er schien früh weiße Haare bekommen zu haben, sein Gesicht war jung und kraftvoll. Lisas Vater war schon mit dreißig weiß geworden.

Not one of my favorites, John Sloan, sagte Suzys Mutter. His paintings are too dark. Too … grimy.

They show the lives of poor people, people spending their days under *El trains*, erklärte George.

El trains? – Lisa schlug ein paar Seiten um.

Elevated trains. George beschrieb einen weiten Halbkreis mit seinen erhobenen Armen.

Die Wucht und Eleganz, mit der auf diesen Gemälden die Waggons der Hochbahnen um eine Kurve bogen, begeisterten Lisa. Die erleuchteten Fenster glichen Farbnegativen. Sie sah sie vorüberziehen, als halte sie eine Filmrolle in den Händen. Die Gleise führten dicht an den Fenstern der Bewohner im dritten Stock oder höher vorbei. Sie fragte, welche Linien es gab.

Der bekannteste sei der Third Avenue El, aber die Els seien vor zwei Jahren eingestellt worden. Laut, schmutzig, langsam, das war das Urteil.

Es klang, als schämte sich George für die veralteten Hochbahnen, wenn Amerika längst moderne Subways zu bieten hatte.

But the view? You could look right into the apartments? We have a viaduct in my home town high above the street where a local train leaves the main line. The arches look beautiful.

Sie dachte an die Gittermuster, die das Viadukt daheim warf. Am Nachmittag streckten sich die Streifen. Am Ende des Viadukts befand sich eine Hufschmiede, halb in den Berg gebaut. Das Feuer loderte verschlagen. Wenn das glühende Eisen probeweise auf dem Huf aufgebrannt wurde, glomm in den Augen des Pferdes die Panik auf. Der Qualm. Sie war nur einmal mit Kathi dort vorbeigegangen. Die Pferde spüren das nicht, hatte sie gesagt und es selbst nicht geglaubt.

Die Bilder von dem Krüppel auf dem Gehsteig waren die letzten gewesen. Seither hatte sie ein Unbehagen verspürt, das Gefühl, sich bei dem Ausgestoßenen entschuldigen zu müssen. War sie zu zimperlich? Wem sollte sie diese Bilder zeigen? Es waren die letzten auf der Rolle gewesen, die nun in der Schreibtischlade lag.

Sie nahm den nächsten Bus, der an den Straßenrand fuhr. Als sie einstieg, bemerkte sie, dass vor der beschlagenen Fensterscheibe des Busses ein Mann in Uniform stand. Grau oder grün, eine Dienstkappe auf dem gesenkten Kopf, er notierte etwas oder überprüfte Papiere, hinter ihm ein knallgelber Lieferwagen. Er war ihr beim Warten nicht aufgefallen. Über die Szene liefen Tränenspuren vom Dunst. Lisa drückte ab, direkt am Glas. Sie war früh aus dem Haus gegangen, sie wollte ihren freien Tag nützen.

Die amerikanischen Farben. Selbst durch die beschlagenen Scheiben weckten sie in Lisa eine Gier. Das volle Gelb dieses Wagens draußen. Und ihr fielen dazu die griesbreigelben Postautobusse zuhause ein. Der Maler Sloan ging ihr nicht aus dem Kopf. Das Foto auf dem Buchumschlag war von 1939, ein völlig in seiner Kunst aufgehender, selbstbewusster Mann in den besten Jahren. Weit weg von einem Krieg in Europa.

Bei der nächsten Haltestelle wollte sie aussteigen. Als sie aufstand, zielte ein Sonnenstrahl auf die Hutkrempe eines Mannes, der vor ihr saß.

Eine Weile zog sie mit dem Strom der Passanten mit, überquerte ein paar Kreuzungen, trippelte mit zwei, drei anderen Frauen die letzten Schritte, ehe die Ampel auf Rot sprang. Sie flüchtete in die Einfahrt eines Hofes, wo der Lärm wie ein dicker Mantel von ihr abrutschte. Der Boden war uneben, plattgetreten. Ein Lichtkeil endete als überdimensionierter Fingerzeig an der einen Mauer.

Lisa fuhr zusammen. Von einem Baum mit ein paar gelbgoldenen Blättern flatterte eine Taube auf. Eine Teppichstange, ein Fußballtor, ein Turngerät. Wirbelte da ein Kind an der Stange im Kreis?

Sie musste ins Licht.

Die modernste, schnellste Stadt der Welt. Eine Gegenwelt zu dem steckengebliebenen Österreich, wie Julian sagte. Kalender wie vor dreißig Jahren. Almhütten, Gebirgsgipfel, Weidetiere. Erlegtes Wild. Alles im Trachtenanzug wie ihr Vater mit seinen weißen Stutzen. Dabei war er nie auf die Jagd gegangen, im Gegensatz zu ihrem Schwiegervater, der nicht genug davon kriegen konnte.

Sie kehrte dem Hof den Rücken, und da stand er vor ihr. Ihr Vater im weißen Hemd, in der Lederhose mit dem Querriegel vor der Brust. Nein. Er hielt eine Kamera in Brusthöhe. Er trug eine normale, lange Hose, musterte vor allem ihre Rolleiflex.

Nice camera you've got there. Let me guess. 1953?

1954, sagte Lisa.

Ever tried color photographs?

No.

I'm John, sagte der Mann.

I'm Lisa.

You see the little café over there? Would you like a coffee?

Sie nickte. Von einer Sekunde auf die andere hatte sich die Figur ihres Vaters in einen jungen Amerikaner verwandelt.

Im Café bestellte sie einen Cappuccino. Sie dachte an die Italienreise mit Julian, und dass sie in einer Trattoria in Neapel ihre Sonnenbrille vergessen hatte. Es hatte bis Sizilien gedauert, ehe sie eine neue bekam.

Der Fotograf erklärte ihr, dass es in der Nähe ein italienisches Viertel gebe. Seltsam, dass unter den Italienern keine großen Fotografen seien. Bei ihnen drehe sich alles um die Schauspielerei. Sie seien Akteure und Publikum.

Isn't that a cliché? fragte Lisa.

Where do you come from? war seine Gegenfrage.

Es ärgerte sie, dass er das für wichtig befand. Sie wollte nicht zugeben, dass sie Österreicherin war.

I'm from Europe, sagte sie. – Das musste genügen.

Er schaute sie belustigt an. Er gestand ihr diese Ausrede zu. Sie mochte sein Gesicht, die markanten Züge, die hohe Stirn, in die einzelne Strähnen seiner dunklen Haare fielen. Er war auf dem Weg ins Museum of Modern Arts.

Dort war sie noch nicht gewesen. Der Gedanke, Julian etwas vorauszuhaben, erheiterte sie.

Und was gebe es da zu sehen?

Eine große Ausstellung amerikanischer Fotografie von den Anfängen bis zur Gegenwart. Ihre Pläne für den heutigen Tag? (Ohne sie nach ihrem Beruf zu fragen.)

Es sei ihr freier Tag. Sie sei eine Nanny.

Really? A nanny? How many kids?

Just one. A little girl called Suzy. (*Just one.*)

Zu dem Museum waren es keine zwanzig Minuten. Vor dem Gebäude stand eine Brezelverkäuferin, in Schals gewickelt, mit einem großen Armymantel. Die Brezeln stapelten sich auf Holzstäben und bildeten wackelige Türme. Sie kosteten 5 Cents. Sie wunderte sich über die Schreibweise. *Pretzel* klang, als wären sie steinhart.

You too? fragte sie.

Sure, sagte John und steckte der alten Frau eine 10-Cent-Münze zu.

Sie stellte sich vor, dass sie beide mit ihren schlanken Holzsäbeln einander Brezeln zuwarfen und fingen und eine Schlacht austrugen.

What is it?

Sie machte ein paar Fechtbewegungen.

You know how they are made? fragte er.

Of course.

John stand breitbeinig auf dem Gehsteig, warf mit weit ausholenden Armen eine Schlinge und verknüpfte sie theatralisch.

Im MoMA fiel ihr das Schwarz-Weiß-Foto einer fetten Frau in einem schwarzen Badeanzug auf, die sich mit den Händen auf ihren Knien aufstützte. Eine riesige Kröte, dem Wasser entstiegen, der Schaum der letzten Welle kräuselte an Land. Ob sie gewusst hatte, dass sie fotografiert wurde? Es kümmerte sie offenbar nicht, sie bot ihr enormes Dekolleté dem Betrachter an, gewiss kam ein Kind auf sie zugelaufen an diesem Strand, das die lustige Großmutter nicht anders kannte und liebte. Das war es. Die Frau wurde von jemandem geliebt, und sie liebte begeistert zurück.

Ständig tauchten Bilder von zugerichteten Menschenkörpern auf, von Ausgestoßenen und einer Sucht Verfallenen. Bis vor kurzem hatte sie gedacht, sie würde nie solche Menschen fotografieren. Unter den Hunderten Fotos ihres Vaters – kein Verletzter, kein Unfallopfer. Kein Bild von den Trinkern beim Haus der Großmutter am Fluss, gegenüber dem Gasthaus mit dem schlechten Ruf. Kathi hatte sich gefürchtet, als sie im letzten Jahr daran vorbeigegangen waren. Die Eingangstür offen, im dunklen Schlund das Gesindel, wie Großmutter befand. Musste sie eine Schule der Hässlichkeit durchlaufen, um den Geist dieser modernen Stadt zu erfassen?

Auf einer anderen Fotografie saß ein Mann mit dem Rücken zum Fotografen auf einer Bank der Brooklyn Promenade, die Arme über die Lehne ausgebreitet, den Kopf weit nach hinten gelegt, um die Sonne zu genießen. Gut möglich, dass er schlief. Beim Aufwachen würde er auf sanfte, graue Wolkenkratzer blicken, die Skyline von Manhattan.

John sah, wie sie in dem Bild verschwand, sich forttragen ließ.

You like it? fragte er.

I thank you so much for showing me these pictures.

Er begann von seinem Heiligen zu sprechen, Saul Leiter – he's my saint –, der unverständlicherweise nicht ausgestellt war. Er lasse die Grenze zwischen Malerei und Fotografie verschwimmen, seine Motive – Autos, Fußgänger, Geschäfte – verwandelten sich durch die verschwimmenden Ränder der Farben zu abstrakten Gemälden.

Lisa versuchte ihm zu erklären, dass das k in *abstract* bei ihr die Vorstellung von Kanten hervorrief. Etwas Weiches hatte da keinen Platz. Obwohl sie herumstotterte, verstand John sie.

But you're wrong, sagte er leidenschaftlich. You should see his photographs, then you would understand what I mean. The most challenging thing to do in this city that's always on the move is to create a still life.

A still life, aha, a still life, nicht ein Stil-Leben, dachte sie.

Sie gingen gemeinsam weiter. Ein Farbbild mit zwei Kindern auf Schaukeln.

This one, he's Austrian, sagte John. His name is Ernst Haas. Almost as good as my saint.

Links ein Mädchen in karierter Hose. Sie musste den Scheitelpunkt gerade erreicht haben, ihr rotblondes Kraushaar wurde bereits vom Aufwind angehoben. Neben ihr flog ein Junge mit roter Kappe direkt aufs Empire State Building zu, das in milchiger Entfernung stand. Die Kinder hielten inne, mitten im Bild, das vom unbändigen Glück des Schwungholens erzählte, von der Schwerkraft ihrer jungen Körper.

Julian hatte Kathi verboten, zum Nachbarsbuben zu gehen. Er hatte eine Schaukel und das war gefährlich. Man fiel von Bäumen, über Treppen, von Mauern und von Schaukeln. Nach ihrer Rückkehr würde Lisa ihr viel mehr erlauben.

Die reinen Architekturaufnahmen der Stadt aus dem Anfang des 20. Jahrhunderts interessierten sie nur flüchtig, und ehe sie ungeduldig wurde, beschloss sie, es damit gut sein zu lassen. John war noch lange nicht fertig. Er strich ihrer Rollei gleichsam übers Haar wie einer Nichte, bei der er sich das erlauben durfte.

Ahm, sagte er.

Yes?

I was wondering.

Ob sie schon über die Brooklyn Bridge gegangen sei. Wenn nicht, würde er das gerne mit ihr tun.

No, sagte sie. I mean, yes. That would be nice.

Sie müssten nach Brooklyn fahren und von dort aus herübergehen, mit der Skyline von Manhattan vor Augen. Yes?

Er gab ihr seine Telefonnummer. Sie solle ihn bei Gelegenheit anrufen.

See you, sagte er.
See you.

Sie drehte sich schnell um und ging durch die Halle zum Ausgang. Sixth Avenue. Oder Fifth. Oder Madison. See you. Ganz einfach. Eine Verabredung mit einem fremden Mann. Sie holte ihren Plan aus der Tasche, auf dem die Querstraßen weiße Fädchen waren, kaum dass die Beschriftung Platz hatte. Es war richtig heiß geworden.

So what would you like best? fragte sie den Geist von Suzy.

Something forbidden, sagte Suzy.

Like?

Like – breaking into a house we don't know.

And then?

Knocking on a door. The door is open, maybe. Then we could go in.

Würdest du dich nicht fürchten, Suzy?

Never. Not when you are with me.

Sag das nicht, sag solche Sachen nicht. Das macht mich traurig. Das ist zum Verzweifeln. Ich bin eine ganz andere, Suzy. Ich bin eine schlechte Mutter. Ich könnte dich in der fremden Wohnung zurücklassen und die Tür absperren. Und du würdest schreien, Mummy, Mummy, nach deiner Mutter schreien. Sieht man mir das nicht an, dass ich meine Tochter zurückgelassen habe, um auf ein fremdes Mädchen namens Suzy aufzupassen?

Als sie den Central Park erreicht und eine Bank gefunden hatte, wurde ihr bewusst, wie erschöpft sie war. Als wäre sie auf ein bestimmtes Medikament eingestellt, das sie am Morgen vergessen hatte einzunehmen. Am liebsten hätte sie sich zu der Frau auf der Wiese gelegt, die da schlief, ein Arm durch die Schlaufen ihrer Handtasche, damit sie niemand wegnehmen konnte. Ein Taschenbuchroman daneben.

Lisa überlegte, ob sie die Schuhe ausziehen sollte. Nur ein paar Minuten. Sie hatte nie auf einer Holzbank liegen können. Selbst auf der Reise in Italien, das verfluchte Campen.

Julians Sätze trieben an ihr vorbei. Ich möchte einmal englische Fachliteratur lesen können! – Heute als Arzt muss man Englisch beherrschen – umso mehr freut es mich, dass du, mein Liebes, ebenfalls Englisch kannst – vielleicht werden wir es noch gut brauchen können!

Sie schreckte hoch, als ein Schatten über ihr stehenblieb. Sie war eingenickt. Ein Paar stand nicht weit vor ihrer Bank, mit dem Rücken zu ihr. Ihre Hände waren lose vermählt, am Unterarm des Mannes traten die Venen hervor. Sie trug ein Sommerkleid, breiter Gürtel eng um die Taille, er ein weißes, kurzärmeliges Hemd mit Pepitahose. Seine Fingernägel hatten schwarze Ränder. Das war nicht Julian von hinten.

4

Lisa hatte sich schon einige Zeit darauf gefreut, eine Ausfahrt mit dem Auto der Stantons zu unternehmen. Sie packten Jacken und Tücher ein, wer will fahren, Betsy? Lisa? Lisa konnte nicht glauben, dass George sie fahren lassen würde, selbst wenn sie einen österreichischen Führerschein hätte. Sie hatte die erforderlichen Fahrstunden des Kurses absolviert, sie hatte Spaß, die technische Prüfung war ausständig. Vor der hatte sie zu viel Respekt, und es fand sich niemand, der mit ihr gelernt hätte. Julian hätte es ihr auf jeden Fall untersagt, weil die Gefahr, dass sie mit einem fremden Wagen einen Unfall bauen würde, viel zu groß wäre.

Der Wagen war ein Chevrolet Bel Air. Das weiße Dach, die knallrote Karosserie, die lange weiße Heckflosse – was für ein Aufsehen das gäbe, würde George eine große Kurve vor der Pfarrkirche drehen.

We've always had Chevies, sagte Betsy.

Julian hatte einen Opel Kadett, einheitlich blau, ein tristes, nördliches Blau. Er stand in einer der Garagen ihres Schwiegervaters, der eine Baufirma hatte.

Betsy setzte sich ans Steuer, ihr Ehemann neben sie.

On the way back we'll change seats, okay? sagte er zu Lisa nach hinten gewandt. You wanna take a photo, you tell me, okay?

Sie fuhren nach Norden. Waren sie nun in Upstate New York? Die Landschaft segelte an ihr vorbei, in den Gärten Ahornbäume. Keine Anhaltspunkte außer einem Wasserreservoir da, einem Fabriksgebäude dort, Fußballplätze, dann wieder Wohngebiet. Eine Wasserfläche warf einen Regenbogen, sie schirmte ihre Augen gegen das Blitzen. Suzy war eingeschlafen.

Betsy chauffierte den Bel Air mühelos. Mit einer Automatik war das allerdings keine große Kunst. Wer etwas auf sich hielt als Autofahrer, musste schalten können, dachte Lisa. Sie gehörte nicht hierher, nicht in diesen Schlitten und nicht nach New York und nicht in den Indian Summer. Sie gehörte zu ihrer eigenen Tochter, nicht einmal zu Julian.

Die Ufer eines kleinen Sees tauchten auf. Weiße Häuser. Ein Wald in Flammen, der im See weiterbrannte. Paar grüne Bäume, die keine Angst hatten, Feuer zu fangen. Berge von Gelb häuften sich. Alles verdoppelt im Wasser, die Häuser standen Kopf. Weiße Säulen einer Veranda, nichts entging der Spiegelung.

Betsy blieb bei einem Lokal stehen, das Tische und Stühle rausgestellt hatte, sie setzten sich. Suzy musste auf die Toilette. Ihre Mutter übernahm das, weil sie der Nanny einen kleinen Urlaubstag ermöglichen wollte.

Lisa, sagte George, sobald Mutter und Kind ins Innere des Lokals verschwunden waren. – What is it?

Mehr hatte es nicht gebraucht. Lisa kämpfte gegen die hochsteigenden Tränen. Sie schneuzte sich energisch.

Let's go for a short walk, shall we?

Er hakte sich bei Lisa unter.

You've forgotten your camera, bemerkte er und war schon auf dem Weg zum Tisch zurück. Er hielt ihr die

Kamera hin, besann sich und hängte sie ihr um den Hals. Sie nahm das in Zeitlupe wahr, seine Bedachtsamkeit, seine – ja, Zartheit. Ich bin verrückt, dachte Lisa. Ich weiß nicht, was das alles bedeutet. Warum sind fremde Männer so höflich zu mir? Habe ich auf der Stirn mein Unglück stehen?

Sie wusste nicht, was sie mit ihm reden sollte. Sie sprachen einander seit kurzem mit den Vornamen an, Betsy war erst ein wenig später gefolgt, was Lisa nicht als Abneigung aufgefasst hatte. Es entsprach ihrer eigenen Vorsicht, war es – europäischer?

Are you a photographer yourself, George? fragte sie.

No, just taking pictures of my family. But you –

Ja, sie war sehr interessiert an Fotografie, wusste aber zu wenig, bloß das, was sie bei ihrem Vater gesehen hatte.

Ob er ein Studio zuhause habe?

Hm, a studio … he is doing it in the bath.

Es klang, als misshandle er sie dort. Wie er die Fotos in den flachen Wannen hin- und herschaukelte, bis man hinter das Geheimnis der Motive kam, die langsam hervortraten, gehorsam, dem chemischen Vorgang ausgesetzt.

Sie begann, den Häuserstreifen zu fotografieren, mitsamt den Spiegelungen, was ihr bald langweilig wurde. Schieles Bild von den Booten fiel ihr ein, das sie mit Julian in Wien gesehen hatte, die Stangen der Segel so zerbrechlich im Wasser. Die Wellen. Schon zu Beginn ihrer Bekanntschaft hatten sie Lieblingsbilder gehabt, Julian in seinen Monografien von berühmten Malern, mit mehr Grau als sonst etwas, schwer erkennbar, für ihre Augen Röntgenbildern ähnlich. Er war stolz auf sein kunsthistorisches Wissen. Sie lernte gern von ihm dazu. Die Bibliothek ihres Vaters umfasste hauptsächlich Romane und Gedichtbände.

Die weißen Häuser, diese niedrigen *clapboard houses*, standen aufgezeilt wie Milchzähne. Der Wald war im Wasser verschwommen, weil der Wind über die Oberfläche strich. Sie wünschte, in der auf den Kopf gestellten Landschaft stecke etwas Verborgenes.

Can I take a picture of you? fragte George, und als sie zögerte, for your little daughter at home?

Oh, sure. – Auf keinen Fall wollte sie von Betsy dabei beobachtet werden.

Could you tip your head a little to the side?

Das war eine ihrer bevorzugten Positionen, x-mal von ihrem Vater auf Fotos gebannt, ebenso von Julian in der zweiten Woche hier, keck auf einer steinernen Brückenmauer im Central Park, dahinter das El Dorado mit seinen Zwillingstürmen.

Like this? formulierte sie im Kopf.

Ah, wonderful.

Das hatte ihr stets großes Vergnügen bereitet, ihr und ihren Freundinnen. Etwas ernster, den Kopf höher, sie wusste, dass ihr Kinn klar war, der Bogen bis zu den Ohren nahezu perfekt. Und die Arme? Nicht nur an die Handtasche geklammert, leichter, und den Riemen der Tasche quer über die Brust, die Tasche nach hinten, die Tasche zur Seite, die Arme frei bewegend. Die Herbstluft tat gut.

Thank you so much, Lisa. – Er händigte ihr die Kamera wieder aus. Sie hatte Lust, so weit zu gehen, bis sie aus dem Blickfeld verschwunden wären, sie beide oder sie allein.

Als sie wieder beim Lokal ankamen, beugte sich Betsy über einen Fahrplan.

Suzy wollte mit einem Ausflugsschiff fahren.

You like ships? fragte sie Lisa.

Nein, sie mochte seit der Überfahrt keine Schiffe mehr. – Yes, of course. But I may get seasick.

No, no, no, sagte Betsy. Let's just go for a short ride.

Suzy küsste die glänzende Beschichtung der Broschüre mit dem Fahrplan. – Isn't it gorgeous? (*Gorgeous?*) What was your ship like?

It was the *Maasdam*, sagte George.

Lisa nickte. Im Geist ging sie wieder die Gangway in Rotterdam hinauf. Umkehren hätte sie nicht können, weil die hinter ihr Gehenden gedrängt hatten, alles geübte Schiffsreisende, selbst wenn sie zum ersten Mal so eine Reise antraten. Taubengrauer Schiffskörper, der Schornstein ockergelb mit grünblauen Streifen, dazwischen weiß. Wie oft hatte sie den angesehen, gedacht, er würde ihr helfen, das Gleichgewicht zu finden. Die Wellen hoben und senkten sich, übergaben sich um die Wette. Ein schiefäugiger Tag nach dem anderen.

Im nächsten Brief befand sich nur ein Blatt, Kathi hatte ihnen eine Zeichnung geschickt.

LIEBER PAPI. PAPI UND MAMI.

Ein Ehepaar in Dunkelbraun. Beide in Wintermänteln, ihrer ist kürzer (ein Paletot) und sie trägt einen engen Rock darunter. Mütze auf der Frisur. Er schwingt eine Aktentasche, neben ihm stehen zwei Koffer am Boden. Sie hält einen Koffer in der Hand. Mit dunkelgrünem Buntstift in der oberen rechten Ecke fährt ein kurzer Zug. Darunter das Schiff, aus dem Schornstein steigt eine Rauchgirlande hoch. Zwei Reihen Luken im Schiffsbauch.

Als Student in Wien hatte Julian eine Goldmünze verkauft, um sich einen Mantelstoff zu leisten. Er erzählte ihr, dass er in der Vorlesung mehrmals einen Blick in seine Aktentasche geworfen hatte, so begeistert war er davon gewesen. „Ich bin direkt verliebt in meinen Stoff“, hatte er geschrieben. Er betrachtete andere Frauen aufmerksam in der Straßenbahn und auf der Universität, verglich sie mit seiner Liebsten zuhause und kam immer zu demselben Schluss, dass sie unglaublich hübsch war. Nach dem Studium, wenn er eine Stelle in ihrer beider Heimatort habe, wollte er das ganze Geld in Kleidung anlegen.

An einem der nächsten Tage saßen Lisa und Suzy nach längerem ziellosen Herumwandern, bei dem nicht *ein* Foto entstanden war, in der Subway. Die meisten Passagiere starrten ins Leere, ein älterer Mann schlief mit weit offenem Mund. Er schnarchte ruckartig, eine aufgeschlagene Zeitung auf den Beinen. *Masked Pair Kill Anastasia*. Lisa durchfuhr ein Schreck. War Anastasia also noch am Leben gewesen? Hatten sie es endlich geschafft, die letzte Zarentochter aufzuspüren und mit ihrer Ermordung den Beweis für die Echtheit der Gerüchte erbracht, sie habe als Einzige das Gemetzel an der Zarenfamilie überlebt? Vor einem Jahr hatte sie Julian überreden können, sich den Film gemeinsam anzusehen, mit Lilli Palmer als Anastasia, Ivan Desny spielte den zwielichtigen Russen, dessen Namen sie vergessen hatte.

Aber wie passte der tote Mann unter dem Rasierstuhl auf dem Bild hier dazu? Der Friseur hockte neben der Leiche, von der man den Kopf mit den schwarzen Haaren und den Nacken sah. Daneben das Foto eines zutiefst betroffenen Mannes, der seine Finger über Stirn und Augen spreizte und mit offenem Mund stöhnte oder weinte. Der Tatort war ein Friseurladen im Park Sheraton Hotel.

Das Park Sheraton, Midtown, 56th Street.

Der Mann fuhr aus seinem Schlaf.

Excuse me, can I have your paper for a moment?

Er streckte ihr wortlos die *Daily News* entgegen.

Thank you, yes, sagte sie mit überhöhter Stimme. Very nice.

Albert Anastasia war der Name des toten Mannes unter dem Friseurstuhl, er war ein Mafiaboss gewesen.

Wake up, little Suzy, sagte sie leise.

Am Eingang des wuchtigen Park Sheraton stand ein Hotelportier, der ihr die Tür aufhielt und zu Suzy hinunterlächelte. In der Lobby gab es einige Geschäfte, darunter einen Spielzeugladen, in den Suzy sie hineinziehen wollte.

Wait a minute, sagte Lisa.

Die in Kleinbuchstaben gehaltene Aufschrift *barber shop* war nicht zu übersehen. Sie deutete Suzy stehenzubleiben und knickste unter dem Seil der Absperrung durch. Bei den Stühlen im Hintergrund war eine Spiegelwand, eine Jalousie warf Streifen in den Raum, die sich ihrerseits in den Spiegeln wiederholten. Zu dumm, dass im Inneren kein Licht brannte. Sie drückte auf gut Glück ab.

Madam, sagte eine Stimme.

Sie bedeckte ihre Kamera mit dem Mantel. Suzy beharrte auf dem Spielzeuggeschäft.

Just looking, sagte Lisa.

Do you have the money on you?

Lisa beschloss, alles auf sich zukommen zu lassen. Suzy würde plaudern. Was war denn geschehen? Sie waren in ein Hotel gegangen, da waren Absperrungen gewesen, sie hatten trotzdem durch die Glastür eines Friseurgeschäfts geschaut, wo nichts Aufregendes zu sehen war.

Betsy riss die Tür auf, als Lisa den Schlüssel einsteckte.

Oh, my God, oh, my God, rief sie und umarmte Suzy. Wo sie bloß so lange gewesen seien?

Auf dem Sofa im Wohnzimmer lag die große *New York Times* aufgeschlagen.

You have to give Lisa more money, sagte Suzy beleidigt. She wanted to buy me something but she didn't have enough money.

So that's why you took so long, sagte Suzys Vater. How many toy shops?

Only one, sagte Suzy noch trotziger.

Do I know it? fragte ihre Mutter.

On Seventh Avenue, sagte Lisa.

Sie stand mit geradem Rücken da, die Hände auf Suzys Schultern vor ihr. Suzy wusste um ihre Allianz. Mit Lisa war vieles möglich.

I'm hungry, maulte sie.

In der Küche rührte ihre Mutter einen Griesbrei zusammen, streute geriebene Schokolade darüber. Lisa suchte bei den süßen Gewürzen auf dem Bord nach dem Zimt. Sie schwenkte das Briefchen vor Suzys Gesicht.

How about some cinnamon?

Als Suzy ins Bett gewandert war, luden ihre Eltern Lisa noch auf einen Drink ein.

Lisa hatte das Gefühl, die paar Fotos, die sie von dem Friseurladen geschossen hatte, könnten in der Kamera aneinander Feuer fangen. Sie hatte die Rolleiflex in ihrem Zimmer abgelegt. Sie nahm die Zeitung in die Hand. Hier lag die Leiche des Mafiabosses auf dem Boden. Alle Männer trugen Hüte. Es hätte sie nicht gewundert, wenn der Mafiaboss in seinem Friseurstuhl seinen Hut aufbehalten hätte.

Er habe ein Glas Bay-Rum mit auf den Boden gerissen, erläuterte George. Die Beleuchtung im Laden habe Funken aus den Diamanten in seinem Fingerring geschlagen. Die Fotos der berühmten und berüchtigten Kunden an der Wand! Nun betraten die Todesschützen den Raum. *Keep your mouth shut if you don't want your head blown off.*

You see? sagte sie.

Yes, Lisa?

Sie hätten den Gangster, der sich selbst gern *The Executioner* nannte, ins *hospital* zu ihrem Ehemann bringen können, sagte George.

Mit den weißen Frotteehandtüchern des Friseurs zugedeckt lag er auf dem Boden.

In der rechten Ecke der *New York Times*, unten, eine Skizze des Ladens. Glass doors, entrance to shop. Waiting chairs.

Ob es etwas gebe, das sie ihnen sagen wolle?

We had a full afternoon, sagte Lisa.

Die vielen Fotos ihres Vaters mit Selbstauslöser, meist vom Hügel hinter dem Garten.

Seine Gestalt schräg von hinten, seine frühweißen Haare. Die Stadt mit ihren markanten Türmen, eingebettet in das Tal, lag ihm zu Füßen.

Er hatte sie als seine Vertraute behandelt, aber seine Geheimnisse für sich behalten. Wie oft wollte sie ihn fragen – was hast du gewusst? Seit sie nach dem Krieg über einen Aufklärungsfilm zu den Verbrechen der Nazis zum ersten Mal aneinandergeraten waren, war das Thema nicht mehr angesprochen worden. Jenes erste Aufbegehren hatte sich nicht wiederholt. Sie ließ es zu, dass seine Melancholie, seine tiefe Trauer neue Gesetze schufen. Sie durfte ihn nicht verletzen.

Du musst in die Welt, du kannst nicht wie ich hier ein Leben lang auf die Stadt schauen, hatte er einmal gesagt, als sie in einer Mittagspause Luft schnappen gingen. Nicht nur die frische Luft nach dem Ledergeruch, einen anderen Geist atmen … hatte er das gemeint?

Dann hatte er von damals erzählt: Nach dem Ersten Weltkrieg wollte ich Welthandel studieren. Mein Vater verlangte, dass ich das Geschäft übernehme. Für das Ledergeschäft brauchst du kein Studium, sagte er. Viele Bekannte wurden arbeitslos, da hatte ich es doch gut. Ein paar Jahre später lernte ich Mama kennen.

Die unkomplizierte Mama, hatte Lisa gedacht.

Andere sehnten sich auch nach etwas Größerem. Mit meinen Freunden fuhr ich 1936 mit der Organisation „Kraft durch Freude“ zum Parteitag nach Nürnberg. Veranstaltungsort war das von Albert Speer entworfene Reichsparteitagsgelände. Das waren gewaltige Eindrücke, die Alleen von Fahnen, die Aufmärsche des Arbeitsdienstes. Wenn wir geahnt hätten, wie dieser Verbrecher uns verraten wird … Heute weiß ich, dass ich falsche Entscheidungen getroffen habe.

Der Vater hatte ihr die Rolleiflex erklärt, die er selber nur selten verwendete. Dass er ihr die Kamera mitgegeben hatte, war eine Auszeichnung. Sie hatte ein Vermögen gekostet, das er sich nie hätte leisten können, wenn nicht vor drei Jahren sein alter Freund Gustl in Wien gestorben wäre. Nimm du sie, hatte die Witwe gesagt. Keiner weiß sie so zu schätzen wie du.

Lieber Papa! Stell Dir vor, ich war mit Suzy in einem Hotel, in dem am Tag zuvor ein Mafiaboss erschossen wurde. Ich hatte zufällig davon in der Zeitung gelesen. Mir sind ein paar Aufnahmen vom Friseurgeschäft gelungen, in dem der Verbrecher gesessen ist. Du kannst es Holzinger ruhig erzählen, wenn Du ihn das nächste Mal auf der Straße triffst. Oder nein, sag nichts, vor allem nicht zu Mama. Am Ende sorgt sich Kathilein noch um mich. Ich umarme euch alle. Lisa

Am besten wäre es, ihr Vater hätte ein Postfach. Dann könnte sie nur ihm schreiben. Sie brachte es nicht über sich, den Unmut über Julian ihrer besten Freundin preiszugeben. Schließlich waren sie das perfekte Paar, und jetzt in einem perfekten Land, dem modernsten, das es gab. Es wäre schön, sich Betsy anvertrauen zu können, sie tat ihr Unrecht, das wusste sie. Betsy hielt ihre Familie zusammen, wie sie das selbst gern tun würde, wenn Julian sie nicht hierher verpflanzt hätte. Die paar Abende im Krankenhaus waren nicht genug für eine Beziehung. Julian sagte nur noch *hospital*.

Im East Village wolle keiner die Verteidigung übernehmen. Er sei auch nicht heiß darauf, sagte George eines Abends, als Lisa mit einer Schüssel Cracker und Salzgebäck aus der Küche kam. – Thank you, Lisa. – Er goss Whiskey auf die Eiswürfel in ihrem Glas und sie stießen an.

Cheers to the Free World, sagte er. Sie komme aus dem Kalten Krieg. Dear Lisa. Für die Amerikaner gehöre Austria fast zum Ostblock, so wenige Kilometer von der Grenze entfernt. Hatten sie im Vorjahr viele Flüchtlinge aus Ungarn?

Lisa war froh, ihm einigermaßen folgen zu können. Wenn sie abends müde war, hatte sie Schwierigkeiten, George zu verstehen, der Wörter dehnte und verkürzte, wie es ihm passte. Betsy war rücksichtsvoller.

Almost 200.000, sagte Lisa. Ihre Mutter fürchtete ständig, dass die Russen ihnen das nicht verzeihen und wiederkommen würden. Damals habe Julian einen Kollegen bekommen, einen Internisten, einen richtigen Frauenhelden. Der verführte die Schwestern der Reihe nach, one after the other. – Er war eine Konkurrenz für Julian, dachte sie.

Frauen-held? fragte Betsy. You mean a *womanizer*?

Yes, yes. – Dann war Julian wohl auch ein *womanizer*. Hoffentlich rutschte ihr das neue Wort nicht aus dem Mund, wenn sie zornig war.

What did he look like? fragte Betsy.

There was something melancholic about his eyes, maybe even tragic. He came to our house quite often.

And did you not fall for him a little? flüsterte Betsy laut. No?

Ahm, yes, but only a little.

Betsy erklärte Lisa, was sie in dem Gespräch vorhin versäumt hatte. Es ging um einen russischen Spion, der im Frühjahr in der Fulton Street nicht weit von der Brooklyn Bridge verhaftet worden war. Er hatte zwei

Lagerräume voll mit Fotoausrüstungen und Funkgeräten zum Abhören von Nachrichten aus Moskau. Er war in Manhattan in Künstlerkreisen unterwegs gewesen, galt als beachtlicher Fotograf und Maler. Das war seine Legende.

Do you know which photographs? fragte Lisa.

Probably those of the artists he met in the cafés.

It would be interesting to see them.

A Russian spy's view of New York, sagte Betsy.

The next morning when his artist friends were still asleep he would develop his pictures in the studio in Fulton Street, spann George den Faden weiter. Wouldn't you want to develop your photographs, Lisa?

You only need a clothes line and –

Sie klippte mit zwei Fingern.

Pins, sagte Betsy.

A woman's job. – Das ging zu weit, selbst wenn George Sinn für Humor hatte.

What do you think, Betsy, should we try and make a little darkroom for our Nanny? In her bath? Why don't we try?

Betsy nickte. Eine Welle von Dankbarkeit stieg in Lisa hoch. Wollten sie ihr das wirklich ermöglichen? Ganz unkompliziert, why don't we try?

George hatte vorgeschlagen, dass sie gemeinsam nach Kanzleischluss Willoughby's einen Besuch abstatten, dem größten Kamerageschäft in der Stadt. Der Gedanke, mit Betsy und Suzy als Publikum Fotoapparate vorgeführt zu bekommen, war Lisa nicht angenehm. Schalen zum Entwickeln, Fixierer, Pinzette, ein paar Filme. Zuvor wollte Betsy mit Lisa und Suzy in den Bronx

Zoo fahren, dann zu Schrafft's, dem berühmten Café-Restaurant. Von dort sollte George sie abholen.

Zwei Giraffen zupften Blätter von den Bäumen. Sie wirkten wie gelangweilte Teenager, die lustlos eine Zigarette rauchen. Ob sie die von den Wärtern kauften? Daheim bekam man bei dem kleinen Lotteriebetreiber unter der Brücke, nicht weit von dem früheren Haus der Großeltern, einzelne Zigaretten. Die Großeltern waren erst vor einem Jahr ins Haus der Eltern gezogen. Der Fluss überschwemmte manchmal den Blumengarten. Die Großmutter hatte sich lange gegen den Umzug gewehrt.

Der Schimpanse hockte auf einer Plattform, an eine der bemalten Säulen gelehnt, und knabberte an etwas. Er sah nachdenklich aus. Die Besucher kümmerten ihn nicht. Seine Nase glänzte in der Sonne. Die Kopfhaare standen ab.

How sad, sagte Suzy.

Sie gingen ein paar Schritte weiter. Hier wiegte sich ein größerer Schimpanse auf allen vieren, bleckte die Lippen gegen die Besucher. Ein Hausherr, der ein paar Eindringlinge hinausbefördern muss. Seine große Unterlippe war zornig. Sein Gehege war zwar größer, hatte höhere Stufen, aber um diese Tageszeit keinen Schatten. Im Wassergraben schwammen Zigarettenstummel und Kaugummipapiere.

Das Schlimmste war der Käfig des schwarzen Gorillas. Er saß am Boden hinter den engen Stäben, eine Hand aufgestützt, mit der anderen hielt er sich am Brett einer Schaukel fest, die über ihm herunterhing, am Boden die Schalen einer eben gegessenen Banane, noch frisch gelb.

Suzy war verstummt. Sie trottete hinter ihrer Mutter her, die unbedingt das Okapi besuchen wollte. In einem großen Gehege suchten zwei Bisons nach Futter. Das schüttere Gras passte zu den Ruinen der Stallungen im Hintergrund.

Lisa war es schade um die Zeit. Am liebsten wäre sie mit Suzy verschwunden.

There it is, the okapi! rief Suzy.

Lisa sah zum ersten Mal ein Okapi. Es kam nahe an den Zaun. Das Fell war schäbig, kastanienbraun, dunklere Stellen, bis über die Stirn herunter. Seine Adern traten dick unter der Haut hervor, die Ohren mit dem schwarzen Rand hatte es aufgestellt. Die Augen von Gina Lollobrigida, schwarz umrandet. Seine Wangen und die langen Kiefer waren weiß, gingen in die schwarzen Nüstern und Lippen über, der Mundwinkel – die weiche schwarze Kurve – die wollte sie Kathi zeigen. Sie würde ihre Tochter, die schon zu groß dafür war, hochheben, damit sie diesen Mundwinkel aus der Nähe sehen konnte.

His Mummy is a zebra, his Daddy is a horse, sagte Suzy.

Let's take a photo, Lisa, sagte Betsy und zog Suzy an der Schulter zu sich. Lisa wollte das schnell hinter sich bringen. Wenn das als Gegenleistung für die Dunkelkammer so weitergehen sollte, Chronistin der Familie, am Ende noch eine Kontrolle über ihre Fotos, gleichsam ein Besuchsrecht, verzichtete sie lieber auf das Geschenk.

Shall we go to the sea lions?

I want to meet the Prince again, sagte Suzy.

Die Fahrt vom Bronx Zoo zu Schrafft's legten sie im Taxi zurück. Es gab mehrere Filialen in der Stadt. Die

Servierdamen trugen kleine, schwarze Spitzhütchen und hoppelten elegant durch das Lokal. Lisa sah sich im Kreis einer gehobenen Gesellschaft von Ladys, die selten allein an den Tischen saßen, große Einkaufstaschen am Boden neben den Stühlen. Taschen in dieser Größe waren ihr bisher unbekannt.

Eine große geschwungene Treppe führte in den oberen Stock hinauf. Suzy ließ ihre Hand am ausgestreckten Arm mitlaufen. Die dunkelfarbig gepolsterten Stühle und Bänke schufen mit ihren Kojen eine geschützte Atmosphäre. Lisa las die Karte, die Preise waren erstaunlicherweise nicht so hoch, wie sie erwartet hatte.

Let's all have Chocolate Icecream Sodas, schlug Betsy vor. It's famous and they're a real treat.

Soda auf Speiseeis? Im Central Park gingen einzelne Lampen an, obwohl es noch gut zwei Stunden bis zum Sonnenuntergang waren. Im Zwielicht der Spiegelungen und Sonnenstrahlen sah Lisa einen Mann sitzen, der ihr bekannt vorkam.

Die Icecream Sodas wurden in einer Flöte serviert. Vanilleeis, obenauf reichlich Schokoladensauce, und darüber war Soda geleert worden, von einer großen Portion Schlagobers gekrönt. Lisa kostete neugierig. Der prickelnde Zugriff des Sodas auf ihrer Zunge.

What was that about a prince you wanted to meet? fragte Betsy.

Auf Suzys Wangen deuteten sich rote Flecken an. Sie zog den Löffel mit einer unruhigen Handbewegung aus dem Glas und stieß es dabei um. Betsy sprang auf der Bank zur Seite.

Eine Servierdame eilte herbei und warf eine Stoffserviette über die kleine Lache.

No problem, little lady, sagte sie.

Okay, sagte Betsy. Thank you, Miss. Do you want another Chocolate Soda, darling?

Suzy kickte unter dem Tisch gegen Lisas Schienbein.

Yes, but we can't miss Daddy.

He will pick us up here, don't worry.

Lisa schaute zum Fenster, wo der Mann saß. Die Wahrscheinlichkeit, dass er der charmante Gast aus dem Café sein könnte, war null.

Die ganze Zeit über wartete sie darauf, dass der Mann aufstehen, sie im Vorbeikommen stumm wiedererkennen und vor der Konditorei warten würde. How did you know I would come here? Er saß noch dort. Hatte er Suzys kleines Malheur mitbekommen? Sie wünschte, er verstünde das alles durch eine Übertragung ihrer Gedanken. Telepathie. Als er den Finger hob, dachte sie, er winke sie zu sich.

Das Serviermädchen nickte.

A glass of white, meinte Lisa zu verstehen.

Er sah ihr voll ins Gesicht. War er Suzys Prince aus dem Café neulich? Es musste sein Zwillingsbruder sein. Wieso gab er ihr kein Signal? Tat er ja. Er sah ihr in die Augen. Sie löffelte ihr Chocolate Soda fertig. Suzys neues kam gerade. Die Servierdame beugte sich zu Betsy und sagte diskret, Mr. Stanton habe angerufen, sie sollten nicht auf ihn warten.

Würde Julian zögern, wenn er hier eine Frau attraktiv fände? Wie weit würde er gehen?

Er hatte sie ein knappes Jahr nach Kriegsende kennengelernt und in ihr sofort sein Ideal gesehen, hatte seinem im Krieg wiederentdeckten Herrgott jeden Tag für diese Frau gedankt. Keine andere würde ihr jemals gleichkommen. Gemeinsam sehnten sie das Ende seines Studiums in Wien herbei – fünf Jahre! Dann würden sie eine glückliche Familie gründen. Die Jugend – und sie waren so jung, er 23, sie 18 Jahre – sehne sich nach Frieden, nach einem Heim, schrieb er. Fast alle seine Bekannten seien verlobt.

Wenn er an einem Tag nicht hatte schreiben können aus Wien, hoffte er, sie würde ihm verzeihen. Wenn er wegen eines Sezierkurses oder praktischer Übungen erst einen Tag oder wegen einer Prüfung eine Woche später heimkam, bat er sie verzweifelt um Verständnis. Nein, das hatte sie nicht immer gezeigt. Sie ließ ihn das spüren. Sie hatte ihrerseits Macht über ihn gehabt. Manchmal sahen sie einander sechs oder acht Wochen nicht.

Er konnte großartig lachen, hatte es nach dem Krieg erst wieder lernen müssen. Für sie war es befremdlich gewesen, wenn er in den ersten Jahren in Gesellschaft immer wieder über die Stränge schlug und gar nicht aufhören konnte mit seinem lauten Gelächter. Dafür hatte er sich sogar entschuldigt. Sie sei viel ernster als er, ihr fehle die richtige Jugend, sie habe zu wenige Menschen kennengelernt, sei zu einseitig erzogen worden.

Sie war solchen Diskussionen nicht gewachsen. Zu einseitig erzogen. Durch ihn sollte sie Temperament und Leben bekommen! Ein regelrechtes Erziehungsprogramm hatte er mit den Jahren aufgestellt. Erst sollte sie jugendlicher wirken, später wiederum sollte sie nicht mehr zu bestimmten Veranstaltungen gehen. Es gab Verbote, sich mit gewissen Freunden in der Stadt zu treffen, auch wenn er sie ein paar Monate zuvor noch als die einzig Vertrauenswürdigen bezeichnet hatte.

Er hatte ein unglückliches Temperament.

5

Im Central Park stürmte ein Hund mit weißer Brust und schwarzem Rücken auf sie zu, langhaarig, ein paar braune Flecken. Er stoppte abrupt und stemmte die Vorderpfoten ins Laub, grinste vor freudiger Erwartung. Julian klopfte mit den Händen auf seine Oberschenkel, sprang vor, der Hund tanzte hin und her. Das Ehepaar, dem er gehörte, stand in einiger Entfernung und rief vergeblich.

Einen Augenblick hatte Lisa Sorge, Julian könnte ihm einen Befehl auf Deutsch zurufen. Sitz! Platz! Aber Julian wiederholte nur You funny guy? You funny guy? Der Hund war ausschließlich auf Julian konzentriert, Lisa existierte nicht für das Tier. Es wusste, dass sie eine Katzenliebhaberin war. Nie hatte es im Haus einen Hund gegeben.

Wenn wir heimkommen, müssen wir einen Hund haben, sagte Julian, während er ihm den Kopf streichelte. Auf der Schnauze hatte er schwarze Punkte in einem Flecken Weiß, seine Wangen waren hellbraun. – Seit Walda tot ist, habe ich mit keinem Hund mehr Kontakt gehabt.

Walda war der Dackel seines Vaters gewesen.

So einen wie der hier? fragte Lisa. Wäre der nicht arm in der Wohnung im zweiten Stock?

Daran habe ich nicht gedacht. Du hast recht. Obwohl er bei deinen Eltern vorbei auf die Terrasse laufen könnte. Aber dann ist er noch immer nicht im Garten.

Inzwischen war das Ehepaar herangekommen. – Stop it, Harvey!

Harvey, aha, Harvey, sagte Lisa, um Julian zu versöhnen. Sie bereute ein wenig, ihm die Freude genommen zu haben.

What – breed – is he? fragte Julian.

He is an English Shepherd.

We would like a dog of our own at home, sagte Lisa. But we live on the second floor.

Maybe you should buy a house? schlug die Frau vor.

Yes, maybe, sagte Julian.

Um in ein eigenes Haus zu ziehen, müsste erstmal mein Vater sterben, sagte er, nachdem das Ehepaar mit seinem Harvey weitergezogen war. – Und das möchte ich mir gar nicht vorstellen. Da fällt mir ein – hast du zuhause noch ein Gesteck für Allerseelen vorbestellt?

Natürlich. Und Blumen für den Todestag deiner Mutter im Dezember.

Julian umarmte sie. – Während der Wienzeit konnte ich niemand anderen darum bitten. Mein Vater wäre nicht auf die Idee gekommen.

Du hast mir geschrieben, wie du an diesem Tag vor dem Bild deiner Mutter sitzt und eine kleine Kerze anzündest. Und betest. – Er hatte von den entsetzlichen Schreien der Soldaten erzählt, die in der Stunde ihres Todes nach ihrer Mutter verlangten.

Julian zog sie an sich. – Sollen wir ins *hospital* fahren? Es ist zwar der gottvollste Herbsttag, den man sich vorstellen kann, aber allmählich wird es zu kalt im Freien. Erinnerst du dich, wie schwierig es in Wien für uns war, wenn du mich besuchen kamst? Wir waren auf die Straße oder einen Park angewiesen. Da mussten wir froh sein, wenn wir uns einen Kuss geben konnten, immer waren Menschen um uns. Und bei dir daheim die Eltern.

Mm, ich erinnere mich gut. Du warst so ungeduldig. Alles ging dir zu langsam.

Es war unerträglich! Ich wollte das endlich abschließen. Ich lernte den ganzen Tag für die Augenprüfung, wo ich bei dem ungerechten Idioten geflogen war und wusste, wenn ich neuerlich fliege, werde ich um drei Monate später fertig und bekomme die Anstellung im Krankenhaus nicht. Dieses Wien! Dieses Wien hatte ich so satt. Und ständig die Sorge um dich daheim in dem kalten Geschäft, wo du mit deinem Vater gearbeitet und verkauft hast.

Er schlug mit der Hand auf einen Baumstamm und zog sie schnell zurück.

Was ist? fragte Lisa.

Da steckt ein Reißnagel im Stamm.

Julian inspizierte seine Handfläche. – Glück gehabt. Einen rostigen Nagel brauche ich hier nicht.

Er zog den weißen Nagel heraus, der ein gefaltetes Stück Papier festgehalten hatte.

All Souls, las er vor. 4 PM. Same place.

Sie riss ihm den Zettel aus der Hand.

George hat erzählt, dass im Central Park geheime Nachrichten an bestimmte Bäume gesteckt werden. Man gibt einem Mittelsmann damit seine Ankunft bekannt und erwartet eine verschlüsselte Angabe zu einem Treffpunkt. Die Farbe des Reißnagelkopfes sagt etwas aus.

Was zum Beispiel?

Man steckt einen weißen Reißnagel hin, wenn man glaubt, man steht unter Beobachtung.

Wovon redest du, Schatz?

George erwähnte das in Zusammenhang mit einem Spion, der vor einiger Zeit im East Village gefasst wurde.

Ja, davon habe ich in der Zeitung gelesen. Du musst mir versprechen, abends nicht mehr allein auf die Straße zu gehen. Ich habe das nie gemocht.

Wenn Lisa allein von einem Kegelabend heimgegangen war, hatte sie ihm das am nächsten Tag geschrieben.

Du hattest sehr genaue Vorstellungen davon, wer mich nach Hause begleiten durfte und wer nicht.

Ich kannte diese Männer doch! Ich wusste, wem nicht zu trauen war! Es war schlimm für mich, in Wien in meinem Zimmer zu sitzen, nach einem Tag mit Laufereien und Anmeldungen für Kurse, Vorlesungen mitschreiben, Prüfungen anhören, den Kopf voll mit stundenlangem Studieren, und zu wissen, dass du allein zum Kegeln gegangen bist!

Sie dachte an den Mann im Café. The Prince. Und an den anderen bei Schrafft's. Von welchem der beiden war die Nachricht? Same place ... which same place?

Sie wusste nicht, was sie tun würde, wenn sie mit Julian ins Schrafft's ginge und der Mann säße tatsächlich dort. Julian würde sogleich bemerken, dass etwas nicht stimmte. Ein, zwei Blicke, mehr würde sie sich nicht zugestehen. Auf keinen Fall dürfte sie so sitzen, dass Julian ihr Gesicht sah. Sie würde die Lippen geschlossen halten, keine Andeutung eines gespitzten Mundes, kein Finger auf den Lippen. Nur Augen. Nur Schauen. Wie Audrey Hepburn.

Am besten wäre es, wenn Julian auf die Toilette gehen müsste. Das wäre die Lösung. Sie könnten ein paar Worte formen mit den Lippen. Tuesday same time. Die zwei M in *same* und *time* eigneten sich so perfekt für eine Verabredung. Same time. Diese zwei M wären so gut wie zwei Küsse. Mit Schrecken wurde ihr klar, wie groß ihre Lust war, mit einem Mann zu flirten, von einem fremden Mann begehrt zu werden.

Sie lief ein paar Schritte voraus. Die Rollei schlug gegen ihren Körper.

Auf einem Seitenweg stand eine Frau im Winterkostüm. Sie trug Handschuhe und rauchte. Neben ihr saß ein Junge auf seinem Fahrrad und weinte leise. Lisa stellte blitzschnell die Kamera ein und knipste. Gewiss war das die Mutter oder eine Tante, keinesfalls eine Nanny. Ihre Tasche war aus festem, schwarzem Leder mit weißen Nähten. Sehr schick.

Sie entschieden sich dann doch fürs Metropolitan. Als sie in den Saal mit den Manets kamen, saßen in einer Ecke etwa fünfzehn Frauen im Halbkreis auf Klappstühlen. Manche hatten Schreibblöcke.

So soll es sein, flüsterte Julian. – Wissbegierige Ladys, die einem Vortrag lauschen.

Es ärgerte Lisa, dass sie ihr den Weg zu dem Gemälde mit dem eleganten Matador versperrten. Der Vortragende sprach von seiner schlanken Figur, den blonden Locken, die von einem zartlila Tuch verdeckt waren, das hätte Lisa lieber nicht vorgesagt bekommen.

Es ist ein Mädchen, sagte Julian leise.

Sobald man das wusste, und Lisa hatte nun auch das Schild gelesen, das eindeutig eine Mademoiselle

Victorine als Modell auswies, war es nicht mehr anders zu denken. Das Gesäß gehörte eindeutig einer Frau. Das rote Tuch war rosa, und die gelben Schuhe hätten im Kampf nicht lange durchgehalten.

Julian war zu den Bonnards weitergegangen.

Ist das eine herrliche Bluse! rief er, als wollte er die anderen Besucher herbeiholen. Was für ein Grün. Das heißt Flaschengrün, oder? Der tiefe Ausschnitt, das würde dir gut stehen.

Die ist doch blond, wollte Lisa sagen. Dieses Grün ist etwas für Blondinen.

Er legte ihr den Arm fest um die Schulter.

Der Museumsplan war seinen Namen nicht wert. Innerhalb kürzester Zeit verirrten sie sich. Julian konnte es nicht fassen, dass ein modernes amerikanisches Museum einen so armseligen Plan herausgab. Er ritt verbissen auf dieser Nachlässigkeit herum, die so un-American sei. Im *hospital* würde so etwas nicht geduldet. Er hätte gut und gern Lust, einen Beschwerdebrief zu hinterlassen. Sie sollte den Plan mit der Adresse aufbewahren, er würde denen schreiben. Mit europäischen Kulturgütern durfte man nicht so umgehen.

Zufällig gelangten sie in einen kleinen, halb abgedunkelten Raum, in dem Schriftrollen ausgestellt waren. Beiger Untergrund, Pergament, Fragmente mit rötlichen Zeichen darauf, schräg hingeworfenen Ziffern, die einer Telefonnummer glichen, schnell notiert auf einem Zeitungsrand. Es waren Talismanfragmente aus dem 11. Jahrhundert. Ach so.

In seinem Zimmer umarmte Julian sie von hinten, ließ seine Hände auf ihren Bauch gleiten. Sie wusste, dass er sich einen Sohn wünschte. Im Schlafzimmer daheim befand sich seit einiger Zeit eine Modelleisenbahn von Märklin, die gut ein Drittel des Raums einnahm. Er legte sich der Länge nach daneben, der Oberkörper aufgerichtet wie bei den etruskischen Grabfiguren, die sie auf ihrem Campingurlaub mit seinem Onkel in Italien gesehen hatten. Wenn der Zug über eine winzige Lücke fuhr, wo die Schienen nicht gut zusammengesteckt waren, schnalzte es, und Kathi schnupperte dem Geruch nach.

Wonach riecht es, wenn bei deiner Märklinbahn ein Funke springt?

Julian, die Nase in ihrem Haar, hielt den Atem an. – Bitte was?

Der elektrische Funke, der herausspringt.

Keine Ahnung. Magnesium?

Mag-neee-sium, sagte Lisa verträumt.

Wollen wir einmal eine Fahrt mit dem Schiff unternehmen? Von der Brooklyn Bridge den East River hinauf? Der Ausblick auf das *hospital* ist grandios. Wir sollten mehr solcher Pläne machen.

Du vergisst, dass du so viel arbeiten musst.

Im Frühjahr wird es besser.

Ich glaube dir kein Wort.

Sie schmiegten sich aneinander, aber nun küsste sie ihn, als hätte sie ihn neuerlich verloren, als wäre er auf dem Absprung in ein neues Leben. Hier irgendwo in diesem Krankenhaus führte ein Gang zu seinem neuen Leben. Wollte er es ein letztes Mal probieren mit ihr, schon wissend, dass sie seine Leidenschaft nicht mehr erregen konnte? Wie ein Stock war sie am Fenster gestanden, hatte nach dem dummen Magnesium gefragt, mit seinen Händen auf ihrem Bauch, der sich vielleicht bald wieder füllen würde – aber nicht hier in Amerika, hier war nicht die Zeit dafür, und mit schwangerem Bauch würde sie die Überfahrt keinesfalls aushalten. Da wäre sie im sechsten Monat schwanger mit seinem Sohn.

Ein leises vielfingriges Tippen am Fensterglas wie von kleinen Krallen, es hatte leicht zu regnen begonnen. Das Zimmer wurde zu einer gemütlichen Höhle. Kommen hier jemals Vögel vorbei, wollte sie fragen. Draußen dämmerte es.

Ehe Lisa nach Hause fuhr, gingen sie in die Pizzeria, in der sie am Abend von Lisas Ankunft gewesen waren. Die Malereien an den Wänden mit Szenen von italienischen Seen waren ihr damals gar nicht aufgefallen.

Könnten wir nicht im Sommer, wenn wir zurück sind, mit Kathi nach Italien fahren? An die Adria?

Ja, ein Kind muss im Mittelmeer baden! sagte Julian voll Begeisterung.

Das sind wir ihr schuldig nach der langen Abwesenheit, sagte Lisa. Sie wird sich für alle Zeit an dieses erste Mal erinnern, der weiche Sand, das Meer, das unvergleichliche Gefühl, im Seichten herumzuplantschen. Nicht wie im steinigen Fluss bei uns zuhause. Und in einem richtigen Hotel wohnen.

Es regnete fortwährend, in den Pfützen spiegelten sich die beleuchteten Schriftzüge der Lokale und Nachtclubs, an denen sie auf dem Weg zum Bus vorbeikamen. Julian hielt sie an und deutete auf den Gehsteig. Weißt du, woran mich das erinnert? An die Talismanrollen im Museum heute. Was steht da? *Scotch Mist*. Schottischer Nebel? And his twisting starfires. Leichte Mädchen.

Ich habe zwei Körper, sagte Lisa.

Und wo ist der zweite? fragte Suzy auf Deutsch.

Den habe ich zuhausegelassen.

Bei deiner Tochter?

Ja.

Und was tut dein Körper dort?

Er spielt mit meiner Tochter, er macht Frühstück für sie, er geht für sie einkaufen. Wir gehen auf den Hügel und schauen gemeinsam hinunter auf die Stadt. Wir sammeln Tannenzapfen und Eicheln und Kastanien. Wir werfen Schneebälle an die Baumstämme. Meine Schneebälle sind weiter oben am Stamm. Meine Tochter möchte auch so hoch werfen. Sie steht auf Zehenspitzen, aber es reicht nicht.

Sie schreckte auf, wusste nicht, wo sie war. Es war Nacht, die Stille klopfte stark in ihren Ohren, sie war allein in einem Bett, in ihrem fremden Bett in New York, nicht bei Julian in seinem Zimmer. Mein zweiter Körper. Zuhausegelassen, bei meiner Tochter. Dann im Central Park, Schneeballschießen. Suzy. Was war geschehen? Sie setzte sich auf, schob die Decke unter den Knien zusammen.

Die Sonne stand schon tief, als sie mit Suzy zum Eislaufplatz am Rockefeller Center kam. Lichter brannten. Die Eisläufer zogen scharfe Schatten hinter sich her, als wären sie Scherenschnittfiguren. In der ersten Reihe der kleinen Zuschauertribüne war Platz genug. Suzy hängte sich über das Geländer und begann, mit den Beinen nach hinten auszuschlagen.

I don't like this, sagte Lisa.

Ein junger Mann griff mit beiden Händen auf die Eisfläche, als würde er gleich zu einem Hundertmeterlauf starten. Lisa stellte die Kamera ein, entsicherte den Auslöser und wartete. In ihrem Sucher erschien ein Mädchen im roten Pullover. Schwarzes Röckchen, ein Bein nach hinten gestreckt. Ein scharfer Strahl der Wintersonne schlug aus der Kufe einen Blitz. Das Mädchen verschwand, verfolgt von Sprintern mit rudernden Armen.

Suzy verrenkte ihre Glieder zur dröhnenden Tanzmusik, drehte sich um die eigene Achse. Beinahe verlor sie die Balance.

Soon your legs will get longer and then we can try out a few movements, sagte Lisa.

I want to wear a dress with several petticoats, sagte Suzy. Like a ballet dancer. I want to be beautiful. What's that?

They're called pirouettes.

Sie gingen um den Eislaufplatz, stiegen die Treppe hinauf. Der goldene Prometheus war zum Greifen nah. Sein Kopf mit den edlen Strähnen, sein fester Nacken.

Lisa is going to show me how to do a pirouette, sagte Suzy beim Abendessen.

6

Am darauffolgenden Samstag hatten die Stantons abends Gäste. Elizabeth und Bob Rankin waren Schulfreunde von George, von Jugend an miteinander verlobt. George sagte, sie seien als Verlobte auf die Welt gekommen. Heute waren sie beide Juristen und machten George und seiner Kanzlei bisweilen Konkurrenz. Außerdem Leon und Danny. Die beiden Brüder waren im Showbusiness.

Lisa hatte gefragt, ob sie bei der Zubereitung des Essens helfen sollte, aber Betsy hatte abgewunken. Es würde Catering geben. Trotzdem machte Lisa am Vormittag einen Apfelstrudel. Sie ließ den Teig im Kühlschrank rasten – is it tired? fragte Suzy – dehnte ihn dann auf der bemehlten Tischfläche mit der Faust nach oben aus. Er wurde dünner und größer und reichte schon über den Tischrand.

Oh, I forgot to put the *New York Times* on the table, rief Lisa. Man müsse durch den Teig die Zeitung lesen können, sonst sei er nicht dünn genug.

Suzy kreischte vor Begeisterung auf. – Can we still do it?

No way. How would we do that?

Suzy zerrte an einem Ende des Teigs und wollte ihn in die Höhe ziehen. – Just a little bit, bettelte sie. Just so I can read it.

You're making me crazy, sagte Lisa. Which page do you want?

Suzy starrte sie an. Sie blätterte ungeduldig, riss eine Seite nach der anderen um und setzte ihren Finger auf das Foto einer alten Dame, die bei einer Bücherwand stand.

Isak Dinesen, las Lisa. Who is Isak Dinesen? Isak is a male name?

Let me look, sagte Suzy und musterte das Gesicht der eleganten Frau. – Maybe she is both.

I don't think so.

But who is she?

Lisa überflog die Absätze. Eine Schriftstellerin aus Dänemark, die New York besuchen wollte.

I want to come sailing into New York. I have often dreamed of this. Now let it become a reality, las sie Suzy vor.

Sie fürchte sich vor dem Tempo in New York. Deswegen sei sie so glücklich in Afrika. Für die Jugend von heute scheine Geschwindigkeit per se etwas Großartiges zu sein.

In Africa? Did she meet lions there?

I don't know. I suppose so.

She could become director of the Bronx Zoo, träumte Suzy vor sich hin. Maybe Daddy will help her.

Lisa schnitt das Foto aus und legte es auf einen der Küchenstühle. Suzy streichelte es und schob es hin und her, bis sie zufrieden mit seiner Position war. Indes zog Lisa den Teig an einer Ecke weiter aus und trennte einen kleinen Lappen mit dem Messer ab. Suzy übernahm ihn und klatschte ihn auf das Bild. Unter einem sandfarbenen Schleier lugte Isak Dinesen hervor, verwundet oder von sonst einem Unglück gezeichnet, während eine magere Dotterspur über ihr laucrte wie ein geschweifter Stern aus einem Morgenland.

And now? fragte Suzy.

Lisa holte die Plastikschüssel mit den geschnittenen Äpfeln. Sie nahm eine Handvoll und drückte den Saft heraus. Suzy stieg auf einen Küchenstuhl und griff ebenfalls voll in die brauner werdenden Äpfel hinein. Sie hatte die Zitrone vergessen. Suzy entwickelte blitzschnell eine Technik, bei der sie ihre Hand mit Drehungen über den Teig tanzen ließ und dabei die Apfelblättchen mehr oder weniger verlor. Nüsse hatte sie in Butter geröstet, bei den Bröseln hatte Suzy Deutsch lernen wollen und den Umlaut nicht geschafft. Sie hatte in ihren Mund gegriffen und die Stelle gesucht, wo etwas darin fehlte. Rosinen, Zimt, viel Zucker.

Die zwei Strudelteile saßen wie fette Puppenarme auf dem Backblech, als Suzy sich an Isak erinnerte.

We can't do this to Isak, sagte sie.

Lisa stimmte ihr zu. Sie schlug vor, Isak auf einem kleinen Teller in den Kühlschrank zu geben.

No, rief Suzy. Let's take a tupperware.

Isak kam in der zweitkleinsten Box zu liegen, auf einem Bett aus Papiertaschentüchern.

Lisa fragte Betsy, ob sie ihr kleines Schwarzes anziehen solle. Sure! hatte Betsy geantwortet. Als ob sie so viel Auswahl hätte.

Eine Viertelstunde vor dem Eintreffen der Gäste kam Lisa die Stiege herunter. – Look! Look! rief George.

Ehe er sie im Kreis drehen konnte, wand sie sich heraus und trat zu Betsy, die das alles mit Gleichmut beobachtete. War sie gar keine Spur eifersüchtig, wenn

George ihr den Hof machte? Sie war gespannt, ob er mit Elizabeth Rankin auch so charmant umgehen würde. Und es würde ihr guttun, nicht ganz von jeglichem gesellschaftlichen Leben abgeschnitten zu sein. Sie hätte nichts dagegen, wieder einmal ins Krankenhaus zu einer Abendeinladung zu gehen.

Sie verschwand in die Küche. Betsy hatte Salate in große, mit Vögeln bemalte Schüsseln gefüllt. Als es kurz darauf klingelte, rief Betsy, das seien gewiss die Feinstein *brothers*, die kämen gern zu früh. Lisa hörte die neuen Männerstimmen und bekam Herzklopfen.

Lisa is a photographer, stellte George sie vor. She has a Rolleiflex.

Der andere Bruder stand nun auch im Türrahmen. Sie wollten wissen, was sie am liebsten fotografiere. Ob sie eine Straßenfotografin sei?

Das klang ungeheuerlich in Lisas Ohren, obwohl es zumindest eine Spur stimmte. Es sei eine gute Zeit für *street photographers* in New York, sagte Danny.

George dirigierte sie alle ins Wohnzimmer. Betsy winkte Lisa beruhigend zu, als sie ihr besorgtes Gesicht bemerkte. Lisa sei die wunderbarste Nanny, und Suzy habe einen Narren an ihr gefressen, sagte Betsy.

Lisa war erleichtert, dass ihre Position klargestellt worden war. Falsche Lorbeeren brauchte sie nicht. Es dauerte nicht lange, und die fehlenden zwei Gäste trafen ein.

Danny Feinstein beugte sich zu ihr herüber und fragte sie – tatsächlich, er fragte sie, ob sie die Ausstellung im MoMA schon gesehen habe. Er fragte direkt in ihre neue Person hinein, die sie in New York gerade wurde, eine Besucherin von Fotoausstellungen.

Sie erzählte ihm von dem Bild mit den zwei schaukelnden Kindern.

Ernst Haas, sagte Danny Feinstein. – Er sprach den Namen mit einem kurzen A und scharfem S aus, Hass.

Ha-as, korrigierte sie ihn. Hass is – hate.

Goodness me! rief Danny. Of course, he is Austrian. Ob sie sein Foto von dem Mann im Regen kenne, nachts, wo die Straße die Reklamelichter als eine dicke, gelbbraune Masse spiegle? Like – honey?

Sie musste verneinen.

Danny war an der Produktion der *West Side Story* beteiligt. Sie waren alle bei der Uraufführung im September gewesen.

You *must* go with your husband, Lisa, befahl Bob. Es gehe um zwei rivalisierende Jugendbanden in New York, die Jets und die Sharks. Die Jets seien die amerikanische, die Sharks die puerto-ricanische Bande, immer im Clinch mit der Polizei. Die Jets seien Kinder von osteuropäischen Einwanderern, deswegen nennen die Sharks sie *Polacks*.

Danny erklärte ihr die geniale Choreografie. Die Tänzer der Jets und Sharks mussten trotz ihrer Virtuosität normal aussehen, sie waren keine üblichen Revuetänzer. Sie schlendern dahin und plötzlich wird ein Tanz daraus. Sie springen auf, jagen über die Bühne. Danny stand auf und schnalzte mit den Fingern. Er zeigte Lisa, nur Lisa, wie das aussah mit seinen schlanken Beinen in den weißen Hosen (weiße Hosen im November!).

When you're a Jet
You're a Jet all the way
From your first cigarette

To your last dyin' day.
When you're a Jet
If the shit hits the fan,
You got brothers around,
You're a family man!

Alle applaudierten. Leon sagte, Lisa sehe Carol Lawrence ähnlich, der Darstellerin der Maria. Die dunklen Haare, das längliche Gesicht mit der eleganten Nase –

I feel pretty, oh so pretty, sang Danny.

You stay here, sagte George und legte seine Hand leicht auf ihre Schulter, als sie Betsy in die Küche folgen wollte. – Let's all hunt for food, gab er als Parole aus.

Sie hatte nichts getrunken bisher, niemand hatte etwas getrunken. Die geschliffenen Kristallgläser waren klein.

White or red? fragte Leon.

Red, please.

Nie hatte sie damit gerechnet, dass man ihr so viel Aufmerksamkeit schenken würde.

And your husband? fragte Elizabeth.

Er sei Arzt und mache die Ausbildung zum Anästhesisten.

Lisa sah sich die Sandwiches an, sie hätte ewig von diesem hellrosafarbenen Aufstrich weiteressen mögen, fischartig, zwei Kapern starrten sie lustig an. Eine dunkle Paste aus Oliven, mit einem Viertel Ei, das fest in dem kleinen schwarzen Olivenmoor steckte.

Von irgendwoher fragte jemand, ob sie wirklich eine eigene Tochter daheim in Austria habe.

Ja, die hatte sie *wirklich*.

Leon hatte das gefragt. Er blickte entsetzt zu George Stanton, als habe der Lisa persönlich aus Europa herbeordert und sei schuld daran, dass *her own daughter* nun auf ihre Mutter warten müsse. Von George kam keine Erklärung, also schaute Leon wieder Lisa direkt an.

In ihren Schläfen pochte die einzig richtige Antwort. My husband forced me. Forced you? Sie wollte ihre Ehe nicht aufs Spiel setzen. Sie? Er! Dabei hatte Julian ihr versprochen, nur für seine Familie zu leben. Waren das nicht seine Worte gewesen? In zehn Jahren werde er sie nicht weniger innig lieben.

Jetzt waren es sechs Jahre später und Kathi war auf der Welt. Wie konnte er es wagen, ihr so eine Wartezeit zuzumuten? Bloß ein Jahr mit dem Atlantik dazwischen, wenn sie nicht mitfuhr, Kathi nicht zurücklassen wollte. Oder bloß acht Monate! Aber da musste sie eben auf die Kleine verzichten, ihr über alles geliebtes Kind – nicht über alles, nicht über ihren Ehemann. Warum hatte er nie ernsthaft die Möglichkeit in Betracht gezogen, dass sie mit Kathi kommen könnte, von Beginn an oder wenigstens nach einem halben Jahr? Weil er hier so wenig verdiente! Hatte er dafür in seiner Studienzeit ständig Geldsorgen gehabt und sich auf sein Einkommen als Arzt gefreut, um hier als – ja, als was dazustehen?

Man müsse wissen, sagte George aus weiter Ferne, dass die Verbindung der beiden Hauptfiguren, der weiße Tony und die Puerto-Ricanerin, in manchen Bundesstaaten weiterhin verboten sei. Die Stimmung sei ohnedies aufgeheizt, seit sich diese Rosa Parks geweigert habe, in den für Farbige reservierten Teil eines Busses umzusteigen.

Danny, have you told Lisa that it is a modern adaptation of *Romeo and Juliet*? fragte Betsy.

Gosh, no, sagte Danny. The Romeo part here is Tony, formerly a Jet.

And not a word has been said about the music! rief Leon. The divine music of Bernstein. The combination of jazz, classical opera and Latin American dance music is so amazing, full of energy.

Betsy hatte ihr Kinn hochgereckt und einen Zeigefinger erhoben. Sie wollte etwas ankündigen. Nun, da sie durch Lisa entlastet und die Beziehung zwischen der Nanny und Suzy so ein Glücksfall sei, würde sie sich in einem Kinderwohlfahrtsverein engagieren. Es gab noch immer Babys, die auf Kirchenstufen oder Parkbänken abgelegt wurden. Sie wollte nun helfen, für diese Findelkinder Adoptiveltern zu suchen. George werde ihr mit juristischem Rat beistehen.

Two days a week, sagte Betsy in ihre Richtung, und Lisa nickte den neuen Plan ab.

Was für ein Größenwahnsinn, mit einem fremden Fotografen die Brooklyn Bridge in der richtigen Richtung zu überqueren. Sollte sie Julian davon erzählen? Seine Eifersucht riskieren? War das nicht bloß sein Anspruch, die volle Entscheidungsgewalt über ihr Leben zu erhalten? Wenn man seine Angst um den Verlust ihrer Liebe, die sie ihm während der Studienzeit geglaubt hatte, von diesem Machtbedürfnis trennen könnte … aber das war unmöglich. Es war zu viel passiert. Seine Affären zuhause, hingesprochene Halbsätze, abgebrochene Blicke, eine Pause im Gespräch oder ein rascher Wechsel zu einem neuen Thema. Die Kleinstadt hatte Erfahrung mit solchen Dingen. Schweigen mit Rufzeichen. Eine Tür im Krankenhaus, die ins Schloss fiel und versperrt wurde, eine Hand, die an einem Hüftgelenk streifte.

Lisa hatte John von einer Zelle aus angerufen. Er hatte nach wenigen Sekunden Läutens abgehoben.

Next Thursday? Upper East Side, near 86th Street. You take the subway down Lexington Avenue to 57th Street. Let's meet at St. Patrick's Cathedral, it's just around the corner. That will be about half an hour. Would 11 AM be fine?

Sie musste einmal umsteigen. Noch könnte sie die Stufen hinauf- und auf dem gegenüberliegenden Bahnsteig hinuntergehen. Dann brauchte sie nichts zu verheimlichen, geriete nicht in Gefahr, sich zu verraten. Es wäre eine ihrer seltenen Erkundungsfahrten, nur ihrer eigenen Neugier verpflichtet, ohne Rücksichtnahme auf Suzys Müdigkeit, Hunger oder schlechte Laune. Ein Ausflug mit der Subway. Mehr nicht.

John führte sie in ein kleines Lokal nicht weit von der Kathedrale, die sie an die Votivkirche in Wien erinnerte. Es hieß Paolo's, was ihr nur recht war. Sie konnte nicht oft genug italienisch essen gehen.

We'll walk over the bridge in the wrong direction first. I can put my hand in front of your eyes while we're walking if that's okay with you, sagte John.

Lisa bestellte Spaghetti mit kleinen Fleischbällchen in der Sauce, John Rotwein für sie beide. Sie sagte nicht nein.

So how were your last few weeks? fragte John. Anything special?

Sie hatte keine Ahnung, was er mit etwas Besonderem für sie meinte. Was fiel ihr da als Erstes ein?

I was at the Met with my husband and now he wants to buy me a green blouse.

Wait, sagte er. Wait, wait. It's the Bonnard, right?

Right.
It's my favorite Bonnard, sagte John. And –
And?
You remember my saint?
You mean Saul Leiter?
Yes, and his favourite painter is Bonnard.
I wish I could see some of his photographs, sagte Lisa.
There'll be a solo exhibit at MoMA next year. You mustn't miss it.
If I am still here, I will certainly go, sagte Lisa.
How long will you be here, Lisa?
Till June, sagte sie und nahm einen Schluck Wasser. Sie hatte das Gefühl, ein Familiengeheimnis verraten zu haben. Und gleichzeitig war sie mit John in einem anderen geheimen Verständnis über diesen Saul Leiter und Bonnard.
Have you taken any interesting pictures recently?
Yes. At the Park Sheraton. I looked through the window of the barber shop where the Mafia boss was killed and there were wonderful stripes on the floor. From the – sie suchte nach dem Wort – the jalousie.
You did what?
I was on the subway and read the headline in a newspaper, Anastasia shot. First I thought it was the Tsar's last surviving daughter.
The Tsar? You mean a labor union tsar? A movie production tsar?
No! The real Tsar, the last Russian tsar Romanow. There was a rumor that one daughter and maybe the little boy survived the killings in –, ah, I've forgotten the name of the place. Jekaterinburg.
You are so crazy, Lisa.

Dieses göttliche *you*. Sie konnte ohne schlechtes Gewissen mit ihm per Du sein. Pfeif auf mein Gewissen. – Sie rollte kunstvoll eine Gabel Spaghetti auf und schob sie in den Mund. Sie genoss es, vor seinen Augen zu essen. Geschickt zu sein. Wenn es nach ihr ginge, müssten sie nicht sofort auf die Brücke. Die lief ihnen nicht davon. Auch die Zeit lief nicht davon, die hielt still und gab keinen Laut von sich. Keine Uhr an der Wand. Der Lokalbesitzer fragte, ob alles in Ordnung sei. Tutto bene. Grazie. Sie war allein eine Woche über den Atlantik gefahren.

And you? fragte sie.

Still working on my book about Hoboken waterfront.

Aha. – Sie hatte keine Ahnung, was die *waterfront* war.

Der Wein war mild, Tafelwein, wie auf ihrer Reise. – The waterfront? sagte sie leise und beugte sich vor, als gelte es, vor den anderen Gästen – einem Ehepaar – ein militärisches Geheimnis nicht preiszugeben.

The har-bour, flüsterte John. The docks. – Seine Brille hatte er ins Haar geschoben.

Es fiel ihr ein, dass sie einander nur mit dem Vornamen kannten. Das war gut so. Soweit sie ihn verstand, erklärte er ihr etwas über die eigenartige Kultur der Dockarbeiter.

I came with the *Maasdam*, sagte sie.

Die Brücke stand mit ihren Doppeltürmen da, als friere sie und ziehe die Schultern hinauf. Dabei schien die Sonne, wenn auch nicht mehr so hoch, nicht mehr stark. Lisa machte ein paar Bilder, spürte einen seltsamen Beschützerinstinkt gegenüber diesem freundlichen Meisterwerk, dieser wohlwollenden Architektur.

Die zarte Brücke könnte man mit behutsamen Fingern hochheben, weg von dem breiten East River, und auf ein Fensterbrett stellen, draußen würde es schneien, und Kathilein würde die Brücke mit den hohen grauen Ohren wie einen Esel hüpfen lassen.

Die Fußgängerrampe verlief zunächst parallel zur Fahrbahn der Autos, danach stieg sie auf ein höheres Niveau an. Auch die schweren Stahlseile schwangen sich langsam in die Höhe. Als sie die Hand darauf legte, schwirrte das dicke Geflecht, als sei es mit Strom geladen. Schnell zog sie die Hand zurück. Sie musste an das Stahlseil denken, an dem der Fährmann zuhause das Boot über den Fluss zog. Sie hatte nie gefragt, was in dem Holzstück steckte, mit dem er ruhig und stark das Seil einholte, bis sie am anderen Ufer am Landesteg anstießen. Warum die Zille der geheimnisvollen Verlängerung der Fährmannshand gehorchte und über den Fluss schaukelte.

Do you like it? – John legte den Arm um ihre Schulter und drückte sie fest.

Yess. Yess, sagte sie. It's wonderful.

Lisa nahm das Schwingen der Brücke auf. Am liebsten wäre sie über die Holzbretter gelaufen, das leichte Nachbeben der Schritte, das unverwechselbare Geräusch, das die Schuhe auf einem Steg oder einem Tanzboden hervorrufen. Johns Rhythmus vereinigte sich mit ihrem und ließ die große Brooklyn Bridge erzittern. Oder war es der Autoverkehr, der nun eine Etage tiefer quer zum East River flutete, während der Fluss seine silbrigen Wassermassen verschob? Die bunten Autos schnüffelten nach einer besseren Spur, als hätten sie alle Angst ins Wasser zu fallen, am meisten die gelben Taxis.

Lisa blieb stehen und legte die Hände an die Ohren, um den Lärm zu dämpfen. Sie hatte das Gefühl, die Brücke und der Fluss spielten mit ihr, würfen sie in die Höhe.

Are you okay, Lisa? Shall we sit? fragte John. – Ein paar Meter weiter stand eine Bank und sie war sogar frei.

Sie nickte. – Don't worry. – Es schwindelte ihr von all der Energie.

The bridge – got into my head. I'll be fine in a minute. Or two. – Sie zwang sich zu einem Lächeln.

When were you born? fragte sie, weil ihr nichts Besseres einfiel.

In 1928.

Same year as me.

You don't look your age. I thought you were younger, Lisa.

Don't tell such stupid lies. Oh. Sorry. I thought *you* were younger. But maybe it's because I'm from the Old World. We are not as young as in America.

Er strich ihr mit dem Rücken seines Zeigefingers über die Wange. Einmal, zweimal, ein drittes Mal. Don't stop. Er zupfte an ihren Haaren, legte eine Strähne hinter ihr Ohr. Klar, wenn man mit euren Filmen aufgewachsen ist.

Sie legte den Kopf in den Nacken und schaute in den Himmel. Sie berührte Johns Rücken, sein kariertes Tweedsakko, strich leise hin und her, sie streichelte seine Kleidung. Der Himmel war hellblau und hatte kein Ende, sie hatte das Gefühl, er bemühe sich besonders, sie nicht in Schwindel zu versetzen.

Sie blickte John in die braunen Augen, die sie nun schon sehr gut kannte, aber noch lange nicht gut genug. Er legte seine Hand in ihren Nacken, dort, wo ihr

Nacken ungeschützt war, ungeschützt vor ihm und jetzt beschützt von ihm. Sie wartete in seinem Blick, was er als Nächstes tun würde. Tun war das falsche Wort, das waren keine Handlungen, das kam von ihm als ein Gleiten in einen anderen Zustand, und solange sie den mit ihm teilte, war alles gut.

Er nahm sie an der Hand und stand auf. Sie fotografierte die nächstliegenden Rippen und Schattenmuster. Gitter, Rauten, man musste achtgeben, um sich nicht darin zu verfangen. Sie gingen weiter, ohne zu sprechen, sein Arm lag auf ihrem Rücken tief unten, als habe er sie verpflichtet.

You see that building with the rounded top? It's the Singer Tower.

Sie erzählte ihm von der Singer-Nähmaschine zuhause, und wie geschickt ihre Mutter im Nähen sei.

And that one is the Empire State, sagte sie und zeigte hin.

Exactly, yes. – Er nahm ihren Finger und schob ihn ein paar Zentimeter weiter. – And that one is my favorite, the Chrysler Building. Look at the elegant Art Deco top.

Aar-De-Kou, wiederholte sie mit Genuss. Die Skyline sei für sie ein Ensemble aus Solisten, die miteinander wetteiferten, welcher am schönsten singe.

Johns Arm fuhr weiter nach rechts.

Do you know that after the war they wanted to bring the United Nations headquarters to Vienna? fragte sie.

You're kidding, sagte John. I can't believe this. But they had no chance.

The Austrian government said we already had the Vienna Congress in 1815, so we had experience.

Das hatte Julian ihr erzählt. Natürlich hatte sie ihm geglaubt. Mit solchen Dingen scherzte er nicht. Eine Anmaßung nach all dem Terror, den die Nazis über Europa gebracht hatten. Sie erwartete, dass John etwas sagen würde wie: So funktioniert ihr also? Ist das euer Sinn für Humor? Hatte er überhaupt etwas vom abgründigen Wiener Humor gehört, vom Wiener Schmäh, den Julian so gehasst hatte? Kannte er abgesehen von ihr jemanden aus Österreich, aus Europa?

You must tell me more about where you come from, sagte John. I feel like a fool.

So do I, sagte sie.

No, don't. Please don't.

It looks like a box of matches, sagte Lisa.

What?

The United Nations Building. – Sie hielt eine unsichtbare Zündholzschachtel vor ihr Gesicht und schüttelte sie.

I can hear it rattle, sagte er.

My father is a heavy smoker. He smokes too much. My husband also smokes from time to time. Look, over there, is that the New York Hospital? That's where he works.

LIEBE MAMI! BEI UNS HAT ES GESCHNEIT. OPA SITZT NEBEN MIR UND SAGT MIR DIE BUCHSTABEN AN. KARLI HAT EIN SCHWESTERL BEKOMMEN. OMA UND ICH WAREN GESTERN EINKAUFEN. ICH SCHICKE DIR VIELE 100,0 BUSSI.

Sie hatte einen Zug mit vier Waggons gezeichnet. Rauchende Lok, der Schaffner mit erhobenem Signal. Vom Zug führte ein Pfeil weg zu dem Wort ROTTERDAM.

Dort wartete ein dreistöckiges Schiff, zwei Schornsteine, eine Rauchspirale, ein Pfeil zielte auf AMERIKA. Dort stand außerdem ein Mädchen mit Zöpfen in Trägerrock und Bluse (welche Bluse war das? Hatte Mama ihr die genäht?) Das Mädchen winkte sich mit einem Tuch die Seele aus dem Leib.

Liebe Lisa! Gestern kam dein Museumsbrief. Die Grippeepidemie hat sich über die ganze Welt ausgebreitet, habe ich in der *Presse* gelesen. Zum Glück verläuft die Krankheit leicht. Angeblich sind in New York Schulen geschlossen. Weißt du etwas? Was erzählt Julian? Und der Thronfolger, Prince Charles, liegt mit Symptomen in seinem Internat im Krankensaal. Er ist acht Jahre alt. Der italienische Gesundheitsminister hat Rauchen und Alkohol gegen diese „asiatische" Grippe verordnet! Herzlichst Papa

7

Betsys Tante Martha, die in Passaic wohnte, hatte in der vergangenen Nacht einen leichten Gallenanfall gehabt. Betsy war am Telefon und fragte ein ums andere Mal, ob das gewiss sei und warum sie keinen Arzt geholt habe.

Tante Martha sei über achtzig und in letzter Zeit mitunter verwirrt, erklärte George leise.

Did it come in waves? fragte Betsy. You must know if it came in waves, then it is the gall. If you had given birth, you would know for sure, Auntie. Anyway. I'm coming.

Lisa wusste, was nun folgen würde. George wusste es auch.

Is the baby in the gall bladder? fragte Suzy.

These are two different things, honey, sagte er zu Suzy. Right, Lisa?

Yes. I mean, no. The baby is not in the gall bladder, sagte Lisa.

Fine. Auntie Martha is one hundred years old. It would be a very old baby. Maybe – sixty years? Seventy?

No baby is that old, honey, sagte George.

Betsy kam herein und setzte sich zum Tisch. – I have to visit her. Oh my god. I knew something like this would happen one day. Warum das jetzt passieren musste, wo sie mit ihrer Wohltätigkeitsarbeit in Fahrt komme.

Die Findlinge.

What are foundlings, fragte Suzy, als Lisa am späten Vormittag mit ihr in der Subway zur Kanzlei fuhr. Are they people?

Lisa überlegte, ob sie Suzy die traurige Wahrheit zumuten sollte. Ihre Kathi würde sich schrecklich sorgen um die armen Kinder, die man nachts auf den Stufen der Stadtpfarrkirche ablegte.

Yes, they are – babies.

And where are their mums? Suzy kletterte auf ihrem Subway-Sitz hin und her. Lisa bereute, dass sie ihr eine ehrliche Antwort gegeben hatte. Foundlings are – Käfer und Spinnen, sogar kleine Katzen, alles wäre besser gewesen. Kleine Katzen, warum war ihr das nicht eingefallen.

Foundlings are mostly cats' babies, sagte sie leise.

Do they have parents? fragte Suzy.

Yes, sure. Leider könnten die es sich nicht leisten, alle ihre Babys aufzuziehen. Es seien arme Eltern.

Are the cats' babies black babies?

Es seien auch rote Katzen dabei. Und Tigerkatzenbabys.

Little tigers? How sweet. Can we get one? Why don't we get one?

Warum nicht? Was sprach dagegen? Vielleicht könnten sie später darüber sprechen, sagte Lisa. Wenn der Stress wegen Tante Martha vorbei sei und alle einen freien Kopf für neue Ideen hätten.

An der Mauer des Gebäudes, in dem George seine Kanzlei hatte, waren drei Messingplatten befestigt, in die unterste war in lateinischer Schreibschrift Stanton, Fleming & Fleming graviert. Suzy tippte darauf. Der

Schriftzug sah aus, als habe jemand ein Lineal unter die Buchstaben gelegt, die wie Blumentöpfe auf einer Mauer standen. Fleming. Der berühmte Arzt hatte zu Julians Studienzeit in Wien einen Vortrag gehalten und Julian hatte gehofft, er würde auf Deutsch sein.

Die Anwaltskanzlei befand sich im 17. Stock. Eine nicht mehr junge Dame in Rock und Bluse öffnete und ließ sie eintreten. Lisa musterte die zur Decke reichenden Holzschränke und das Gemälde eines alten Mannes, der in einem Sessel mit hoher Lehne saß, die Hände lang und folgsam auf dem grünen Schreibleder des Schreibtischs. – Dieses Leder, das Grün, die genoppte Struktur, ihr Vater an der Verkaufstheke, wie er die Rolle ausbreitet, mit dem Zollstab misst.

George beharrte darauf, dass Lisa im Taxi zu Willoughby's neben dem Fahrer saß. Er legte ihr von hinten eine Hand auf die Schulter, was bedeutete, dass sie zu dem richtigen Wolkenkratzer schauen müsse, nicht dem kleineren daneben. Lange fuhren sie die Fifth Avenue hinunter.

Das Empire State Building.

Sie hatte ihre Rollei nicht mitgenommen. Instinktiv vergessen. Sie wollte dort, in dem Mekka für Fotografen, ihre Rollei nicht den professionellen Augen der Verkäufer aussetzen und sich selbst am liebsten gar nicht deklarieren müssen. Wo war ihre Vorfreude hin? Das war *die* Möglichkeit. George würde sie fragen, What do you imagine for your little darkroom? Das müsste dann der Verkäufer wissen. Sie wusste nicht mehr, was sie wollte. Warum hatte sie eingewilligt, sich beschenken zu lassen? Warum war ihr das kleine alte Fotogeschäft, das sie vor einiger Zeit entdeckt hatte, nicht genug?

Als sie in der 32. Straße ausstiegen, blies ein kalter Wind. Lisa schlug die Arme um ihren Körper. Suzy bemühte sich, einen neuen Rekord im Standspringen zu erzielen. Es wirkte wie ein Zornausbruch, war es aber nicht. Sie quietschte vor Vergnügen. George deutete in die Höhe.

Dort, wo das Willoughbygebäude endete, spannte sich ein metallener, grüner Korridor zu dem Wolkenkratzer auf der anderen Straßenseite.

Our Bridge of Sighs.

Nein, das war nicht die an den Rändern abgerundete, weiße Brücke in Venedig, und darunter schwammen keine Gondeln, sondern der Verkehr der 32. Straße. Wie dumm ihr das vorkam, Straßen einfach zu nummerieren, nur weil es so viele waren. Weil ihr von allem so viel habt, ihr Amerikaner!

Das sei das größte Fotogeschäft von New York. Und sein ältestes. Established 1898.

Im Inneren des Geschäfts standen die Verkäufer in ihren kobaltblauen Arbeitsmänteln an den Theken, niemand schien in Eile zu sein. George bat einen älteren Verkäufer, ein paar Kameras aus dem Vitrinentisch zu nehmen, um sie seiner kunstinteressierten Begleiterin aus Europa zu zeigen. Der Mann fragte, ob es recht sei, wenn er mit der Hasselblad beginne und dann zu Contax, Leica, Voigtländer übergehe. Lisa nickte, als wisse sie, welche Reihenfolge man einhalten müsse.

Er zog ein frisches Paar Zwirnhandschuhe an und setzte eine Hasselblad auf das violette Samttuch. Mehr zu George gewandt, erklärte er, dass Hasselblad die erste Kamera für den Privatgebrauch gebaut hatte. The first one-eyed mirror reflex camera. Einäugige Monster, ein entzündetes rotes Auge, ging es durch Lisas Kopf, als sie beim nächsten Modell, einer 500 C, in das Objektiv schaute, in dem sich die kleinen Fächer rundum verengten und übereinanderschoben, wie in einem Kaleidoskop. Wäre bloß ihr Vater bei ihr, er würde ihr die richtigen Stichwörter zuflüstern. Zentralverschluss. Ihre Rollei kam ihr dagegen vor wie ein Soldat im Ledermantel.

Suzy streunte durch das Geschäft, fuhr mit einer Hand an den Glaswänden entlang, zog kleine Bögen um die Schlösser und Schlüssel, ließ die Finger auf eine Theke hinauf trippeln und erschreckte eine Frau in einem weiten Mantel. Die Frau drehte sich wütend um und wickelte Suzy beinahe in ihrem Cape ein.

You little witch, zischte sie. Don't scare me.

George hatte nichts bemerkt, so vertieft war er in die Hasselblad, obwohl er selbst gar nicht so häufig fotografierte. Er warf Lisa einen Blick zu und führte ihren Zeigefinger langsam über die Hasselblad. Sie zog ihn zurück, ehe der Verkäufer etwas sagen konnte, sein Schielen auf ihren Fingernagel hatte sie wahrgenommen.

George? sagte sie.

What is it?

I forgot to bring my camera.

That's okay, Lisa!

Er nahm sie am Ärmel zur Seite, Suzy sollte ihn nicht hören. Wegen der Entwicklung der Filme oben im kleinen Bad – could you maybe wait a bit longer?

Er sprach an Lisas Schläfe vorbei, ohne jede Emotion.

Schon war es vorüber, und George bedankte sich höflich für die Vorführung der Hasselblad.

Suzy nahm Lisa an der Hand und marschierte mit ihr hinaus.

Ein zweiter Brief des Vaters. Wenn Lisa ein Foto in Postkartenformat von zuhause bekam, dachte sie, das sei eins, das sie herzeigen sollte. Erstaunlich viel Schnee auf der Wienerstraße dafür, dass es erst November war. Ein geparktes Auto mit dem Kennzeichen N 26 937. Das schlanke N für Niederösterreich, die hohen steilen Ziffern, weiß auf schwarzem Grund. Der Kirchturm der Stadtpfarrkirche, es war gerade zehn nach zehn Uhr, auf der anderen Seite des Turms ging der Minutenzeiger drei Minuten nach. Dahinter lugte der Schlossturm hervor. Am Rand der Straße, die leer war, ging Mama im Wintermantel mit dem Maulwurfkragen, an ihrer Hand die kleine Maus. Kathilein hat sich einen halben Zentimeter in den Daumen genäht. Auf der Singernähmaschine. Sie waren beim Arzt gewesen. Nur ein Verband.

Was?

Singernähmaschine – Finger genäht – einen halben Zentimeter. Bei den kleinen Fingern war das bis in den Nagel hinein! Lisa warf sich auf ihr Bett und weinte, steckte ihr Gesicht ins Kissen, bis sie keine Luft mehr bekam.

Es war Lisa, die Kathi gezeigt hatte, wie man den Faden von der Zwirnrolle über kleine Umwege zur Nadel hinunterführte, den Faden an der Spitze zwischen die Lippen nahm und befeuchtete, ein Ritual. Dann durfte der Faden in das Nadelöhr und unter dem gespaltenen Metallhuf auf den Stoff. Und jetzt – ins Fleisch – in ihren kleinen Daumen. Nur ein Verband. Was für ein Verband? Ein Hansaplastpflaster und eine Mullbinde darum? Einen halben Zentimeter in den Daumen genäht.

War das die Strafe für ihre Verabredung mit John, als er ihr das Singergebäude gezeigt hatte? Nein! Sie hämmerte auf ihre Decke, auf das Kissen, dieses gottverdammte Amerika, dieser gottverdammte Ehrgeiz, dieses Studieren, Studieren um jeden Preis. Besser sein als andere, nach New York gehen für ein ganzes Jahr, als ob man diese Anästhesie nicht auch in ein paar Wochen lernen könnte. Du hast ja keine Ahnung! Was plapperst du daher? Er wusste alles besser, alles. „Die Lampen sollen beim Montieren nicht mit den bloßen Fingern angefaßt werden – da sonst der Glanz verlorengeht“, hatte er sie ermahnt, als sie praktisch allein die Einrichtung der Wohnung organisierte, während er in Wien seine letzten Prüfungen absolvierte.

Und was hatte sie in dem Fotogeschäft getan? Achtgegeben, dass sie nicht die Hasselblad zerkratzte, als George ihren Finger streichelte.

Sie saß noch lange an ihrem kleinen Tisch, ein dünnes Blatt Papier vor sich. Erst als es fast dunkel draußen war, drehte sie das Licht auf.

Meine kleine Maus! So eine böse Nähmaschine! Ich hoffe, dein Daumen tut nicht mehr weh. Ich würde gern auf ihn blasen und sagen, weg mit dem Weh! Viele Bussi deine Mami.

Lieber Papa! Ich bin komplett fertig vor Sorge. Hoffentlich verheilt alles gut und sie hat keine Schmerzen. Am liebsten wäre ich zuhause. Ich habe mich immer gefürchtet, dass Kathilein krank wird, während wir in Amerika sind. Ich weiß, dass sie bei euch gut aufgehoben ist, ich mache Mama keinen Vorwurf, dass sie sie hat nähen lassen. Von der Asiatischen Grippe hat Julian so gut wie nie gesprochen. Ich muss nachfragen. Ich habe die Brooklyn

Bridge fotografiert. Wenn man unser Eisenbahnviadukt umdrehen würde, hätte man eine Brooklyn Bridge. Wie ein riesiger Grashüpfer, der die Beine anzieht und hinüber nach Manhattan springt. Aber die B. B. kann mir gestohlen bleiben, wenn ich an mein Kind denke. Schreib mir bitte gleich zurück!

George war mit mir in dem berühmten Fotogeschäft Willoughby. Man wird schwindlig, so viele teure Kameras, alle Namen. Hier ist alles voll Zukunft. Deine Lisa.

PS. Wenn Du nur Geld borgen könntest! Zu schlimm, dass die meisten Freunde selber nicht so viel haben.

Als sie am nächsten Morgen zum Frühstück hinunterkam, wartete Betsy bereits. Tante Martha brauchte eine Pflegerin. Betsy hatte alle Hebel in Bewegung gesetzt und würde um neun Uhr zwei Frauen treffen, die in Frage kamen. Frauen mit einem Diplom, die nicht leicht zu finden waren. Es galt auf den sozialen Hintergrund zu achten. Tante Martha lebte allein in ihrem Haus, das bis oben voll war mit Kunstwerken und Sammelobjekten ihres verstorbenen Mannes, eines Marineadmirals. Im Ersten Weltkrieg hatte er als einer der Devil Dogs in Frankreich gekämpft, im Zweiten war er bei der Einnahme der Salomoninseln dabeigewesen.

Lisa fragte sich, warum Betsy das erwähnte.

You're okay spending the day with Lisa? I'll leave some money on the kitchen table so you can get a decent lunch. Maybe at Schrafft's again?

Betsy hatte sich geschminkt, was sie sonst selten tat. Merkwürdige Art, die alte Tante aufzuheitern. Oder die Pflegerinnen einzuschüchtern? Als Onkel Karl gestorben war, der Lieblingsbruder ihres Vaters, waren sie nach Wien zum Begräbnis gefahren. Mama hatte keinen Lippenstift aufgetragen. Die Witwe hingegen weinte mit ihrem strichgenau gemalten Mund so, dass er immer gespannt war und nicht zitterte.

Als Betsy weg war, fragte Lisa, was Suzy gern unternehmen würde. Hatte sie Lust auf Schrafft's?

Yes, but there should be something really exciting as well.

Aha. Like what?

Suzy hob ihre Schultern wie eine Marionette.

Something will come our way for sure, sagte Lisa.

In der Subway schwieg Suzy. Ein paar Mal schaute sie zu Lisa hinauf, die keinen Sitzplatz gefunden hatte und sich an einer Schlaufe festhielt. Suzy hatte etwas Finsteres auf ihrer Stirn, einen schlecht versteckten Unmut. Lisa beschloss, nicht darauf einzugehen. Der Fahrtlärm war ohrenbetäubend, der Zug wie ein gewalttätiger Staubsauger, der alles von den Tunnelwänden und Gleisen in sich hineinriss.

Suzy war eingeschlafen. Ihr Kopf war angelehnt, rollte leicht hin und her, der kleine Mund stand offen. Hatte sie ein liebliches Gesicht? Lisa hatte nie die hellauf lodernde Begeisterung für Babys teilen können, für Kinder, die der Beweis dafür waren, dass ihre Mütter ebenso wertvolle Arbeit leisteten wie ihre Väter, noch wertvollere Arbeit, die wertvollste Arbeit überhaupt. Die jungen Väter in ihrer Bekanntschaft interessierten sich ausschließlich für Buben.

Mit einem Ruck setzte Suzy sich auf und fragte, wo sie seien. Lisa nannte ihr die letzte Station und Suzy gähnte.

Didn't you sleep well last night?

I don't know, maulte Suzy.
Bad dreams?
Suzy war beleidigt. – Are you happy, Lisa? fragte sie nach einer Pause.
Ahm, no. I'm not happy.
Why not? Is it my fault?
No. It's not your fault.
Is it the husband? fragte Suzy weiter.
Ach, Suzy, you are sweet. No, you're smart.
But why are you unhappy?
My little girl back home ... she has injured her thumb in the sewing machine.
Oh fff-ck, presste Suzy hervor, die Stirn gerunzelt.
Yes, sagte Lisa. Let's get off now.

Eine Reinigungsmaschine musste vor kurzem vorbeigefahren sein, auf den Gehsteigen und vor dem Kino auf der Lexington Avenue breiteten sich Wasserlachen aus. Zwei Männer standen nahe dem Ausgang des Kinos, einer legte die Hand auf die Schulter des anderen und sprach eindringlich an dessen Ohr vorbei.
What's the man saying? flüsterte Suzy.
A secret.
Ein Schwarm von Tauben kam auf sie zu. Suzy suchte hinter Lisas Mantel Schutz.
Look up! sagte Lisa. What do you see?
Ju-dy Gar-land. A Star is Born, buchstabierte Suzy. Oh, Lisa! Are the pigeons coming out of the movie house?
Certainly, sagte Lisa. Should we ask them how they liked the movie?
Pigeons don't talk, sagte Suzy.
How do you know? Have you ever talked to one?

Lisa bückte sich zu der Taube, die am weitesten vorgegangen war. – Hello, sagte sie. Did you like the movie?

Suzy kicherte. Die Taube gurrte etwas Unverständliches und marschierte in einem Bogen um sie.

Von einem zweiten Plakat prangte Marlon Brando. *On the Waterfront*.

Brandos Kopf ohne Hals, nur sein gehetzt in die Ferne blickendes Gesicht, umgeben von einem gelben Oval. Sie hatte den Film zuhause gesehen, da zeigte das Plakat Marlon Brando in den langen Sekunden vor dem Kuss mit der Blondine. Ihr Kopf ruhte in seiner Hand, sein Daumen an ihrem Kinn, die Finger unter ihrem Ohr. Sein weicher Mund. *Die Faust im Nacken* war der deutsche Titel, das war brutaler als *On the Waterfront*.

Sie erinnerte sich, dass ihr die Musik gefallen hatte. Waterfront – waren das dieselben Docks, die John für sein Projekt fotografierte? Jetzt mit ihm ins Kino, es ist Vormittag, wenige Leute im Saal, flüsternd würde er ihr erklären, was die Szenen bedeuten.

Lisa begann die Spiegelungen in den Pfützen zu fotografieren. Wasser auf Asphalt. Eine Frau mit Stöckelschuhen kam daher, übersah, dass sie schnurstracks auf die einzige tiefere Pfütze zusteuerte und rettete sich mit einem Sprung. Lisa drückte ab.

What are we doing here? fragte Suzy.

Taking pictures, sagte Lisa.

And then?

Looking in shop windows. Trying to find a nice café.

The one with the Prince? fragte Suzy aufgeregt.

Maybe. What a lovely idea, Suzy.

Sie musste achtgeben. Suzy entwickelte sich allmählich zur Mitwisserin ihrer Fantasien. Konnte das Mädchen ihre Gedanken erraten? Sie hatte keine Ahnung, worüber Suzy mit ihrer Mutter sprach, wenn sie allein waren. Betsy erwähnte kaum etwas. Lisa würde noch mehr Zeit mit Suzy verbringen, wenn Betsy sich in ihre neue Aufgabe stürzte. Was hatte Betsy bisher getan? Lisa hatte nichts von anderen karitativen Engagements bemerkt. Manchmal war Betsy allein in Manhattan unterwegs, für dringende Besorgungen oder Termine bei einer Schneiderin.

Suzy und sie spiegelten sich in einem Schaufenster, wo drei Mannequinpuppen ihre Wintermäntel präsentierten. Mit einer Hand hielten sie den Mantel offen, damit das Etikett des Modeschöpfers erkennbar war. Sie trugen enge Kleider, ihre schmalen Beine waren in knöchelhohen Stiefeletten, die Beine elegant verrenkt und abgewinkelt. Mit der Zehenspitze des Schuhs zeigten sie zur Straße.

Why am I there in the shop window and here on the street? fragte Suzy. – Sie stellte die Position des einen Modells nach.

Lisa fotografierte ihrer beider Spiegelbild.

Ask Suzy in the shop window, sagte Lisa.

Hey, Suzy, schrie das Mädchen. Why am I here on the street? What are you doing in the shop window?

Eine Passantin blieb stehen.

What's the matter, child? fragte sie vorwurfsvoll.

Hey, get out of my shop window, schrie Suzy. There's not enough room.

Lisa schnappte sie.

Just playing, sagte sie zu der Frau.

War das tatsächlich jenes Café? Nachdem sie diesmal aus der anderen Richtung gekommen waren, konnte Lisa es nicht mit Gewissheit sagen. Als sie eintraten, umfing sie etwas wie eine Melodie aus einer vergangenen Zeit. Ein Moment, der höchstens im Traum gedehnt werden könnte. Sie wünschte, sie könnte diese allzu kurze Anmutung in der Nacht austräumen. In die Breite träumen. Sie versuchte, ein Lesezeichen zu setzen in einem Buch, auf dessen Seite sie rasch einen Blick hatte werfen können und das sich selbst weitergeblättert hatte.

Suzy lief auf ihren Tisch zu, der unbesetzt war, saß schon auf demselben Stuhl. Alles musste stimmen, das waren die strengen Regeln der Kinder.

Do you want a sandwich?

Which sand-which? sagte Suzy. Which sand-which. Which sand-which.

Ihr Mund verzog sich zu einer Grimasse. – Say it, Lisa.

Which sand-which.

Yes, madam? – Der Kellner war an ihren Tisch getreten.

Which sand-which have you got? fragte Suzy.

We have cheese, salami –

Sa-la-mi. I'll take sa-la-mi.

And you, madam?

Me too. And two glasses of water, please.

What's better, sweet or smart? fragte Suzy.

What do you mean?

First you said I was sweet. Then you said no, I was smart.

Oh, that. Forget it.

I want to know. I want to be sweet *and* smart.

Then be both.

Is that possible?

Sure.

So I'm smart, okay? What must I do to be sweet, Lisa? Tell me!

Lisa wusste nicht mehr weiter. Julian hatte geschrieben, ihm könne nur dann eine Frau gefallen, wenn sie etwas Liebes in ihrem Gesicht hätte. Diese erotisierenden Fratzen möge er nicht. Woher kannte er die, aus den Filmen? Am liebsten hätte sie zu Suzy gesagt, sei bloß nicht zu oft lieb.

The thing is, Suzy, that you can be sweet only when other people are around. You need other people.

Der Kellner brachte die zwei Gläser mit Wasser. Suzy lächelte ihn an. Weil von einem anderen Tisch jemand nach ihm rief, wurde der Kellner abgelenkt und reagierte nicht auf Suzys Meisterleistung.

Bad man, murmelte sie und schob die Stirn in Falten.

It's okay, sagte Lisa. He must work. But you were very sweet.

Es dauerte nicht lange, und der Kellner brachte die Salamisandwiches. Um welche Tageszeit waren sie letztes Mal hier gewesen? Nach dem Karussell, am frühen Nachmittag. Gegen ihren Willen suchte sie den Mann. Den Kuchenesser. Der seine Gabel unmissverständlich etwas zu lange in der Hand gehalten und seinen Blick in ihren Augen versenkt hatte.

Sie biss in ihr Sandwich. Salami war Italien. Sie würde am liebsten ein Glas Rotwein bestellen wie der Mann, der am Nebentisch Platz genommen hatte.

Do you like your sandwich? fragte sie Suzy.

Mhm. – Suzy nahm mit einem Ruck ihr Wasserglas und führte es an ihren Mund.

The Prince is not here, sagte sie.

Maybe he's at work.

Then he is not the Prince.

You're right. We can leave. How about Rockefeller Center? The Observation Deck?

Aus der Entfernung sah der Prometheus über dem Eislaufplatz selbst wie ein Eisläufer aus, obwohl er von den Schlangen gefesselt wurde. Sein Körper schwebte horizontal in der Luft, als wäre er von einem Partner weggeschleudert worden. Er würde mit dem richtigen Fuß auf dem Eis landen und sich mit einer Drehung stabilisieren.

Die Warteschlange zum Lift war mäßig lang. Lisa kaufte einen Führer und erzählte Suzy, dass die Steine an der Außenwand des Rockefeller Centers aus einem Steinbruch in Indiana stammten.

Red Indians? But the building is white.

In manchen Steinen seien Teile von Tieren eingelagert, die vor 300 Millionen Jahren im Meer lebten.

You're kidding. Three hundred – what?

Million. That's just very, very long.

Longer than forever?

Yes, longer than forever.

You must never go home, sagte Suzy, nachdem sie eine Weile geschwiegen hatte. Wie sollte Lisa ihr zu verstehen geben, dass sie wusste, was in ihr vorging? Und Kathi? War so tapfer. Hatte beim Abschied nicht geweint. Die Eltern schrieben immer nur, dass sie fröhlich war und ihre Großeltern aufmunterte, wenn sie Sorgen hatten.

Auf dem Aussichtsdeck blies ein heftiger Wind. Suzy musste sich auf die Zehenspitzen stellen. Lisa ließ ihren Blick von einem zum anderen Wolkenkratzer hüpfen, schräg vor ihnen das Empire State in seiner Pracht, nicht weit davon das Chrysler Building, der Hudson River eine breite, flache Schlange.

Let's walk around, sagte Lisa.

Central Park, sagte Suzy. So small. Like a game.

Lisa suchte die Gebäude am Hudson entlang Richtung Norden ab. Sie glichen Grabsteinen, die umfallen können und dann aneinander lehnen, wenn die Stadt ausgestorben ist, alle Menschen weg. Das New York Hospital tanzte vor ihren Augen, eine Täuschung vermutlich, ein weißer hoher Bau, dort nahm Julian seine Maske ab und desinfizierte seine Hände. Nein, das Gebäude war von hier aus nicht zu sehen.

What are you looking for? fragte Suzy.

The hospital.

Can we visit the husband?

No, I don't think so. – Julian war nicht jemand, den man unangekündigt besuchen durfte, nicht einmal zuhause, wo er nicht operierte.

Why not? fragte Suzy. We can visit Daddy.

Your Daddy is different. He is a lawyer.

Aha. – In Suzys Kopf arbeitete es.

If the skyscrapers were toy houses, we could play with them, sagte Lisa rasch. They could hop from one street to another.

And visit each other. Maybe there are families, sagte Suzy begeistert.

The Empire State over there, what is it?

Grandpa.

And he could still jump?

Yes, he jumps to Central Park.

What would he do there?

Have an ice cream soda?

That would be a big ice cream soda. And what about the Chrysler?

The pencil? He would go and visit his girlfriend.

Do we know who is his girlfriend?

Suzy grinste. – He never talks about it, Lisa. I think it's a secret. Because he's married.

Hm.

What's that over there? Far away?

Across the East River?

Further away. – Suzy blinzelte übertrieben. Als Lisa es ihr nachtat, verschwamm der Horizont in ein milchiges Weiß. Eine Schneelandschaft. Die Spitzen von Empire State und Chrysler und anderen Gebäuden, die sie nicht kannte, standen im Weißen wie Gipfel. Kletterten dort auch sportliche Männer und Frauen hinauf, wie ihre Eltern in den Lechtaler Alpen? Valluga, Zürs, geheimnisvolle Namen in den Fotoalben zuhause.

„Von der Schitour in die Revolution des März 1938", hatte ihr Vater einen Bericht übertitelt, den er direkt ins Fotoalbum hineingeschrieben hatte. Wie ein Kapitel in einem Buch. Wo war diese Revolution, in die die Eltern geraten waren? hatte Lisa sich gewundert. Über drei Blätter zog sich diese Geschichte, und nach den Bergen kamen Aufnahmen vom Stadtturm daheim, auf dem unter der Uhr eine große schwarze Spinne lauerte.

Die Eltern waren mit der Bahn auf der Rückreise vom Arlberg gewesen. Burschen und Männer im weißen Hemd, das Rot der Hakenkreuzfahnen, „Jetzt oder nie" habe die Parole in den Zugabteilen gelautet. In Innsbruck herrschte unendlicher Jubel. *Deutsch waren nun die mächtigen Gipfel.*

Als sie auf jene Dreitausender kletterten, war Österreich noch frei gewesen, dachte Lisa. Bei der Ankunft in Innsbruck war es vorbei mit dem kleinen Staat.

8

Am Freitag kam ein Telegramm von Julian. Bin am Wochenende verhindert. Alles okay. Wir sehen uns nächsten Samstag auf meinem Zimmer.

Erst durchfuhr sie eine Welle von Angst. Es musste etwas Schlimmes passiert sein. Warum rief er nicht an? Sie wusste, dass er die Stantons nicht strapazieren wollte, deswegen telefonierten sie nur, wenn es sein musste. Kurz überlegte sie, zum Krankenhaus zu fahren, in die Lobby zu gehen, beim Portier nachzufragen, wo ihr Mann sei, my husband, Dr. Schönfeld. Warum galt eine Frau, die sich nach ihrem Mann erkundigte, als hysterische, indiskrete Person, ein Mann hingegen als umsichtig und entschlossen? Hatte er einen Unfall gehabt und lag auf der Intensivstation und hatte das Telegramm ein Kollege geschrieben? My wife will be worried, please don't tell her the truth. Natürlich würden alle verstehen, dass man der von ihrem Kind getrennten Gattin des ehrgeizigen jungen Assistenten die Wahrheit nicht zumuten konnte.

Oder wollte er sie bestrafen für etwas?

Sie hatte bloß eine Minute nach der anderen gelebt. War in einem Sog von wohltuenden Momenten gewesen, von einer langsam dahinziehenden Zeit, die ihr gut gesinnt war, weil ihr John gut gesinnt war, na und, sie hatten viel gelacht, sie hatte Witze mit ihm machen können, die mit Julian nicht möglich waren, selbst in der gemeinsamen Sprache nicht.

Es war bis zuletzt ein großes Geheimnis, sagte Julian. Nur ein kleiner Kreis von Ärzten und Pflegepersonal war eingeweiht.

Warst du eingeweiht? fragte Lisa.

Nein. Ich erfuhr es erst zwei Tage vor dem Termin.

Hättest du es mir nicht wenigstens dann mitteilen können, per Telefon? Wir nützen das Telefon ohnedies kaum. Die Stantons hätten es schon verstanden, wenn ich gesagt hätte, es sei wichtig.

Und wie hättest du das erklärt? Mein lieber, naiver Schatz, es gibt Dinge auf dieser Welt, die laufen eben anders. Und wenn es sich um die Geburt einer Senatorentochter handelt, darf man wohl ein Wochenende opfern. So etwas passiert dir kein zweites Mal in deinem Berufsleben, versteh mich doch, ich will das mit dir feiern. Wir gehen in die Fifth Avenue und ich kaufe dir ein Kleid. Egal, was es kostet. Ich will dieses Glück mit dir wenigstens im Nachhinein teilen.

Und wie war es?

Ich bin zwar nur in der dritten Reihe gestanden, aber ich habe viel gesehen.

Kathi hat sich vor einer Woche in den Finger genäht, sagte sie.

Was hat sie? Wieso lässt deine Mutter sie an die Nähmaschine? – Julian stützte die Hände in die Hüften. Ein zorniger Gott baute sich da vor ihr auf, am Fenster seines Zimmers, mit New York im Rücken.

Wieso Mama sie an die Nähmaschine lässt, fragst du? Weil sie auf Kathi aufpasst, während wir nicht dort sind.

Sie scheint ja sehr gut auf sie aufzupassen!

Meine Eltern bemühen sich, ihr die Zeit möglichst schön zu machen. Und wenn Mama mit ihr näht, habe ich ihr nichts vorzuwerfen.

Lisa nahm ihren Mantel.

Was willst du jetzt tun?

Ich ziehe meinen Mantel an. – Ihre Hände zitterten so stark, dass sie die Knöpfe nur mit Mühe in die Knopflöcher zwingen konnte.

Ein großes Metallschild, honiggelber Untergrund, darauf die rote Schachtel, die Zigaretten unterschiedlich weit herausgezogen, roter Rahmen, rote Schrift. Pall Mall. Ihr Vater rauchte Smart Export von der österreichischen Tabakregie. Kam ein Kunde ins Geschäft, legte er die Zigarette auf der Rinne im Aschenbecher ab, einer gelben Halbkugel mit Metalleinfassung. Seine Fingerspitzen waren ebenso gelb. Der Rauch in der Wohnung und im Geschäft störte niemanden, er gehörte zu dem traurigen Gesicht, den schlanken Wangen, der hohen Stirn.

Ich habe dir von der Pall Mall-Zigarette geschrieben, die mir Onkel Konstantin in Wien gegeben hatte? Sie war eineinhalb Mal so lang wie eine normale amerikanische Zigarette, einfach fantastisch. Ich musste bei der Hälfte aufhören, weil ich schwindlig wurde.

Selbstverständlich hatte sie es nicht vergessen. Auch, dass Julian sie gebeten hatte, unter ihren Bekannten zu fragen, wer Camel-Zigaretten brauche. Die würde er ihr von Wien schicken und sie könnten sich etwas dazuverdienen, er bekam sie um 80 Groschen das Stück. Sie schlenderte weiter an seiner Seite die Fifth Avenue hinunter. Sie wäre ebenso gern alleine gegangen.

Rauchst du gerade viel? fragte sie gleichgültig, obwohl sie ihr Schweigen nicht unterbrechen hatte wollen. Die Frage hätte sie auch einem entfernten Freund stellen können, von dessen Laster sie wusste.

Nicht mehr als fünf pro Tag, das ist praktisch gar nichts.

Gibt es medizinische Untersuchungen über die Wirkung von Nikotin auf die Lunge?

Ist das eine ernstgemeinte Frage? – Er hielt sie im Gehen an. – Natürlich, das ist längst erwiesen. Deswegen bin ich ja besorgt um deinen Vater. Da fällt mir ein, ich muss dir morgen einen Artikel über kehlkopflose Sprache mitgeben. Vor einigen Tagen haben wir ein Larynxkarzinom operiert. Ich habe etliche Aufnahmen gemacht. Der Chef und zwei Kollegen werden einen Artikel schreiben. Ich kann dir die Fotos zeigen.

Okay, sagte sie. – Bei einem ihrer seltenen Wienaufenthalte hatte er sie in den Seziersaal mitgenommen. Er hatte ihr versichert, es sei gar nicht so schrecklich, sie werde überrascht sein. Im weißen Mantel einer Studienkollegin hatte er sie hineingeschmuggelt. Tatsächlich hatten die blassen Körperteile sie merkwürdig kaltgelassen.

Julian blieb vor einem luxuriösen Modegeschäft stehen. Im Schaufenster hantierte ein Dekorateur mit einer Puppe und sah verärgert aus, als sträube sie sich beim Ankleiden und versteife mutwillig ihre Gliedmaßen.

Was ist mit dir?

Lisa griff sich an die Stirn. – Nichts.

Würde dir dieses Kleid gefallen? Der Schnitt ist eher simpel, gerader Rock, das dunkle Philodendronmuster auf dem hellen Stoff, dafür müsste man nicht nach New York fahren. Seltsam für die Winterkollektion.

Hör auf! sagte Lisa. Hör mit deinem Blödsinn auf!

Julian fasste sie an beiden Armen. – Was ist los mit dir? – Sein Griff war fest. – Ist dir übel? Hast du etwas Schlechtes gegessen? Oder hast du eine Migräne? Was stimmt nicht mit dir? Wir gehen ins nächste Café. Oder hast du Appetit auf etwas Richtiges?

Sie nickte.

Was – Café? Restaurant? Seit wann hast du nichts gegessen? Dort drüben, sagte er. Das sieht nett aus. – Er ging mit ihr zur nächsten Verkehrsampel.

Ein paar Schritte vor der Ampel stellte sie die Kameralinse so weit ein, bis da nichts als ein verschwimmendes grünes Licht war. Eine grüne, untergehende Sonne.

Julian stand hilflos neben ihr und ließ sie gewähren. Es war ihr egal, was er dachte. Erst musste er einen anderen Ton in seine Stimme bringen.

Es war das erste Mal, dass sie einen Farbfilm in der Rollei hatte. Das war gut, die roten Buchstaben DON'T WALK sprangen ins schwarze Feld. Sie mochte Schriften in Fotografien, jetzt wusste sie es ganz genau. Das war etwas Neues. Sie drückte ab.

Julian führte sie in ein kleines Restaurant, Carlo's, das zwischen den Prunkauslagen mit Pelzmänteln, Herrenanzügen, Koffern und Porzellan fehl am Platz wirkte. Der Geruch des italienischen Essens … heiße Tomatensauce, Oliven … die laute, fröhliche Stimmung, schon saßen sie an einem winzigen Tisch, der eben freigeworden war, und der rote Vino di Tavola gluckerte in ihr Glas. Julian riss ein Stück vom Weißbrot ab und gab es ihr.

Nicht auf leeren Magen den Wein, sagte er. Please.

Please, zitierte sie ihn. Wie höflich du bist. – Nachdem sie zwei Bissen hinuntergewürgt hatte, hob sie das Glas.

Prost, sagte sie.

Prost, du armer Hase. – Seine blauen Augen. In denen hatte viel zu viel Platz. Das war nie anders gewesen. Manchmal hatte sie Angst vor den Bildern hinter seinen Augen gehabt. Die tote Mutter, die verletzten und toten Kriegskameraden, die aufgeklemmten Bäuche und Brustkörbe seiner Patienten auf dem OP-Tisch.

Weg mit den bösen Gedanken, sagte er. Irgendetwas quält dich, das merke ich doch. Ich höre dir gern zu, wenn du darüber reden möchtest. *Si!*

Er hatte zu dem Kellner gesprochen, der wissen wollte, ob sie etwas gefunden hatten.

Pizza quattro staggioni, sagte sie rasch.

Due, sagte Julian.

Was sollte sie machen? Mit ihm zu streiten hatte keinen Sinn. Er hatte das letzte Wort.

Was weißt du von der Asiatischen Grippe-Epidemie?

Wie kommst du jetzt darauf?

Offenbar weitet sie sich rasant aus. Es werden Fabriken geschlossen.

Welche Fabriken?

In Donawitz wurden alle Hochöfen stillgelegt, weil so viele Arbeiter erkrankt sind. Sogar Maria Callas hat diese neue Grippe.

Hat sie bei den Donawitzern – entschuldige. – Er räusperte sich. – Also. Woher hast du diese Sensationsnachrichten?

Mein Vater berichtet mir. Er fragt, was du davon hältst. Er kann nicht wissen, dass du die Tochter von John F. Kennedy –

Ich arbeite so viel, dass kaum Zeit bleibt, mich mit etwas anderem zu beschäftigen. Natürlich habe ich nicht übersehen, dass es in der Stadt viele Infektionen gibt. Wir – das heißt nicht wir, sondern die Lungenabteilung, bekommt schwerere Fälle, bei denen Vorerkrankungen bestehen. Zwei Kollegen im *hospital* haben eine Studie über die Asian flu begonnen. Bei den meisten Infektionen verläuft die Krankheit mild. Fieber, mit Bettruhe ist in 48 Stunden alles vorüber. Ich wollte dich nicht beunruhigen.

Du hast demnach keine Sorge wegen Kathi?

Nein.

Sicher nicht?

Bisher jedenfalls nicht. Du sagst selbst, dass sie keinerlei Erkältung hat, keinen Husten. „Nur" den armen Daumen.

Du bist glücklich so, wie wir – *wir* leben. Ja?

Ich weiß, worauf du hinauswillst, Schatz, nämlich, dass das derzeit kein befriedigendes Leben für dich ist, während ich mir alles holen kann, was ich will.

So hätte ich das nicht ausgedrückt. Alles holen, was du willst. Was meinst du damit?

Ich will diese Ausbildung absolvieren, damit ich bei uns im Krankenhaus eine bessere Arbeit leisten kann, die dringend benötigt wird. Ich bin einer von nur drei Ärzten, die das können werden in Österreich. Einer von drei! Diese Ignoranten werden einsehen müssen, dass wir das brauchen in unserer Stadt.

Sie fühlte sich in seinem Schnellurteil eingeschlossen, weil sie sich *ein gemütliches Leben* wünschte, das er ihr mit ebenjenen Worten in seinen Briefen aus Wien versprochen hatte. Seine Gier nach Wissen! Wissen ist Macht war einer seiner Lieblingssprüche. Seine Gier nach Anerkennung und Erfolg. Ging es ihm wirklich noch darum, Menschen zu helfen, oder ging es ihm um die Überlistung der Krankheit, den Sieg über einen Gegner, die Lorbeeren?

Der Kellner stellte ihnen die Teller auf den Tisch.

Wir müssen noch eine Weile durchhalten, sagte Julian und sah sie ernst an.

Sie hatte meistens geschwiegen, wenn sie jemand mit Vorwürfen oder Zumutungen überrollte. Heute nicht. Heute hatte sie ihm ihre Meinung gesagt – nicht alles, was sie hätte sagen müssen, aber genug, um ihn zu warnen. Wenn ihre Mama sie so gehört hätte! Und ihr Vater? Er hatte Respekt vor seinem Schwiegersohn, der eine gesicherte Zukunft für seine Tochter garantierte. Mama war sofort dafür gewesen, dass Lisa ihrem Mann nach New York nachreise, um ihn daran zu hindern, sie zu vergessen.

Hast du gewusst, dass es keine großen italienischen Fotografen gibt?

Julian half ihr, die Pizza zu schneiden. – Interessant. Was sagt uns das?

Lisa musste gegen ihren Willen lachen. Er hätte fragen müssen, *wer* sagt uns das, dachte sie. Julian lächelte zurück. Er zog sie mit einem Arm über die Pizza zu ihm hinüber und küsste sie auf den Mund.

Ich möchte in die *West Side Story* gehen, sagte sie. Hast du etwas darüber gelesen?

Klar. Ich wollte es dir sogar vorschlagen, habe in dem Stress darauf vergessen. Es muss großartig sein.

Ist aber kein Bruckner oder Beethoven.

Wir leben in einer anderen Zeit, mein Schatz, in einer anderen Welt. Bruckner können wir zuhause noch genug hören.

Die Stantons haben es auch schon gesehen.

Interessieren sich die für so etwas?

Sie hatten neulich ein paar Gäste. Zwei Brüder, Danny und Leon Feinstein, die arbeiten im Showbusiness, Danny ist bei der Produktion.

Julian starrte sie an. – Danny und Leon Feinstein.

Ja?

Ach nichts.

Nach dem Essen setzten sie ihren Spaziergang auf der Fifth Avenue fort.

Ich wollte schon immer ins SAKS gehen, sagte Julian. Exquisiter kann man in New York nicht einkaufen.

In der weiten Halle im Erdgeschoß mussten sie sich erst einmal orientieren. Im ersten Stock waren die Vitrinen mit Schmuck. Die großen Glasluster und das Funkeln in den Vitrinen wirbelten den Raum auf, dessen Ende sich verlor. Lisa suchte, drückte aber nicht auf den Auslöser. Wollte Julian ihr eine Handtasche kaufen? Er stand bei den weggesperrten Taschen vor einem Glasschrank, eine Verkäuferin segelte zwischen runden Tischen auf ihn zu. Sie würde gern in eine der Taschen hineinriechen.

Da bist du ja, mein Schatz. This is my wife, sagte er.

Die dezent geschminkte mittelalterliche Dame neben ihm deutete eine Verbeugung an.

Her father sells handbags in his shop in Austria.

How lovely.

Lisa lag es auf der Zunge zu sagen, Handtaschen und Treibriemen für die Traktoren der Bauern. Und die Oberleder für ihre groben Arbeitsschuhe habe ich selbst genäht. Sie beherrschte sich knapp, hätte auch nicht gewusst, was Treibriemen und Oberleder auf Englisch hieß. Das waren viel zu derbe Wörter für SAKS.

Could I have a look at the blue handbag? fragte sie und legte ihre Rollei auf einen Ladentisch.

You are a photographer, madam? fragte die Frau, während sie die Vitrine aufsperrte.

Yes. No.

May I, sagte die Verkäuferin und holte aus dem Inneren die kleinen Seidenpapierknäuel heraus.

Lisa nahm die Tasche, probierte sie am Unterarm mit abgewinkeltem Ellenbogen. Der Griff war beinahe zu eng, um über einem Wintermantel getragen zu werden.

Is there one with a long shoulder strap? fragte sie.

I'm sorry, madam, there is none. Not for this style of handbag.

Lisa öffnete die Tasche, klappte sie bis zum Anschlag auf und steckte ihre Nase hinein. Seidenfutter kühl gegen ihre Wange. Der unverkennbare Duft des Kalbsleders. Hello and good-bye, flüsterte sie in den schlanken Bauch der Tasche.

Sie spürte Julians Hand auf ihrer Schulter.

Würdest du wirklich eine blaue Tasche mögen? fragte er. Die passt nirgends dazu.

Keine Sorge, sagte Lisa. How much is it?

Die Verkäuferin drehte an einem winzigen Preisschild, das an einem Zwirnsfaden an dem zarten Riemen hing. – Two hundred and forty dollars, sagte sie.

Julian bedankte sich und führte Lisa am Ellbogen ab.

Was sollte das, fragte er, nachdem sie bis zur Stiege vorgegangen waren.

Was?

Wie du in die Tasche geschnüffelt hast. Wie ein Hund. Ich dachte schon, du setzt dir die Tasche auf.

In seinen Mundwinkeln kämpfte es. Sie sehnte sich danach, geküsst zu werden. Er behielt etwas zurück, eine notwendige Strenge.

Julian wusste nicht, worauf es ankam. Sie durfte ihn nicht aufgeben, den Mann mit der braunen Aktentasche und den zwei Koffern auf der Zeichnung der kleinen Maus. Er hatte offenbar die Geduld verloren, war bereits auf der Treppe in den dritten Stock. Ein Ballsaal. Lange Abendkleider, die meisten in Weiß, die Schaufensterpuppen so lebensecht, als würden sie im nächsten Moment grüßen.

Kannst du dir vorstellen, in diesem Kleid mit mir in die *West Side Story* zu gehen?

Heute Abend?

Es erinnert mich an dein Hochzeitskleid, die Spitzen, der weite Rock. – Er bückte sich zu dem kleinen Schild. – Das kann nicht sein, weißt du, wie viel das kostet?

Frag mich das nicht, dachte sie. Ihr wurde heiß vor Zorn. – Frag mich das nicht!

Drei-hundert-sechzig Dollar! Weißt du, wie lange ich dafür arbeiten muss?

Sie dachte sofort an seinen Ausbruch damals, als es um die Kleider für die Hochzeit ging. Die bösen Sätze hatten sich eingegraben. Eine exakte Einteilung des Geldes gibt es bei euch nicht – es wird einfach alles gekauft. Für Vater ein neuer Anzug – Mama ein neues Kleid – ganz abgesehen von deinem Brautkleid – wenn das Geld sowieso knapp ist, warum dann so eine große Hochzeit? Da pfeife ich eben darauf und mache die Hochzeit kleiner!

Ach, da pfeifen wir drauf, sagte sie.

Auf das Musical?

Nein! Auf diese teuren Kleider. Lass uns rausgehen und Richtung Broadway flanieren.

Wenn wir Karten wollen für heute Abend, sollten wir mit dem Taxi fahren.

Keine zwei Minuten später saßen sie in einem und sie genoss die rücksichtslose Fahrweise, ihr Körper von der unsichtbaren Kraft nach links und rechts bugsiert.

Gegen alle Erwartungen bekamen sie zwei retournierte Karten. Die Aufführungen waren auf Wochen hinaus ausverkauft. Sie hatten zwei Stunden Zeit.

Julian umarmte sie vor dem Theater. – Ich habe ein schlechtes Gewissen. Ich weiß zwar nicht genau weswegen, aber ich habe dich gekränkt. Wieder einmal. Excuse me?

Ein Polizist hatte ihn angerempelt.

Make way, sir, sagte der Polizist und stellte ein breites Gitter auf.

What's happening here? fragte Julian.

Der Polizist wies Julian und Lisa zur Seite.

Was soll das werden? fragte Lisa. Eine Demonstration?

Von wem? Wer demonstriert?

Die Bürgerrechtler? Hast du davon gehört?

Am Rande. Fragen wir jemanden. – Er sprach einen älteren Mann an.

Don't you know? The Queen of England will drive down Broadway tomorrow.

Thank you so much. Das ist völlig an mir vorbeigegangen, sagte Julian.

Ich begreife das nicht, sagte sie. Dass ich nichts in der *New York Times* gelesen habe. Dass niemand bei den Stantons davon gesprochen hat. Suzy wäre sicher Feuer und Flamme dafür. George müsste sie auf seine Schultern setzen.

Sag jetzt nicht, du willst morgen mit den Stantons die Royals bestaunen.

Okay, sagte sie. Ich verzichte darauf.

Auf den Gehsteigen wurde es enger. Von einer Baumaschine dröhnte Lärm. Julian fasste Lisa fest an der Hand, dann wurde der Zug so groß, dass er sie losließ. Er warf ihr einen verzweifelten Blick zu. Sie presste ihre Handtasche an die Brust, setzte einen Schritt vor den nächsten. Neben ihr ging eine junge Mutter mit einem Kinderwagen, die nicht beunruhigt schien. Julian stellte sich seitlich zu dem Strom der Fußgänger und ließ sie passieren, bis er wieder an Lisas Seite war. Er nahm sie um die Schultern und leitete sie, fast auf der Stelle tretend, diesmal ließ er sie nicht los.

Ihre Karten im Winter Garden Theatre waren auf dem ersten Rang Mitte. Als Lisa das Programmheft aufschlug und die Namen Leonard Bernstein und Jerome Robbins las und die kleiner gedruckten von Carol Lawrence und Larry Kert, fühlte sie sich persönlich bekannt mit ihnen.

Prolog. Nichts hatte sie auf die Wucht der Rhythmen vorbereitet, das Stampfen, die abgehackten Schritte, und unmittelbar darauf die Weichheit einer Melodie, die ihr fast die Tränen in die Augen trieb, die musste das Liebespaar darstellen. Das Tempo wurde rasant schneller, grausame Bläser – und das, war das Maria, Ma-ri-a?

Julian drückte ihre Hand und neigte seinen Kopf zu ihr. – Fantastisch, flüsterte er. Fantastisch!

Lisa hörte das Fingerschnippen … drohend, voll der Ankündigung, der Annäherung, … sie atmete tief durch.

Temperament musste ein Mann haben! Und Tony – das also war Tony, Larry Kert. *A Polack*. If I can wait … I don't know what it is … but it's gonna be great … die Töne streckten sich hin, die langen Arme einer Katze … maybe tonight, maybe tonight.

Da – er sieht sie, über die Tanzhalle hinweg – sie gehen langsam aufeinander zu … o wie sie sich nach so einem Kennenlernen sehnte, nach solchen Schritten. Maria in einem weißen Kleid – mit einem roten Gürtel. You're not thinking I'm someone else? – I know you aren't.

Es war beinahe mehr, als Lisa ertragen konnte. Alles bloß gespielt. Alles erfunden. Auch die Musik – erfunden. Das hatte nichts mit ihr zu tun. Sie hatte keinen Bedarf an erfundenen Sehnsüchten. Was sie brauchte, war – ein klarer Kopf, der sich nicht ständig verwirren ließ. Sie war stark, das wusste sie, sonst hätte sie diese Reise nicht allein unternommen. Du fährst allein mit dem Schiff nach New York? Hast du keine Angst?

I like to be in America!
Okay by me in America!
Everything's free in America
For a small fee in America.

Hinreißend, sagte Lisa in der Pause. Die lateinamerikanische Musik mit dem Jazz, das ist genial.

Ja. Die können etwas. Das muss man ihnen lassen. Der Choreograph, die Tänzer, dieser Bernstein, da weht ein anderer Wind als in Österreich. Dagegen sind wir uralt. Wenn ich im *hospital* sehe, mit was für einem offenen Geist sie arbeiten, spüre ich unsere Beschränkungen zuhause umso mehr. Wir haben einige über

Sechzigjährige, die sind nicht weniger aufgeschlossen allem Neuen gegenüber, werfen neue Perspektiven auf. Als würden wir fest an einem Platz stehen, während die Amerikaner um die Sache herumgehen. Wie wenn man eine antike Statue nur von vorn sieht, auf einem Bild, aber wenn man sie im Museum umkreisen kann, entdeckt man erst den ganzen Körper.

Bekommt ihr viele Puerto-Ricaner ins Spital?

Das sind großteils arme Leute aus East Harlem. Narkose bei der Geburt ist für viele Frauen noch immer nicht verfügbar. Unser Chef legt auf eine perfekte Nachbetreuung bei Mutter und Kind den größten Wert.

Lisa verbiss sich die Frage, wie das bei der Kennedytochter gewesen war. Als ihre Kathi zur Welt kam …

Nach der Pause waren sie im Brautkleidsalon. Ausgerechnet. I feel pretty, oh so pretty, I feel pretty and witty and bright … die Näherinnen mit ihren weitschwingenden bunten Hochzeitskleidern … diese Ausgelassenheit … und die Mädchen hier waren mitten in einem Bandenkrieg, den ihre Burschen ausfochten – und trotzdem schäumten sie über vor Lebensfreude und Selbstbewusstsein … I feel pretty, oh so pretty. Was waren das für Nähmaschinen? Singer-Nähmaschinen – Kathis Daumen – und die Geschäftsfrau, die Ähnlichkeit mit Lisas Mama hatte, ein wenig dicklich … *muchachas!* An die Arbeit, jetzt wird nicht getanzt!

But Madam Lucia, what can you expect? We use Singer sewing machines!

Ha-ha-ha, kam es von Julian.

Keine Vorwürfe mehr, dachte Lisa. Das Lied drehte eine Runde nach der anderen und galoppierte an ihr vorüber. Sie blätterte im Programmheft. My Sin, ein Parfüm, ob man das aufs Handgelenk tupfen durfte oder nur auf einen Streifen Seidenpapier?

In der Nacht floh Lisa vor jungen Männern, die ihre Arme triumphierend ausbreiteten, während rundherum *I Love America* dröhnte. Brautkleider sah sie in allen Farben und Lisa klammerte sich an ihrer blauen Handtasche fest, die musste neu sein, hoffentlich hatte sie die nicht in dem teuren Laden gestohlen. Ihre Mama schaute sie fragend an, das weiche Gesicht ihrer Mama, die lachen konnte, bis ihr die Tränen kamen, in immer kürzeren Schüben. Sie ging auf Zehenspitzen ins Bad, um den Schweiß mit kaltem Wasser wegzuwaschen, vermied ihr Spiegelbild.

Am nächsten Tag saß sie mit Suzy vor dem Fernseher und sah Berichte der Konfettiparade und der weiteren Reiseziele der Royals.

Look at her hat, sagte Suzy. A turban. She looks like a man.

Maybe she is a man, sagte Lisa müde.

Don't be silly, sagte Suzy. But she should wear a really elegant hat. – Sie zeigte, wie groß der Hut sein sollte.

Can we go look at hats soon?

Lisa versprach es ihr.

9

Betsy war viel unterwegs. Die erste Pflegerin für ihre Tante blieb eine Woche, dann wurde klar, dass sie krank und der Aufgabe nicht gewachsen war. Sie war die Tochter polnischer Eltern, die vor dem Krieg ausgewandert waren. Als Lisa wissen wollte, woher sie kamen, hatte Betsy den Namen vergessen – an unspeakable name for a town. Lisa hatte ein paar polnische Städte aufgezählt, die nur Kopfschütteln ernteten. Lublin. Posen. But that sounds German, Lisa?

Schließlich brachte sie die letzten Filmrollen zu dem kleinen Fotogeschäft. Der Mann war hocherfreut, sie wiederzusehen. Sie erzählte ihm, dass sie mit Farbfotos die verschwimmenden Flecken auf den Straßen einfangen wollte.

I want to do paintings by light, sagte sie und kam sich wie eine Hochstaplerin vor. Eine fröhliche. Sie erzählte ihm auch, dass sie aus Österreich komme und hier als *nanny* arbeite.

Do you like your job? fragte er.

Yes, but …

But?

I have a little girl at home.

Oh, sagte der Mann. Er faltete seine Hände, lange, feingliedrige Finger, und legte sie an sein Kinn.

Nach dem Krieg gab es bei uns keine Farbfilme. Die Bilder wurden koloriert. Colored.

But you had color photography before the war I assume?

Yes. We had.

I'll charge you a special price.

Lisa wusste nicht, was sie sagen sollte.

Live fast, dear lady, so you can see your little girl sooner.

Eines Vormittags, als sie eben das Haus verlassen wollte, läutete das Telefon. Suzy rannte zum Apparat und hob ab.

Stanton, sagte sie ohne Fragezeichen dahinter. Who's speaking? John. John who?

Es folgte eine Pause.

He wants to talk to you, Lisa, sagte sie.

Lisa übernahm den Hörer. Was fiel ihm ein.

Hi, Lisa. How are you?

Fine, fine. And you?

Suzy war ganz Ohr. Lisa legte den Finger auf ihre Lippen.

Er fragte, wann sie sich treffen könnten. Bald. So bald wie möglich. Sonst wäre sie verschwunden aus New York, ehe sie einander richtig kennengelernt hätten.

Nichts lieber als das, very much so, yes.

Er nannte den kommenden Montag. Ob das möglich wäre?

Lisa überschlug Betsys Zeitplan, die letzten zwei Montage war sie jedenfalls zuhause geblieben. Das musste sie riskieren.

Yes. Okay.

Sie solle ihm ihre nächste Bus- oder Subwaystation sagen. Montag um zehn Uhr – okay?

How interesting, sagte sie.

Suzy machte ein neugieriges Gesicht.

Yes, I know about that movie. *On the Waterfront*. And Brando had an apartment on 96th and Lexington.

I see, sagte John langsam. We'll meet at Marlon Brando's apartment. What an excellent idea.

Goodbye, sagte sie.

Als sie wenig später mit Suzy auf die Straße trat, sah es nach Regen aus. Sie gingen nochmal hinein, Suzy musste ihr hellgrünes Regencape über den Mantel ziehen, dünne Mütze, Fäustlinge. Lisa nahm ihren Schirm. Sie hatte keinen Plan, wollte nur flanieren, in eine Straße abbiegen, die sie nicht kannte. Es ließ sich nicht vermeiden, dass sie den Bus nahmen. Als sie zu der Station kamen, wurde Suzy von einem schwarzen Hund abgelenkt, der seine Leine am Gehsteig mitschleppte.

Where is his …, oh Lisa, where is his …?

Eine ältere Frau lief auf sie zu, eine Hand vor Aufregung an den Hals gepresst. Lisa nahm die Leine auf.

What's his name, fragte Suzy, als die Frau sie erreicht hatte.

Rocky, keuchte die Frau. – Sie nahm Lisa die Leine ab und zog den Hund wütend zu sich.

Der Bus fuhr an den Gehsteigrand. Lisa schob Suzy hinein und das Mädchen fiel auf eine Bank. Suzys Unterlippe zitterte.

What a nasty woman, sagte Lisa. We should take her dog. No?

Nasty woman, brummte Suzy. Next time we'll take her dog with us.

Lisa ließ die Stationen vorüberziehen, das schwere Halten, das bauchige Fahren, dieser Watschelgang, bis sie einigermaßen Geschwindigkeit erreichten. Sie ergab sich dem Schaukeln in den Hüften. Nach einem Halt sagte Lisa, an der nächsten Station würden sie aussteigen.

Will there be a hat shop? fragte Suzy.

Maybe, who knows.

I know, sagte Suzy.

Lisa nahm sie fest an der Hand. In ihrer Manteltasche war der Stadtplan, der in den Falten brüchig wurde.

Attention, Suzy!

Ein Mann in einem grauen Regenmantel kam ihnen entgegen, der Kopf hing zur Seite. Die eine Schulter war ein Hügel, die Arme baumelten leblos vom Körper weg, ein Engel mit lahmen Flügeln. Seine Beine wickelten sich übereinander, trotzdem kam er voran, in einem Gang, als häkle er ein Muster auf den Gehsteig. Als er sie passierte, steckte Lisa die Nase in die Luft. Er roch nach gar nichts, kein Alkohol, keine Verwahrlosung, nicht einmal nach Alter roch er.

Why don't you have a hat, Lisa?

In ihrem Koffer war kein Platz für einen Hut. Und eine eigene Hutschachtel wäre zu umständlich gewesen.

But a lady must have a hat, beharrte Suzy.

I have no money for hats, only for photographs, Suzy.

I can ask Daddy, sagte Suzy. He can give you money.

No way, sagte Lisa. That's impossible. – Sie nahm Suzy das Versprechen ab, nichts davon zu sagen.

Inzwischen fielen die ersten Tropfen. Suzy ließ anstandslos zu, dass Lisa ihr die Kapuze über den Kopf zog.

This is great, sagte Lisa. I like rain. It's so good for photos. – Sie stellte sich nah an eine Schaufensterscheibe und richtete die Kamera parallel zum Glas, sodass sie erst das weiter entfernte Stück in den Sucher bekam.

Vom Inneren des Ladens sah man nur einige unscharfe Flecken. Etwas Buntes auf einem Hocker. Suzy rannte vor und rief:

It's a bunch of flowers. It's very ugly.

Can you get out of my way? Why is it ugly?

It's plastic flowers.

Lisa ging ein paar Schritte auf die Scheibe zu. Dünne Schlieren liefen über das Fenster. Die Blütenblätter verwandelten sich in abstrakte Formen, die miteinander tanzten. Lisa schloss ihre Augen halb, bis die gelben und roten Flecken verschwammen. Sie musste John fragen, wie sie die Rollei dazu bringen könnte, diesen Effekt festzuhalten. Was hatte ihr Vater geschrieben, sie solle nah ans Glas gehen. Das tat sie. Aber John würde sie auf jeden Fall fragen.

Suzy sagte, sie könne es kaum erwarten, groß und erwachsen zu sein.

Oh yes? And why?

Because then I can look down on ladies' hats. And umbrellas.

You must be very tall to look on a lady's hat from above.

Let's go to Schrafft's. I want to sit upstairs and look down on umbrellas and hats.

Lisa überlegte. Schrafft's war auf der anderen Seite des Central Park. Sie konnten auf gut Glück noch eine Weile weitergehen und hoffen, dass es ein Café mit einem ersten Stock gab. Das musste möglich sein in so einer Stadt.

Okay, Suzy. We'll just walk a little more and see what turns up.

How long?

Ten minutes?

That's fair, sagte Suzy.

Lisa war selbst neugierig darauf, was auftauchen würde. Sie fühlte sich frei für Überraschungen, kam sich vor, als träume sie bei Tag. Ihr Traum würde wissen, wohin sie wollte. That's fair. Suzy hatte recht. Zehn Minuten waren fair. Und für sie, Lisa, war es nur fair, dass sie an der Seite von John die Lexington entlangflanieren würde, der aus einer neuen Welt kam. *I wanna be – in America*. I wanna be with you. Heute Abend würde sie ihrem Vater schreiben. Mama, die den Vater manchmal in den Wahnsinn trieb mit ihrer Lebenslust, dem Fortgehen, den Bällen, dem neuen Kleid für Lisas Hochzeit. Alle hatten ihr Bestes getan, die Wohnung im oberen Stockwerk einzurichten, auch ihre Eltern, nicht allein Julians Vater.

Isn't this great? sagte sie zu Suzy.

There, sagte Suzy und zeigte auf einen Kellner aus Blech, schwarze Hose, weißes Hemd, weiße Schürze, ein geschmeidiger Mann, der einen dampfenden Teller trug. Sogar der Dampf war abgebildet. Le Petit irgendwas. Der kleine Hunger?

Suzy schüttelte dem blechernen Kellner die Hand, die er nicht heben konnte.

I'm Suzy, sagte sie. And this is my friend Lisa. And what's your name?

Philippe, sagte Lisa.

Sie traten in einen schmalen Gang, in dem ihnen ein richtiger Kellner die Mäntel abnahm.

Bonjour, mademoiselle, sagte er zu Suzy. *Bonjour, madame*.

Do you speak English? fragte Suzy.

Bien sur, sagte der Kellner. Can you understand my English? *Bien sur?*

Sh-ure, sagte Suzy. I want to go upstairs.

Über eine Wendeltreppe kamen sie in den ersten Stock. Es war früh, sie waren die Einzigen. Der Kellner wies ihnen den Fensterplatz zu und legte eine schmale Karte auf den Tisch.

Hot chocolate for you, Suzy? And a café au lait for me, please, sagte Lisa.

Suzy hatte sich weit auf das tiefliegende Fenstersims vorgelehnt, um alles zu überwachen.

Here's an umbrella! Two, three! I like the red one best.

Lisa machte eine Aufnahme. Einige Passanten mit Schirmen standen bei einer Ampel. Als ein Schirm zur Seite gekippt wurde, um das Wasser ablaufen zu lassen, kam ein Hut zum Vorschein. Ein cremefarbiger. Das war kühn. Die Regentropfen mussten schmutzig sein. Diese Frau scherte sich nicht darum. Hatte die so viele Hüte im Schrank? Der Hutsalon zuhause … an der Wand die Köpfe mit den Hüten … in der Mitte ein eleganter Tisch aus Metall, dünne Beine. Die Modistin Ella … unverheiratet, in Stöckelschuhen. Mit beiden Händen nahm sie einen Hut und man senkte den Kopf. Vor dem Spiegel zupfte Ella ihn zurecht. Ella war nicht mehr jung. Lisa hatte einmal ein Foto von Coco Chanel gesehen, ihrem Krähengesicht. Ihre Ella war hübscher.

Der Kellner brachte den Kaffee und Suzys heiße Schokolade. In einem Schälchen warteten kleine Zuckerstücke. Suzy nahm die zarte, silberne Zange und bemühte sich, ein Zuckerstück einzuklemmen. Es sprang zweimal aus der Zange und landete in der Schale. Suzy gab Lisa stumm die Zange über den Tisch.

Three, sagte sie.

But this cup is smaller than our cups at home.

Schritte kamen die Treppe hoch und Suzy starrte hin, als ein grauer Hut sichtbar wurde und darunter immer mehr von dem Mann, der ihn trug. Ein Mann mittleren Alters, dachte Lisa. Um die fünfzig.

Bonjour, sagte Suzy.

Bonjour, mademoiselle. Bonjour, madame. – Er nickte Lisa zu.

Während Suzy auf ihrem Sessel mit den Beinen zu wippen begann, wandte sie den Blick nicht von ihm ab. Lisa klopfte mit dem Zeigefinger auf den Tisch.

Drink your chocolate.

Lisa war neugierig geworden. Der Mann hatte seinen Mantel ausgezogen. Er nahm ein Heft aus der Tasche und legte es auf den Tisch, beutelte die Regentropfen aus dem Mantel und hängte ihn über einen Stuhl. Gut, das konnte man in alle Ewigkeit beobachten, ohne dass etwas Besonderes daraus wurde. Es gab zwei Möglichkeiten. Suzy würde sich bald langweilen und sie müssten gehen. Oder Suzy würde eine Romanze mit dem Mann beginnen. Der hatte sein Heft aufgeschlagen und las darin. Die Hand war gegen seinen Kopf gepresst, als halte er eine Wunde zu. Am mittleren Finger funkelte ein Ring. Seine Fingernägel waren ebenmäßig und gut gepflegt. Es waren handschriftliche Notizen, mit einem Kugelschreiber. Wieso kam der Kellner nicht?

Keine zwei Minuten später brachte er eine Tasse Tee.

How are you doing, Mr. Barrett?

Ahhm … Der Mann presste die Lippen aufeinander und wiegte leicht seinen Kopf. – Things will work out soon, I hope.

Mr. Barrett. – Suzy bewegte nur die Lippen.

Der Mann schmunzelte.

You want a cake? sagte Lisa zu Suzy.

Suzy nickte heftig. – A strawberry cake.

It's not strawberry season, Suzy.

It is always strawberry season.

You are right, *mademoiselle,* sagte der Mann vom Nebentisch. May I order a *tarte aux fraises* for you?

Yes, please.

Er stand auf und bückte sich über das Geländer bei der Treppe. Er wartete ein paar Momente, hob den Finger und rief seine Bestellung hinunter.

This is very kind of you, sagte Lisa.

I like nothing better than making little girls happy.

Der Mann sah so vertrauenswürdig aus, sein Heft mit den Notizen vor sich.

You are taking notes? fragte sie mit trockener Stimme.

Yes, I am taking notes.

Why? setzte Suzy nach.

Do you want to see what I'm writing?

Yes, please!

Schon hatte er Suzy sein Heft auf den Tisch gelegt und wieder Platz genommen. Die Kleine versuchte die erste Seite aufzuschlagen, und als das nicht sofort gelang, leckte sie an ihrem Finger. Ein Datum auf die amerikanische Art geschrieben. Eine Überschrift. Kurze Zeilen untereinander. Suzy las mit ihrem Finger vor.

Alone at night
In this red city

Am-bu-lan-ces
Howl in my sleep

On the fire escape
My dreams

Can you please
Lift me up

Lisa zog das Heft zu sich herüber und las das Gedicht noch einmal.

You are a poet, sagte sie. What a wonderful poem.

Thank you. And you, *mademoiselle*.

My name is Suzy, sagte Suzy.

Nice to meet you. I'm Frank.

Lisa, sagte Lisa.

Der Kellner kam die Treppe herauf und stellte den Teller mit der Erdbeertorte auf den Tisch.

Anything for you, *madame*?

Maybe … maybe …

Isn't it time for lunch? fragte Frank. Shall we have lunch together? How about a cheese omelette? Yes? Two, please. And two glasses of white, is that okay with you, Lisa?

Yes, yes. But. Yes.

Lisa lehnte sich mit einem Seufzer zurück. Suzy stach in ihre runde *tarte* mit dem Gelee darüber.

The line with the fire escape, sagte Lisa.

Yes?

I saw *West Side Story* a while ago.

You're kidding, sagte Frank.

Why?

I was there too. Two nights after the opening.

In September?

In September, sagte er und deutete auf sein Gedicht. I wrote this after I came home from the theater.

Lisa is from Austria, sagte Suzy stolz.

So you are not – mother and daughter?

Lisa is my nanny, sagte Suzy. She is a photographer. – Sie deutete mit ihrer Kuchengabel zur Rollei.

Frank legte die Hand an seinen Kopf. Sie hätte ihn gern nach seinem Alter gefragt. Ihr Vater war 57, mit dem Jahrhundert geboren.

How – old are you, Frank?

I am an old man. I'm fifty-two.

Not young, sagte Suzy. I'll be seven next fall.

May I ask how old you are, Lisa? While we're at it? Or rather – no, don't tell me. Don't tell me.

It is a secret, sagte Suzy.

Do you like your *tarte*?

Yes, I do. Thank you.

Sie stießen auf – everything – meeting you – your poem – an. Der Wein kam aus dem Burgund, da war sie noch nicht gewesen.

Eine junge Frau aus Europa sitze in einem französischen Restaurant, einem *bistro*, und fotografiere den Regen in New York, begann Frank zu erzählen. Sie spreche sehr gut Englisch, sie wisse, was das Wort „kidding" bedeute. Weil sie so ernst sei. Er komme seit Jahren in dieses *bistro*, aber diese Europäerin mit Namen Lisa sei ihm hier noch nie begegnet. War es ein Traum? Werde sie, nachdem sie ihre Omelette gegessen habe, *merci beaucoup*, wieder verschwinden aus seinem Leben? Hoffentlich nicht aus New York.

Liebe Lisa! Der kleinen Maus geht es gut, die Wunde verheilt gut. Der Verband auf dem Foto ist schon weg. Hast Du die englische Königin auf dem Broadway

gesehen? Offene, schwarze Limousine. Die Gehsteige vollgepackt mit jubelnden Menschen, ein Regen von weißem Konfetti und Bändern, Polizisten auf Motorrädern. Habe gestern von Wlady sechs Aufnahmen vom Höhenstraßenrennen im März bekommen. Tolle Fotos! Die Beifahrer liegen wenige Zentimeter über der Straße aus dem Wagen heraus. Mercedes Sportwagen, Volkswagen. Das Publikum ist begeistert, in den Gesichtern die Freude über ein Sportereignis, das sie hautnah erleben. Vielleicht kann ich nächstes Jahr hinfahren. Wir dürsten nach dem Erhebenden.
Dein Papa

Auf dem Foto hielt Kathi ihren dicken weißen Daumen so nah an das Objektiv, dass er wie Zuckerwatte aussah. Sie strahlte, hatte beide Zöpfe über die Schultern nach hinten gelegt. Auf sie war Verlass. Selbst mit einem eingebundenen Finger würde sie ihrer Mutter kein schlechtes Gewissen bereiten. Diesmal war keine Zeichnung dabei und keine Nachricht in Blockbuchstaben. Und seit wann interessierte sich ihr Vater für Autorennen? Motorradrennen? Dafür würde er nach Wien fahren im nächsten Frühjahr, im März, wenn sie noch in New York war? Wir dürsten nach dem Erhebenden.

Am Morgen war Lisa auf dem Rücken in ihrem Bett gelegen. Ein weiches Klopfen. Für ein paar Momente hatte sie geglaubt, Muina, ihre Katze zuhause, wäre auf das Bett geklettert. Es war nur ihr eigener Herzschlag gewesen. Der trieb sie jetzt, als sie zur Bushaltestelle hastete, mit Nachdruck voran, hin zu den Leuten, die geduldig warteten. Ein Mann warf seine Zigarette weg und kam betont langsam auf sie zu. Er hatte ihre verschlüsselte Nachricht am Telefon also verstanden.

So you're taking me to Marlon Brando's apartment now, sagte John.

Sie gingen ein paar Schritte miteinander. Ob sie bestimmte Wünsche habe?

I have no plans, sagte sie. Except – maybe we could go to Harlem?

To Harlem? – Er blickte in den Himmel. – Great light for Harlem. Let's walk to the next subway station. Okay?

Okay.

And after that we can have something to eat and then I would like to show you where I live. It's not too far from Amsterdam Avenue. – Er streckte den Arm aus und zeigte weit weg. – Across the Hudson River is the Hoboken waterfront, where the Brando movie is set. Did you like the music in the movie?

Very much!

He's amazing, Bernstein, isn't he?

The music in the movie was by Bernstein? I didn't know that. I saw *Westside Story* a couple of days ago.

Very up to date, sagte er.

In der Subway setzte sie sich neben eine junge Frau, während John an die Stange gelehnt stehenblieb. Der Zug tobte durch die Tunnel. Ein Mann auf der gegenüberliegenden Bank spielte auf einem kleinen Schachbrett eine Partie gegen sich selbst, die Figuren hafteten magnetisch. Lisa hätte gern das Geräusch gehört, wenn er sie ablöste und aufsetzte, ein Schlürfen. Fuhr diese Garnitur heute noch schneller als sonst? Sie wurde immer wieder an die junge Frau neben ihr geworfen. Johns offene Lederjacke. Sein Bauch.

Als sie ausstiegen, war es Lisa heiß geworden.

It's one of the last warm days of fall, sagte John, der New Yorker. We are very lucky. So you want to see black people, right?

I want to see … the street life of Harlem, sagte Lisa und fühlte sich ertappt.

How many rolls of film?

Five.

We can always get more, sagte John. Or you can take pictures with my Leica.

Es war ruhig. Wenig Verkehr. Die Straße wartete auf Anordnungen von Lisa. Welche Sicht der Dinge wollte sie zu sehen bekommen? Die berühmten spielenden Kinder in zerfetzten Kleidern? Hier saßen zwei Jungen fast übereinander auf den Stufen zu einem Haus, der eine hatte einen Zigarettenstummel im linken Mundwinkel, war wie ein Gangster gekleidet, eine zu große Anzugsjacke, die Hose mit einer dicken Schnur zugezogen, kariertes Hemd, Hut aus der Stirn nach hinten. Dieser Ausdruck, die hochgezogenen Augenbrauen – dass so etwas möglich war bei einem kleinen Jungen, der war keine zehn. Sein Freund trug schmutzigere Kleidung, seine Hose hatte Löcher und Flicken, auch er rauchte.

Zwei Häuser weiter saßen Kinder auf einem Fensterbrett, die Scheibe bis auf dreißig Zentimeter heruntergelassen. Das kleinste, ein Mädchen, hatte sich so weit zusammengefaltet, dass es unter der Scheibe hätte durchschlüpfen können. Es wirkte wie in einem Foto fixiert.

Ein Schönheitssalon. Danach ein Bestattungsunternehmen. Ein Paar stand mitten auf dem Gehsteig, die Frau elegant, beim Mann hingen die Hosenträger in langen Schleifen hinunter. Sein Arm lag schwer über ihrer

Schulter quer über den Rücken, er musste an die hundert Kilo haben, ihr Hütchen unverrückt.

Lisa hatte den Eindruck, dass hier alle ausschließlich zum Vergnügen oder Zeitvertreib auf der Straße waren.

Should I leave you by yourself for a little while so you can take your photos? fragte John.

Er hatte ihre Befangenheit gespürt, sie auf seine Anwesenheit zurückgeführt.

This is – so nice of you. I have only Suzy as my companion when I take pictures in New York. (And my husband, dachte sie.) And my husband. Sometimes. Seldom.

You don't see him too often?

No.

Sie wollte nicht von Julian erzählen.

I'll get me some films in a little store just off the street here. If you walk along I'll catch up with you, all right?

Of course.

In ein paar Sprüngen lief er auf die andere Seite.

Ein Auto rollte langsam an den Straßenrand. Das Gelb seines Dachs warf scharfe Sonnenstrahlen zurück, sodass sie ein paar Augenblicke nichts erkennen konnte. Dann schob sich aus dem Wagenfenster eine Hand, die in einer weißen Manschette und einem grauen Anzugärmel steckte, als winke sie jemanden zu Boden, bedeute ihm stehenzubleiben. Der untere Teil des Wagens war tomatenrot. Wenn der Mann die Hand nicht bald einzog, würde er sie am nächsten Laternenpfosten abbrechen.

Bevor es dazu kam, stellte sie die Rollei ein, und während es klickte und sie die Kurbel zurückdrehte, hustete sie leise.

Attention! rief sie.

Der Wagen blieb stehen.

Thank you, ma'am! – Ein schwarzer Mann musterte sie von oben bis unten. Der Fahrer gab Gas und der Wagen rollte weiter.

Der Mann hatte ein interessantes Gesicht gehabt, eine hohe Stirn wie ihr Vater, er sah ihm ähnlich. Sie schaute dem herrlichen Wagen nach, der langsam entschwand und sich in zwei Farbflecken auflöste. Ein verschwimmender letzter Tupfen. Hatte der Wagen dort geparkt? Sie ging weiter, die Rollei klopfte gegen ihren Magen, sie brauchte eine andere, handlichere Kamera. Wie sollte sie laufen, einem Motiv hinterherlaufen. Es gab keinen Zweifel, dort vorn –

Lisa, what is it? Wait a minute!

John überholte sie mit ein paar Schritten. – Hey, what are you doing?

Do you see the red and yellow patches there along the street?

No, I don't.

You must see them. I see them. Just a few seconds ago it was a car …

A red and yellow car – wait, you're right, let's walk up a little, what is it about this car?

It is so beautiful. The colors of that car. I have never seen such a beautiful car before.

You want to take a picture of it?

I did. It was right beside me and then it –

Dashed off. That's what cars do.

Sie blieb stehen.

I thought my father was in that car.

Should we follow it? I think it's parked there. This is the street where a famous writer lives. It might well have been his car.

What's his name?

Langston Hughes. Have you heard of him?

No. How could I have heard of him, John. Does he look like my father, do you think?

He is a very handsome man. Long face. High – temples. – Er deutete auf seine Schläfen.

Like my father.

Die Straße kam ihr nun viel belebter vor, und doch war es dieselbe Straße wie vor ein paar Minuten. In einer Baulücke balancierte ein Arbeiter auf einem Balken zwischen den Häusern. Hätte er nicht seine Werkzeugtasche umgehängt, könnte man glauben, er trainiere für eine Zirkusvorstellung. Zwei Jungen nahmen Anlauf und sprangen in die Höhe, griffen nach dem Balken. Sie fielen herunter und schlugen auf dem Boden auf. Jetzt war es zu spät für ein Foto. Die beiden rappelten sich auf, einer von ihnen zog das Bein in der Art eines Kriegsversehrten nach. Kaum waren sie ein paar Meter entfernt, rannten sie weg.

John sagte, hier sei dauernd etwas los. Sogar wenn jemand stehenbleibe und überlege, in welche Richtung er weitergehen solle, spüre man die Bewegung. Weil das Leben unaufschiebbar sei.

Oh, look at them. – Sie deutete auf zwei Müllmänner. Der eine warf dem anderen eine runde Tonne zu, der andere fing sie auf und rollte sie auf der Laderampe des Wagens aus.

The garbagemen. They are great, yes.

There is such rhythm in it. And such fun. I know I am silly.

You're the first woman, or should I say lady, that goes over the moon about garbagemen. – Er sprach etwas an ihrer Wange. – I don't want to block your view of the garbagemen, Lisa. I could never forgive myself.

Er wartete. – I'd like to show you the Palm Café on 125th Street. It's probably the best-known jazz establishment in Harlem. It's very elegant, with white table cloth and linen napkins. Maybe one day we can see a performance and have dinner there. Or rather, one night.

Sie wusste, es war nicht möglich. Das käme nie in Frage. Eine Nacht außer Haus bleiben, den Stantons sagen, sie übernachte bei Julian?

John! Look at this! Un-escorted women … not served.

Sure, Lisa. Unescorted women are not served – on plates.

Sie lachte laut auf. – Your language is –

Ambiguous?

What does that mean?

A word can mean two things at the same time.

Aha, zweideutig.

Yes, quite clearly ambiguous.

Eindeutig zweideutig.

You win.

Sie hätte John gern fotografiert. Für nachher, wenn alles vorüber war. Ein sympathischer Mann auf einer Straße in Harlem. Würde Julian das gleich erkennen, dass die Szene in Harlem war? Müsste sie die dunkelhäutigen Kinder aus dem Bild lassen, die kleinen Schuhputzer hier … der Bub auf einem Sesselchen, neben sich eine Holzkiste, deren Deckel aufklappbar war. So eine hatte sie selbst zuhause für die Bürsten und die Schuhpasta, die braune, die schwarze, die weiße … aber hier verrichtete ein Kind diese Arbeit.

May I take a picture of you, John? fragte sie.

Sure.

Sie stellte gar nicht viel ein. Das wird der Mann sein, mit dem sie ... die ganze Zeit lachte!

Einige Zeit später standen sie vor dem Palm Café. Über dem Eingang ein breites, gestreiftes Vordach.

You want something to eat?

Sie nickte.

Sie fühlte sich sofort wohl. An den Wänden Spiegel, im Hintergrund zwei große Palmen. Kleinere Tische in der Mitte. Sie zwängten sich in eine der Sitzkojen, in denen man einander gegenübersaß, die erinnerten sie an das Café Westend und das Diglas, in das Julian sie bei ihren seltenen Wienbesuchen geführt hatte.

Can I help you, Lisa?

Halibut?

This is a fish that looks like the moon, sagte John ohne große Begeisterung. And it tastes like moon.

Lemon Sole?

That could be something for you. A very light meal.

I don't usually eat a lot of fish, only meat – I don't know.

I'll take breaded veal, if you don't mind. So we can always switch if you don't like the fish. A soda? Or some white wine?

At noon?

You can have soda at noon here.

I meant the wine, you –

Idiot! Yes. I keep teasing you. I know. I can't resist.

Come on, John. I'm a married woman from an old continent.

Sie sank in die gepolsterte Bank zurück, streckte die Arme zur Seite.

I'm so excited, sagte sie. I need to –

Unwind, yes. Harlem is one of my favorite quarters. It is life itself, sagte John.

Lisa sagte, wohin man blicke, alles sei eine Fotografie. Man müsse dieses lustvolle Leben für einen Moment anhalten, um es einzufangen.

Those tenements, they are mostly owned by white people, mostly Jewish people. Also the majority of grocery stores. Italians own cleaners and grocery stores. Puerto Ricans started coming in the fifties. As you know from *West Side Story*, Lisa.

Das klang komisch, „wie du von der *West Side Story* weißt". Dass etwas tatsächlich so sein sollte wie in einem Musical. Niemand erwartete von einer Operette, dass sie eine wirklichkeitsgetreue Abbildung einer bestimmten Zeit oder von bestimmten Menschen war.

Before you smell like fish, sagte John und küsste sie auf den Mund.

Bloß kein Gedanke an Julian. Was, wenn er hier irgendwo sitzen würde.

I bet you're checking if your husband is here watching you, sagte John.

How do you know?

I just know.

Hatte er Erfahrung mit solchen Situationen? Durfte man einem Fotografen in New York überhaupt trauen? Mit einem Mal wünschte sie sich, unabhängig zu sein – ihr eigenes Geld zu verdienen. Hier eine Arbeit zu finden, mit der sie sich und Kathi versorgen würde. Was könnte sie werden? Verkäuferin in einem Hutgeschäft oder in einem der weniger eleganten Kaufhäuser? Die Arbeit im Ledergeschäft war nie entlohnt worden, es warf nicht genug ab, und als Tochter arbeitete man selbstverständlich mit. Sie wohnte umsonst, aß umsonst, wurde versorgt. Und als Kathi kam, hatte sie natürlich aufgehört im Geschäft, war Mutter und Hausfrau. *Du darfst nie zu viel arbeiten – ich möchte Dich immer hübsch und lieb haben. Die viele Arbeit macht eine Frau nervös und die Folge ist, daß sie sich vernachlässigt*. War es nicht unfair, Julian vorzuwerfen, was er im Überschwang vor zehn Jahren geschrieben hatte?

Any dessert, Lisa?

Creamy Rice Pudding with Whipped Cream, las sie gehorsam aus der bebilderten Speisekarte vor. Oh – and this one looks exactly like my favourite Linzer Tart! I sometimes bake Linzer Torte at home.

Torte? As in torture?

Tor-tur?

Oh, come on. I wish I had a girlfriend that would bake *tartes* for me, sagte John. To tell you the truth, a tart without an E at the end is, well, how should I explain it, a tart, it's – a loose girl.

No. – Sie nahm den kleinen Handspiegel und ihren Lippenstift aus der Handtasche.

Yes. – John beobachtete ihren Mund wie ein Detektiv.

A loose girl.

You know, who puts on lipstick …

Sie hielt mitten im Malen inne.

We can't go on with this, sagte sie. You are driving me – mad.

Mad with what?

Mad with –

You are driving *me* mad, with desire, Lisa.

Sie wollte ihm sagen, dass er keine Ahnung habe, wovon er spreche. Wie gefährlich das für sie war. Dass sie eine kleine Tochter daheim habe, die sie jeden Tag schrecklich vermisse. Nein. Sie durfte Kathi nicht verraten. Solange sie John nichts von ihr erzählte, war das alles nicht wahr – das hier.

Nach dem Essen fuhren sie Richtung Amsterdam Avenue mit dem Bus. Seine Hoboken waterfront wollte er ihr ein anderes Mal zeigen. Sie stiegen bei einem Park aus, in dem er auf dem Weg in sein Apartment den Tauben manchmal ein paar Peanuts hinwarf. In ihrer Stadt würde John es keine zwei Monate aushalten, nicht nach einem Leben in New York City. Er war kein Landschaftsfotograf. Gebrauchsfotografie wäre eine Sünde und die Reviere waren abgesteckt. Er könnte höchstens als Englischassistent am Gymnasium arbeiten.

Sein Apartment bestand aus einem größeren Arbeits- und Wohnraum und einem kleinen Schlafzimmer, zu dem die Tür fehlte. Eine winzige Küche. Ein Bad, in dem er wohl auch seine Filme entwickelte.

Ahh, sagte sie und ließ sich auf ein abgesessenes Ledersofa fallen. Sie zog die Schuhe aus. John setzte sich zu ihr, massierte ihre Fußsohlen. Seine warmen Hände, seine geschickten Handgriffe. Sie musste erst lernen, wie man sich verhält, wenn ein Mann, der ein wenig verliebt ist, einem die Füße massiert in seiner Wohnung nahe dem Hudson River. Nicht am Steinbach, sondern am Hudson River.

I love paperbacks, sagte John und zog ein paar aus dem Regal. Ralph Ellison, *Invisible Man*. Ray Bradbury, *Fahrenheit 451*.

Are you reading?

What?

Are you reading?

You mean, can I read? Like can I write?

I bet you're reading sweet romances, sagte John.

Yes, like Graham Greene, *The End of the Affair*.

Of course. I knew it all along.

And Richard Mason *Because The Wind Cannot Read*. See? The wind cannot *read*.

Why do you say ‚because' the wind cannot read?

Because – in German it's *Denn der Wind kann nicht lesen*. ‚Denn' is the same as ‚because'.

Then the wind cannot read, sagte John. Are you still cold?

No.

That's bad. Then I would take you to –

What's that?

Es hörte sich nach Explosionen ganz in der Nähe an. Dazu ein Krachen wie von riesigen Bäumen. Sie rannten zum Fenster. Über den dunklen Himmel blitzten rote und orangefarbene Meteoriten, ein chaotisches Leuchten, das einmal von dieser Richtung kam, einmal von jener, als sollte es nicht geortet werden. Johns Wohnung lag im fünfzehnten Stock. Sie hatten gute Sicht.

Maybe another Russian Sputnik, but this time it crashed, sagte John. Probably right in Central Park.

Er holte seine Leica vom Arbeitstisch. Draußen ging ein heftiger Sturm. Er schob den Fensterrahmen hinauf und klickte ein ums andere Mal. Beim nächsten Donnerschlag begann sie zu zählen. Bei drei zerriss ein Blitz den Himmel, das Gewitter brach mit aller Gewalt los. Das Wasser floss in dicken Rinnen am Glas hinunter. Wenn wir mit dem Auto unterwegs wären, müssten wir die Warnblinkanlage einschalten und anhalten, dachte Lisa.

I like it, sagte sie.

John stellte sich hinter Lisa. – Are you the girl I want to be in a Sputnik thunderstorm with? sagte er.

I guess I have no choice, antwortete sie. What exactly is a sputnik?

It's a satellite, whatever that is. I think it is kind and friendly. It has sent us this spectacle.

Did you see the satellite at the beginning of October?

Yes, it was on the news the whole day long. A little white dot with a red Soviet flag waving at us.

Lisa war da erst ein paar Tage in New York gewesen. Die hämische Freude von Chruschtschow hatte sie gesehen. Betsy war empört gewesen.

You think the subway will be flooded?

I hope so.

Sie ließ sich küssen, zärtlich, sodass sie die Augen schloss und ihm rechtgab, ihm so unendlich rechtgab, weil er sie kannte, mit ihr umzugehen wusste, leicht und mit diesem Witz, den sie beide hatten, den Julian nicht hatte, warum das verschweigen, wenn es so war, John, das musst du wissen, das hat alles seinen Grund, nicht nur dein Humor, sondern so viel …

10

Where are we, Lisa?

Somewhere in the 40s.

Have we lost our way?

We never lose our way.

Okay.

Ein Polizist auf einem braunen Pferd trabte ihnen entgegen, herrlich anzusehen mit seinem aufrechten Rücken, beängstigend auch. Suzy legte ihren Kopf weit zurück und schaute zu ihm hinauf.

Are you from the circus?

Der Polizist hatte sie offenbar nicht gehört, weil er nicht im Geringsten reagierte. Lisa erschrak noch immer beim Anblick der berittenen Polizisten in New York. Wie sollten sie bei einem Aufruhr durchgreifen, solange es Straßenverkehr gab? Es hätte sie interessiert, aus der Entfernung. Im Central Park wirkten sie besser am Platz.

Vor dem Schaufenster eines Antiquitätenladens stand eine Frau und starrte hinein.

Can I help you? sagte Suzy zu der Frau.

Can you see the price tag on that white ceramic plate, honey?

Three thousand dollars, sagte Suzy. Too much.

It's Delft, sagte die Frau.

Lisa überlegte, ob sie ihr erzählen sollte, dass sie mit der *Maasdam* nach New York gekommen war, nahe an Delft vorbei, und dass die Landschaft dort tatsächlich auch blau war, wie auf diesem Keramikteller. Auch Kathi schien das zu wissen, die Windmühlen auf ihren Zeichnungen waren mit blauem Stift gemalt. Sie beugte sich zu dem Preisschild, auf dem vornehm klein 300 Dollar zu lesen war. Ein zehnmal so teures Stück wäre kaum ohne Absicherung in einem Schaufenster ausgestellt. Sie überflog die anderen Preise, Lampen, Vasen ... nichts über tausend Dollar. Der Gedanke, dass die Frau sich bei europäischen Antiquitäten so gut auskannte, ärgerte sie. Dass sie Suzys kleine Frechheit für möglich gehalten hatte, weil sie teure Einkäufe gewohnt war, weil das zu ihrem Lebensstil gehörte, der erst ab einer bestimmten Preishöhe begann.

It's only three hundred dollars, sagte Lisa.

Then it's a replica.

What is a replica? fragte Suzy.

A copy, honey.

Don't call me honey, sagte Suzy zu der Frau. Let's go.

Sie marschierten los. Aren't we bitches, dachte Lisa. Is that the word, John? An einer Passage wurde für automatische Fotos geworben. Vier Aufnahmen für 25 Cents. The New Photographic Sensation! Bei den Kabinen warteten bereits Frauen. Eine schminkte sich vor dem Spiegel an der Säule, sie hatte einen schmalen schwarzen Hut über dem Hinterkopf, einer Spange gleich. Die andere richtete ihr blondes Haar und fixierte die Frisur mit Haarspray. Die Vorhänge zu den Kabinen reichten bis zur Sitzfläche des Hockers, man konnte die Beine der Frauen darin sehen.

Suzy schaute Lisa an.

No, sagte sie.

But I want to be in a picture with you.

We can do this somewhere else.

Als sie aus der Passage hinaustraten, traf sie ein Sonnenstrahl. Lisa legte die Hand über die Augen. Über eine schwarze Limousine raste eine Schlange, über die nächste auch, das waren die Buchstaben der Filmtitel vom Kino gegenüber. Die Lichterpunkte von den Glühbirnen über dem Eingangsportal lagen als Perlenketten über den geparkten Autos.

Sie waren schon über zwei Stunden unterwegs. Suzys körperliche Ausdauer hatte in den Wochen des Flanierens und Wanderns deutlich zugenommen. Sie hatte noch nie zuvor so viel Bewegung gemacht, was die Stantons zögernd begrüßten. Sie kritisierten Lisa nie, vertrauten darauf, dass sie Suzy keiner Gefahr aussetzen würde. Von der Verletzung mit der Nähmaschine hatte sie nichts erzählt. Das gehörte nur ihr. Und Julian. Vielleicht würde sie John beim nächsten Mal einweihen.

Von den Fachartikeln, die Julian ihr am vergangenen Wochenende mitgegeben hatte, hatte sie erst einen gelesen. Darin ging es um neuromuskuläre Erregungsübertragungen, *transmissions of impulses*. Nun ja. Mittendrin gab es Kontakte der Nervenzellen zueinander, mattes Licht in einem nebligen Wald. Sie hatte einige Male neu begonnen und dann die Blätter durchs Zimmer geschleudert. *Erregungsübertragungen*. Hände auf der Haut.

Sie bogen in eine Seitenstraße ein, gingen ziellos weiter, weg von den teuren Läden. Sie hatte zu viele Bilder durch ihren Kopf gehen lassen. Diese Stadt war ein Bild nach dem anderen, immer noch eine Szene, noch ein Bild.

Look, over there, sagte Suzy und zeigte mit dem Finger auf ein Mädchen ihrer Größe. Es hatte eine flache Wollmütze auf, schief wie die Baskenmütze eines Pariser Malers. Schräg hinter dem Kind prangten zwei Kreidezeichnungen an der Hausmauer. Die größere Figur hatte einen eckigen Kopf mit großer Nase. Von ihrem viereckigen Rumpf führten spitze Tüten als Arme und Beine weg. An einer Hand hielt die Figur ein zerzaustes Mädchen, das in einem Kleid mit drei großen Knöpfen steckte.

Lisa wagte nicht, das Mädchen auf der Gasse anzusprechen. Es trug eine karierte Jacke mit schwarzen Seitenteilen, von einem breiten Gürtel zusammengehalten. Der Gürtel war schrecklich. Das Kind starrte aus einer verstummten Welt zu Lisa und Suzy her.

What does this mean? flüsterte Suzy und zeigte zu dem Kopf der größeren Figur.

SGUHE BOX stand da.

Hi, sagte Suzy mit einer Stimme so leicht wie ein ausgeblasenes Osterei. Die winzige Nachricht schwebte zu dem kleinen Mädchen hinüber.

You a photo woman? fragte das Mädchen.

Yes, I am, sagte Lisa. Can I take a picture of you?

Das Mädchen zuckte mit den Schultern, schob die Unterlippe hinauf. Lisa knipste.

Her too? fragte es.

Sure. Suzy?

Suzy stellte sich daneben, sodass mit dem Kritzelkind nun insgesamt drei Mädchen dort standen.

This is a wonderful picture, sagte Lisa. Who drew it?

My brother Leo.

Suzy brachte kein Wort heraus.

I'm Lisa. What's your name?

Anna.

Do you speak German?

Never. I must go home.

Okay. Bye-bye, Anna.

Bye-bye, Anna, sagte Suzy.

Damit hüpfte sie weg, ließ die Wandmalerei zurück. Lisa nahm sich vor, bald zu diesem Haus zurückzukommen, das sie erst jetzt richtig wahrnahm. Es hatte einen hohen Eingang mit Säulen. Die Front war mit schwarzen Tafeln zugenagelt. Über dem Portal zogen Wäscheleinen von einem Balkon zum nächsten. Auf dem Boden lagen Fetzen von Zeitungspapier, eine Mülltonne war bis an den Rand vollgepackt, Stahlschleifen beulten sich heraus, an denen man sich schneiden konnte. Die Szenerie wirkte gefährlich, jetzt wo das Mädchen nicht mehr von ihr ablenkte.

Let's go, sagte Suzy. I'm hungry.

Sie musste mit John hierherkommen. Das hatte sie gefunden, sie würde es ihm wie eine Trophäe zeigen. Sie notierte im Geist den Namen der Straße, die nach einigen Häusern um die Ecke verschwand wie das Mädchen. Lisa machte kehrt und ging die Straße zurück. Auf der anderen Seite der Passage war ein kleines Restaurant, auf der Fensterfront stand in goldenen Lettern Horn & Hardart.

Als sie eintraten, sah sie, dass man die Gerichte, die in kleinen Abteilen mit Glastüren ausgestellt waren, selbst holen musste. Salate, waren die aus Kunststoff? Man warf Münzen ein, daraufhin klappten die Türchen hoch.

Chicken sandwich, Suzy?

Sie nahm auf alle Fälle ein Käsesandwich dazu.

That girl, sagte Suzy. She didn't want to talk to me.

She was a bit strange.

You think she was a little gangster girl?

No. She was quite nicely dressed.

I could be a gangster girl, sagte Suzy.

But you aren't.

But I could be.

Okay.

I was afraid of the gangster girl. And her brother Leo.

We didn't meet Leo.

But there was his picture.

Look at the sandwiches! Over there!

Ein Mann hatte seinen Teller herausgezogen, aber er wurde von einer Hand im Inneren des Fachs zurückgeholt.

The hand is stealing the man's sandwich, sagte Suzy. You think it could be the gangster girl on the other side of the food?

Certainly not. It must be a waitress.

Der Mann starrte auf das zugeklappte Fach und wischte sich mit der Hand über den Hinterkopf. Er klopfte mit dem Finger auf das Glas. Sogleich kam ein Teller mit einer Omelette heraus.

Hey, sagte der Mann. I wanted a sandwich.

Suzy stand auf.

Can you help me, little Miss? sagte der Mann. Would you hold up the glass cover?

Suzy hielt folgsam den Deckel auf, während der Mann mit dem Teller hineinstieß.

Is this you, Miss Doris? fragte er in das Fach.

Suzy erschrak und ließ den Deckel auf die Fingerknöchel des Mannes fallen.

I'm Suzy, stotterte sie und flüchtete an ihren Platz zurück.

That you, Miss Doris?

Das Fotogeschäft erinnerte Lisa an das Geschäft zuhause mit seinen Winkeln, seinem geheimen Abteil hinter den Lederkoffern, wo die kleine Maus saß und die Ohren spitzte. Auch hier gab es einen Vorhang, der an der Seite schon oft zusammengerafft worden war, wenn jemand den hinteren Raum betrat. Hier war keine neue, schnelle Welt. Ein Mann saß dort und nickte ihr zu.

Der Ladenbesitzer brachte Lisa die in dünnen Karton gerahmten Dias und zeigte ihr, wie man sie in dem kleinen Betrachter anschaute. Sie war nicht zufrieden, aber für den Anfang hatte sie nicht mehr erwarten dürfen.

This is my customer from Austria.

Der sitzende Mann verbeugte sich. – Gruss Gott, sagte er.

Lisa wusste nicht, was sie antworten sollte. War er als Soldat in Österreich gewesen? Oder hatte er diesen Gruß aus der Trapp-Familie?

Guten Tag, sagte sie.

Goo-ten Tag, sprach der Mann nach. This is not what you say in Austria.

No, you're right.

Sie bemerkte ihren Widerwillen gegen die Art, wie Amerikaner deutsche Wörter aussprachen, die Rundungen, die so unerwachsen wirkten. Der Mann war höchstens vierzig. Er saß in einem grauen, zu großen Anzug da.

Dem Fotohändler zuliebe nahm sie das Stichwort auf und fragte ihn, ob er Österreich kenne.

Nur den Tirol. – Offenbar wollte er sein Deutsch vorführen.

Sind Sie in Tirol auf Urlaub gewesen? Zum Schifahren?

Auf einem hohen Berg. Patcher-

Patscherkofel? Da waren Sie schifahren? Das ist sehr steil.

Es war – an adventure. Der Schnee im Sommer war nicht schnell.

Im Sommer?

In June. Wir sind im T-Shirt gefahren.

Ihre Familie?

My buddies. Keiner von uns – none of us had ever skied before.

Lisa blickte zu dem Fotohändler. Wollte sein Freund sie auf den Arm nehmen? – I'm afraid I don't quite get what you mean, sagte sie.

Have you ever been to Innsbruck? fragte der Mann.

Yes, we have relatives there.

Do you like the city?

Not really. When were you there?

We got there on the third of May, 1945.

Lisa griff nach dem Verkaufstisch. Der Fotohändler schob ihr einen Stuhl hin.

Aber das – stammelte sie. Sie zwang sich, dem Mann ins Gesicht zu sehen. Seine Mundwinkel zuckten. Er nahm ein Taschentuch aus seiner Hose und wischte seine Stirn ab, obwohl er nicht schwitzte. Ihr war selbst heiß, oder besser gesagt kalt.

Am Abend des 3. Mai war ich in einer Hütte, a little hut, on the Hungerburg. Ich habe gesehen, wie die Panzer nach Innsbruck hineinfuhren, alles war festlich beleuchtet, sagte sie.

You're kidding.

I'm not. My mother and I had gone to Innsbruck in April 1945 because we were afraid of the Russians.

So I liberated you?

You liberated me, sagte sie starr, wie in einem Sprachkurs. But!

But what?

Not from the Russians. We had to go back to our home town in the Russian sector later in the year.

Oh, I see. It's not enough to liberate you once, sagte der Mann.

Der Fotohändler hatte zwei Gläser gebracht und Portwein eingeschenkt, ohne Lisa zu fragen. Sie stießen miteinander an.

I'm Lisa.

Good to meet you, Lisa. I'm Henry. There's always surprises in Stephen's little shop.

Auf der zweitägigen Fahrt im April 1945 war der Zug, mit dem Lisa und ihre Mutter vor den Russen nach Tirol flüchteten, kurz vor Linz bombardiert worden. Der Satz lag ihr auf der Zunge. You bombed our train to Innsbruck. Sie hatten sich im Wald versteckt und lagen auf dem Bauch, mit Tannenzweigen bedeckt, und aßen Buschwindröschen, bis Lisa schlecht wurde. Warum gerade Buschwindröschen?

Der Mann hatte sie befreit und war freundlich zu ihr und trug ihr nichts nach. Den ganzen Nachmittag lang hatte die deutsche Artillerie vom Isler Berg nach Götzens hinuntergeschossen, eine halbe Stunde vor dem Waffenstillstand kündigten sie Innsbruck noch einen starken Bombenangriff an – daraufhin streckten wir die Waffen, so oder so ähnlich hatte sie es in ihrem Tagebuch notiert. Bloß – war das nicht schon am 2. Mai gewesen? Sie könnte schwören. Das war eine unmögliche Frage.

Yes? sagte Henry.

It's just – are you sure it was the third of May? I remember writing in my diary on the second of May that the Americans – that you! arrived.

So you couldn't wait to meet us, Lisa, is that it?

Of course. We knew the war was lost.

Henry nickte.

What do you remember of Innsbruck? fragte sie.

People were happy, sagte Henry. Wenn wir am nächsten Tag durch die Straßen gingen, durch Maria Theresiastraße, die Leute winkten mit Blumensträußen und clapped their hands. Happy faces. Mostly. Some were sad it seemed. Or maybe simply tired.

Lisa und ihre Mutter waren am frühen Morgen in die Stadt gegangen, ohne männliche Begleitung, was die Tante, bei der sie untergebracht waren, in schreckliche Aufregung versetzte. Es sind keine Russen, hatte Mama gesagt. Was soll uns passieren, es sind keine Russen. Darin kristallisierte sich die gesamte Erleichterung, die größer war als irgendeine Freude. Die jubelnden Innsbrucker am Straßenrand. Auf die ersten Amerikaner trafen sie in der Anichstraße.

Die jubelnden Innsbrucker.

Wie ein Bann war die Unterdrückung von uns allen gewichen, in aller Gesichter lachte die Freude.

Seriously, Lisa. It was the third of May. Next time we meet I'll bring my photo album.

Am nächsten Tag saß sie mit Suzy allein vor dem Fernseher. Betsy adoptierte ein Findelkind für fremde Leute oder stattete ihrer Tante einen Besuch ab. Nächstes Mal müsse Lisa mitkommen, hatte sie am Morgen gesagt. Tante Martha wolle auch Suzy wieder einmal sehen. Lisa hörte mit: ein letztes Mal sehen. Suzy verzog das Gesicht.

Macy's Thanksgiving Day Parade wurde übertragen. Lisa war froh, nicht mit der Kleinen am Broadway sein zu müssen, hinter den Bretterzäunen. Bis jetzt waren einige Blasmusikkapellen aufmarschiert, die erstaunliche Kunststücke aufführten. Sie machten mitten im Musizieren und Marschieren kehrt, gingen die Route zurück. Die Trompeter schafften es, einander nicht gegenseitig mit den Instrumenten zu ohrfeigen. Die Stadtkapelle zuhause oder die aus den Bauerndörfern rund um die Stadt hätten so etwas nie zustande gebracht, der Gedanke wäre ihnen gar nicht gekommen. Da ging es stramm und fest voran, keine Spielereien. Und vor allem keine *cheerleaders* in kurzen, schwingenden Röckchen und mit Federbüschen auf dem Kopf. Sie sahen alle gleich aus, als kämen sie aus einer Fabrik.

Would you like to wear a uniform like that?

Suzy zog die Schultern hoch. – I am too slow, sagte sie.

Nonsense.

Look at the horses. – Die Pferde der berittenen Polizei trugen dunkelblaue, verzierte Decken und Latze. Die Polizisten konnten nur mit einer Hand winken, weil sie den Zügel halten mussten. Manche wechselten die Hand ab. An einigen Steigbügeln steckten Flaggen verschiedener Regimenter an langen Stangen, eine war grün-weiß-orange. Lisa fiel nicht ein, zu welchem Land in Europa diese Kombination gehörte. Ein riesiger aufgeblasener Truthahn schwebte heran. – This is Mr. Thanksgiving, sagte Suzy. We will eat him tomorrow.

Dieser Truthahn würde für 5.200 Abendessen reichen.

Suzy liebte Donald Duck und die Micky Maus. Die Lippen des Donald waren dicke Wülste, er hatte wohl Fieberblasen. Nicht lange nach ihm tanzte die Micky Maus auf und ab. Kathi wäre aus dem Häuschen. Es waren aufgeblasene Ballons, sie führten sich auf, als könnten sie alle Kinder glücklich machen, mussten bloß dort oben dahertaumeln an ihren Schnüren, Hauptsache, es flogen Girlanden und Papierrollen und Flitter und was sonst an künstlichem Zeug vom Himmel.

Die Parade dröhnte und trompetete weiter, ein militärischer Siegeszug. Wenn die Amerikaner so nach Innsbruck einmarschiert wären, einmal nach vorn, dann zurück … das würde sie Henry erzählen, von dem sie keinen Familiennamen wusste. Der Gedanke an den gesprächigen Besatzungssoldaten heiterte sie auf, das war etwas, worauf sie sich freuen konnte, wenn sie im Zweifel wäre, wie sie den Winter überstehen sollte. Wenn das Tageslicht weniger und die Insel Manhattan von zwei kalten Flussarmen in einen eisigen Griff genommen würde. (What about me? fragte John.) Sie würde sich nicht einsperren lassen. Kälte war sie gewöhnt. Seit sie vierzehn war, hatte sie Schitouren mit den Eltern unternommen.

An einer Stelle war ein Wirbel auf dem Gehsteig entstanden, die dichtgedrängten Zuschauer versuchten zu flüchten, eine Welle von Menschen wurde gegen die Häuser geworfen.

A little bomb? fragte Suzy. The poor Rockettes.

Die Musik setzte vorn aus, man hörte das Horn der Feuerwehr. Die hübschen Rockettes von der Radio City Hall Parade, die eben noch ihre Beine bis ans Kinn hinaufgeschwungen hatten, hielten einander fest.

It's so good to be home, Suzy, sagte Lisa.

Yes. – Suzy schmiegte sich an Lisa. – Yes. So good.

Lisa spürte Suzys Beine, ihre Knie, den kleinen Körper, der ihr vertraute.

Die Veranstalter schienen bemüht, die Parade in Gang zu halten. Offenbar habe jemand aus einem Fenster einen Gegenstand auf die Straße geworfen, sagte der Kommentator.

Ein Astronautenriese tanzte heran, der von vierzig Männern niedergehalten werden musste, weil er sonst ins Weltall entschweben würde. Sein Gesicht war hinter dem verglasten Helm nicht richtig erkennbar, aber eine kalte Strenge strahlte von dort weg. Ein Racheengel mit gestutzten Flügeln, als Ersatz hatte er eine Gasflasche auf den Rücken geschnallt. Schließlich löste sich das Chaos auf, die Kapellen ordneten sich in Formationen und marschierten weiter. Die Musik spielte wieder, die Beine der Rockettes schnellten hoch.

The show must go on, verkündete der Kommentator.

What about the bomb? fragte Suzy.

I think it wasn't a bomb.

But I know it was a bomb.

Lisa ging in die Küche und holte ein Glas Apfelsaft für Suzy und eine Tasse Kaffee.

When this is over, can we go to Schrafft's? fragte Suzy.

Sure we can. We haven't been there for a while.

It would be nice. Or the other café. And see the Prince again. What? rief Suzy empört und sprang vom Sofa auf. – Santa Claus has no reindeer?

Shht.

Der Sprecher erklärte, dass es heuer Probleme mit den Rentieren gegeben habe, weil sie eine Magenverstimmung bekommen hatten. Sie mussten sich auf ihrer Farm in – ein Name, den Lisa nicht verstand – erholen.

What a silly story, sagte Suzy. I am dead tired.

So am I.

Lieber Papa! Es ist so viel los hier, ich kann Dir gar nicht alles berichten. In dem kleinen Fotogeschäft habe ich einen ehemaligen Besatzungssoldaten kennengelernt. Er ist am 3. Mai in Innsbruck einmarschiert. War das der 2. oder der 3. Mai? Ich könnte nämlich schwören, es war der 2. Mai. Ich habe eine Bitte an Dich, es läge mir sehr viel daran. Du hast in Deinem Album von 1938 den Einzug der Nazis in Innsbruck geschildert. Würdest Du mir Deine Eindrücke von damals abschreiben? Ich möchte mit dem Besatzer (er heißt Henry) darüber sprechen. Ihr fehlt mir alle sehr. Sag Kathilein, ich liebe sie. Deine Lisa

Julian hatte ihr mitgeteilt, er könne sie erst am späteren Nachmittag sehen. Dafür habe er am Sonntagvormittag Zeit. Lisa überlegte, wie sie ihn darauf vorbereiten könnte, dass sie nicht unbedingt über Nacht bleiben müsse, ohne das Wort „müsse“ zu verwenden. Er hatte ja angekündigt, mehr Zeit mit ihr verbringen zu wollen. Fast tat er ihr leid, dass er das schon beim nächsten Wiedersehen auf weniger als 24 Stunden reduzieren musste.

In seinem Zimmer schlang er die Arme um ihren Körper. Es solle sich nie etwas ändern an ihrer guten Ehe, ganz wie er es in ihren Anfangszeiten geschworen habe.

Wenn jemand aus der Familie im Krankenhaus lag und er den Gang entlangkam, der Assistenzarzt, den alle verehrten, war sie stolz auf ihn gewesen. Der gutaussehende

Mann in Weiß, die weißen Hemden, kurzärmelig selbst im Winter, nicht immer trug er einen Arztkittel. Sie hatte diese Wäsche nie waschen, nie in seinen Hosentaschen etwas Verbotenes entdecken müssen – das wenigstens nicht. Die Gerüchte kamen und gingen und blieben in ihrem Kopf. Er ging mühelos auf die Sprache der Patienten und Mitarbeiter ein und tauschte mit den Spitalsdienern Briefmarken. Einer der Handwerker war bei der SS gewesen.

Transmission of impulses, sagte sie.

Hm?

Der eine Artikel. Ich habe fast nichts verstanden.

Und der andere? Über die kehlkopflose Sprache?

Der war okay. Weißt du, woran ich denken musste?

Julian sah sie verwirrt an. Er zupfte ihr eine Haarsträhne aus der Stirn, die gleich darauf zurückfiel. – Überleg dir eine neue Frisur, was meinst du? Hier wäre der geeignete Ort, so etwas auszuprobieren. Hier kennt dich keiner –

Du kennst mich –

Schatz, ich meine damit nicht, dass mir deine Frisur, so wie sie ist, nicht gefällt. Aber wenn du dauernd eine Strähne aus dem Gesicht streichen musst, nervt das.

Dich nervt es, mich nicht.

Erinnerst du dich? In Wien bin ich einmal mit dir zum Friseur gegangen, nachdem ich ewig lange eine Frisur für dich gesucht hatte.

Wie ein kleines Kind war sie vor dem Spiegel gesessen und Julian hatte dem Friseur Anweisungen gegeben, als ginge es um eine Herzoperation.

Du hast fortwährend an mir herumgemäkelt. Man hat dir sofort angesehen, ob dir etwas gefällt oder nicht.

Und wenn du einmal zufrieden warst, hieß es: Du hast deine Haare endlich so nett, wie ich es immer haben wollte, anständig auskämmen, dann sind sie fantastisch!

Julian holte tief Atem. Er presste seine Lippen zusammen und nickte. – Du hast das alles auswendig gelernt? Damals schon?

Natürlich nicht.

Ich habe dein Aussehen sehr wichtig genommen. Deine Kleidung, welche Farben dir stehen. Ich dachte, das sei ein Kompliment für eine Frau.

Sie löste sich aus dem Rest der Umarmung. Ließ seine Arme dorthin fallen, wohin sie gehörten. Weil es nichts anderes gab in diesem nicht sehr großen Raum, flüchtete sie wieder zur Fensterwand. Der gute East River, zuverlässig, fremd, floss er nun hinauf oder hinab? Man konnte es nicht erkennen.

Julian überraschte sie mit Karten für das Empire State Building, Expresstickets, mit denen man nicht in die Warteschlange musste. Die Scheduling Nurse Joan Berenson, deren Neffe beim Empire State arbeite, hatte sie ihm besorgt.

Sie erstellt den Operationsplan, eine unglaublich tüchtige Person. Wenn ein Bauchschuss hereinkommt, muss sie einen OP-Raum finden, selbst wenn alles belegt ist. Erscheint sie während einer OP, wissen wir, dass es Probleme gibt.

Da muss sie ein richtiges Organisationstalent sein, sagte Lisa. Hat sie Familie?

Nein. Ihr Spitzname ist *the desk*.

Die Arme.

Ich glaube nicht, dass sie sich arm fühlt. Im Gegenteil. Es betont ihre Autorität und Kompetenz.

Als sie zum Empire State kamen, war es nicht weit bis zum Einsetzen der Dämmerung. Sie fuhren mit dem Lift in den 80. Stock, von wo ein anderer Lift sie zur Aussichtsplattform brachte. Julian wollte gleich aus dem verglasten Raum hinaus ins Offene. Der Wind im Freien war bitterkalt. Er legte den Arm um ihre Schulter.

Hinter dem Chrysler, das ist die Queensborough Bridge, sagte er. Und am Fluss entlang, der weiße Kasten, unverkennbar, das *hospital.* – Julian fotografierte, als bedeute ihm das Krankenhaus eine Heimat. Weit mehr als einen Bezugspunkt in einem Panorama.

Sie öffnete die Tasche ihrer Rollei. Beim Blick in den Sucher wurde ihr schwindlig. Sie hatte das Gefühl, über das Geländer hinausgezerrt zu werden. Als sie aufschaute, war das Chrysler auf der anderen Seite des East River. Sie ging zu einem der *view finder.* Es war so verrückt, Wolkenkratzer zu suchen und ihre Namen zu erfahren, es gestand ihnen eine Wichtigkeit zu, die sie ihnen nicht gönnte. Die Gipfel der Dolomiten, die Tiroler Alpen, das Gesäuse nicht weit von ihrer Heimatstadt. Berge waren Persönlichkeiten, mit denen man Freundschaft schließen konnte oder die man fürchten lernte, weil sie keinen Fehler verziehen. Aber das Flatiron Gebäude? Dieses hohe, schlanke Bügeleisen, das sich kaum auf den Beinen hielt und umzukippen drohte? Sie hatte Mitleid mit ihm, weil es so hässlich war, weil es schlotterte. Die New Yorker liebten es.

Würde sie jemals eine New Yorkerin werden?

Sie erschrak. Warum sollte sie das?

Sie hörte die Klickgeräusche der anderen Kameras.

Julian musste alles festhalten, als handle es sich um Gewebeschnitte. Die Fotos von dem Larynxpräparat, die er ihr gezeigt hatte, wie ein verfaulter Knochen, der grün schimmerte! Einzelne Flecken in Gelb.

Weißt du noch, diese Untersuchung eines Kehlkopfs, bei der du beinahe durchgefallen wärst? Ach. – Schon tat es ihr leid, ihn an eine Niederlage erinnert zu haben.

Du meinst das verfluchte Pflichtkolloquium damals, den praktischen Teil, als mir der Assistent falsche Sachen einflüsterte, weil er mich nicht mochte. Ich hatte den Spatel in der falschen Hand, was ihm gefiel, weil er daran sah, dass ich zu wenig in seinen Übungen gewesen war. Der Kehlkopf war massiv verschwollen, und er fragte mich, auf welcher Seite die größere Schwellung war – blöde Frage – und dann flüsterte er mir „rechts“ ein. Ich sagte es nach, und es war falsch, hätte ich mir denken können. Solche Methoden in einem medizinischen Kontext, das ist doch das Letzte. Zum Glück kam ich in der Theorie durch. Warum fällt dir das jetzt ein?

Wegen des zweiten Artikels. (Du hast mir vorhin das Wort abgeschnitten. Du hast von meiner Frisur gesprochen.)

Ja, sagte er. Du hast recht.

Sie haben Röntgenaufnahmen des Gewebes rund um den nicht mehr vorhandenen Kehlkopf gemacht.

Wird dir das nicht zu viel, Schatz, diese Details, die grausig auf dich wirken müssen?

Was würde es ändern?

Ich könnte die Artikel beim Überfliegen besser auswählen.

Ich habe mich nicht beklagt.

Julian nahm ein Taschentuch aus dem Mantel. Es war aus weißer Baumwollseide, mit einem dunklen Streifen am Rand und einem gestickten Monogramm. Dunkelblau, weinrot und dunkelgrün. Vor ein paar Jahren hatte sie ihm ein Set von zwölf Stück zum Geburtstag geschenkt. Sie hatte nicht gewusst, dass er sie nach New York mitgenommen hatte. Er schneuzte sich kräftig. Seine schönen Finger knüllten das Tuch zusammen und steckten es in die Manteltasche zurück.

Er umarmte sie und grub seine Nase in ihr Haar.

Hast du die Geschichte von den zwei Navy-Männern gelesen? Nein? Sie waren Kameraden auf einem Schiff gewesen, das versenkt wurde. Beide dachten, dass der andere ertrunken war, bis sie einander hier trafen.

Ich habe neulich einen ehemaligen Besatzungssoldaten kennengelernt, sagte Lisa, nachdem sie einander angestarrt hatten. – Einen Amerikaner, der in Innsbruck einmarschiert ist.

Du hast was –?

In dem kleinen Fotogeschäft. Der Soldat heißt Henry.

Henry – und weiter?

Das weiß ich nicht. Was spielt das für eine Rolle?

Ich will nicht, dass du dich mit Amerikanern anfreundest, von denen du nur den Vornamen kennst. Das gehört sich nicht.

Was bildest du dir eigentlich ein, sagte sie. Du lässt mir keine andere Wahl, als Kathi für acht Monate zurückzulassen, weil ich nur zu gut weiß, was passiert, wenn du ein Jahr allein in New York bist.

Was passiert denn?

Das, was daheim schon vorgekommen ist.

Und was wäre das? – Er ließ sich keine Möglichkeit eines Rückzugs, ohne das Gesicht zu verlieren. Sie sollte *ihm* seine Seitensprünge gestehen, den mit der schwarzhaarigen Schwester, die kein Wässerchen trüben kann, jeden Sonntag zur Messe geht.

Für wie dumm hältst du mich? sagte sie. Denkst du, ich habe deine Affären nicht mitbekommen? Soll ich dir etwas sagen? Es hat mir das Herz zerrissen. Du zwingst mich praktisch, mein Kind im Stich zu lassen, und willst mir vorschreiben, wen ich hier unter welchem Namen kennenlernen darf?

Was sollen diese Vorwürfe? Wir stehen auf dem Empire State, einer der tollsten Sehenswürdigkeiten, mit einem Panorama über die interessanteste Stadt, die man sich vorstellen kann, in ein paar Minuten wird die Sonne untergehen – und du kommst mir mit solchen Geschichten? Vergiss deinen Henry ohne Familiennamen, das hat mich eben geärgert, aus, fertig. Triff ihn, sooft du willst, und lass dir vom Einmarsch in Innsbruck erzählen. Ich hätte auch einiges zu erzählen, aber ich kann mich beherrschen.

Gleich nach dem Krieg hast du mir einmal geschrieben, dass du nicht nur an dich, sondern an das Wohl des deutschen Menschen denkst. Der Deutsche stehe über allen Völkern.

Bitte?

Du hast die unvergesslichen Werke „unserer Meister“ aufgezählt, „die in alle Völker der Erde eingegangen“ seien. Du warst „trotz allem stolz“, ein deutschsprechender Mensch zu sein.

Natürlich trotz allem. Was sonst? Auf seine Taten im Krieg konnte man ja wohl nicht stolz sein. Ich habe mich auf mein Studium konzentriert, damit wir möglichst bald ein Leben miteinander aufbauen können. Wie glücklich ich war, als ich kurz vor Weihnachten 48 einen nagelneuen amerikanischen Offiziersrock kaufen konnte, bei Onkel Konstantin im Amt, für 63 Schilling! Tante Gretl hat mir die Schulterklappen entfernt und Knöpfe angenäht, zivile. Aber was soll dieses Verhör?

Er strich mit der Hand über seinen Mund.

Erinnerst *du* dich daran, dass du plötzlich nach England wolltest, drüben wäre ein Mann für dich? Aus heiterem Himmel, ein Mann für dich in England! Und mich hast du um Erlaubnis gebeten. Ich war fassungslos.

Ich weiß, sagte Lisa. Du hast gedroht, mir nicht mehr zu schreiben, wenn weiter solche sinnlosen Briefe kommen. Du hast mit keinem Wort angedeutet, dass es dir leidtäte, wenn ich nach England ginge. Du hast mich nicht im Mindesten ernst genommen. Du hast geschrieben, du planst, dich für den nächsten Studentenaustausch anzumelden, in den USA. Und ob ich dazu meine Einwilligung geben würde.

Und? Hättest du sie gegeben?

Deine Frage war ohnehin nicht ernst gemeint. Du hast auch ohne meine Einwilligung immer alles getan, was du dir vorgenommen hast. So wie jetzt.

Du hast mir nie gesagt, wer dieser Mann gewesen sein soll, fuhr Julian fort. Obwohl ich einen Verdacht hatte. Max. Der war in England. Aber warum Max dort auf dich hätte warten sollen? Nun, ich war in Wien. Da konnte viel geschehen. – Er räusperte sich. – Blöde Streiterei, sagte er. Wir sollten in den 102. Stock fahren und neben der Fernsehantenne stehen.

Im gläsernen Lift kam Lisa sich vor wie Schneewittchen im Sarg, stehend. Schweigend fuhren sie die knapp zwanzig Stockwerke mit anderen Besuchern hinauf. Ein deutschsprechender Mann erklärte seiner Frau das

Elmsfeuer. Es sei eine durch elektrische Ladungen hervorgerufene Lichterscheinung, die nur bei extremer Gewitterlage auftrete. Wenn man den Finger durch den Zaun stecke, könne man Feuer fangen – symbolisch! dozierte der Mann. Und wenn ein Liebespaar sich küsse, entstünden Funken auf den Lippen.

Lisa fragte sich, ob die beiden Deutschen ihre Auseinandersetzung mitgehört hatten. Ein paar Minuten später stiegen sie in eine lodernde Landschaft hinaus. Der Horizont brannte in breiten und schmalen Streifen, einzelne Punkte glitzerten und funkten ihre Bedeutungen, die man bloß erraten konnte. Lichterketten verschwanden um eine Ecke, nur noch ihr Ende sichtbar. Grüne Flecken irrlichterten, Orange und Rot schmolzen auseinander und wieder aufeinander zu.

Einige wenige schwarze Schiffe, Kohlestücke, schwammen auf dem East River, der wie ausgeschüttet dort stand und in dem sich die Glühstäbe der Sonne abkühlten. Die umgekehrte Skyline steckte blauschwarz darin. Weiter hinten in Queens loderten ganze Straßenzüge. Richtung Westen zu verdunkelte sich das Orange.

Sie betrachteten die mit ihren Lichtern versinkende Metropole, die sich zurücknahm, bescheiden wurde. Die Lichter der Großstadt gingen an, spannen neue Netze und Verbindungen, taten es den Sternbildern gleich.

Denkst du, man kann Sternbilder erkennen? fragte Julian.

Die auf dem Firmament oder hier auf der Erde?

Julian blickte angestrengt in den Himmel. – Die dort oben, sagte er. Ich weiß, dass ich eine schlechte Konstellation habe. Ich möchte nicht, dass unser Sohn, wenn wir einen haben werden, unter meinem Sternbild geboren wird.

Als sie mit dem Lift im zweiten Stock unten angekommen waren, sagte Lisa, sie wolle die Fotoausstellung „The Men Who Built the Empire State Building" sehen. Die Großaufnahmen zeigten Arbeiter auf Balken, Kränen und Seilen und atemberaubende Ausblicke auf die Stadt darunter.

Lisa konzentrierte sich auf das Gesicht eines Mannes, das mit weißem Staub bedeckt war. Die Wimpern und Augenbrauen, die weißen Bartstoppel eines älteren Mannes, aber er war jung. Wie Metallsplitter steckte der Staub in seinen Ohren, er hatte mit an der Grundfeste gebaut.

Gefällt dir der? fragte Julian und deutete auf einen Arbeiter mit nacktem Oberkörper am äußeren Schnittpunkt zweier Balken, an seinen Oberarmen wölbten sich die Muskeln und klar war die Trennlinie zwischen blasser und gebräunter Haut zu sehen.

Da, dein *hospital*, sagte Lisa.

Im milchigen Hintergrund der Fotografie war es gut zu erkennen. Im Vordergrund schraubte ein älterer Arbeiter seelenruhig an einem Bolzen. Ein anderer kletterte ein steil in die Höhe gespanntes Seil hoch, ein in Schleifen gebundenes Kabel über der Schulter.

This is Hoboken, sagte ein Vater zu seinem kleinen Jungen. – See the ships there?

An einem der nächsten Abende bei den Stantons fragte Lisa, ob sie eine rauchen dürfe. Sie hatte am Nachmittag eine Packung Pall Mall gekauft. George beugte sich mit angestrengter Stirn über den Tisch zu ihr und gab ihr Feuer. Während sie in ihre Fauteuils zurücksanken, blieb sein Blick haften.

Betsy nippte an ihrem Whiskey und schien die Gedanken woanders zu haben.

How is Aunt Martha? fragte George.

She's doing fine she says, but you know.

Die Pflegerinnen wechselten einander alle acht Tage ab. Sie waren Public Health Nurses, mit einer profunden Ausbildung in Altenpflege. Betsy hatte Aunt Martha versprochen, dass sie vor Weihnachten alle zu ihr nach Passaic kommen würden, Lisa eingeschlossen. Sie sei sehr neugierig darauf, sie kennenzulernen.

That's lovely, sagte Lisa. My husband has an aunt who's called Greta. He lived in her and Uncle Konstantin's apartment in Vienna while he was a student. She took great care of him.

Lisa fiel auf, dass nie von Suzys Großeltern die Rede war. Weder Betsy noch George hatten je von ihren Eltern gesprochen. Sie konnten nicht alle gestorben sein? Es gab keine Fotos von ihnen, die auf einem Kaminsims aufgestellt waren. Where are your Grandmas, Suzy. And your Grandpas. Sie mussten etwa im Alter ihrer eigenen Eltern sein, vielleicht etwas jünger. Jahrgang 1905 maximal? Dann wären sie jetzt Anfang fünfzig. Im Zweiten Weltkrieg umgekommen? Alle vier?

Lisa nahm ihren Mut zusammen.

Betsy, forgive me, but I have always wanted to ask you about your parents. Aunt Martha's sister or brother, so to speak.

We never mention our parents to others. It must certainly seem odd, sagte Betsy.

Betsy's mother died a long time ago, sagte George. She had cancer, and her husband followed her a couple of years later. He never got over the loss. He was a very good man, my father-in-law, very sensitive and gentle. His much older sister, Aunt Martha, is Betsy's only remaining relative.

I'm so sorry, sagte Lisa.

Die Eltern von George, erklärte Betsy, seien geschieden. Die Mutter lebe zurückgezogen in einer großen Wohnung in Westchester County, keine Weltreise entfernt. Sie sei nie sehr familienfreundlich gewesen, wisse mit Kindern wenig anzufangen. Mit seinem Vater habe George den Kontakt abgebrochen.

Eine schwere Entscheidung, aber notwendig, sagte George. Er habe seine Mutter auf viele Arten gedemütigt. Von Freunden wisse er, dass sein Vater stolz auf den beruflichen Erfolg seines Sohnes sei und über ihn spreche, als sei nichts vorgefallen.

Es hätte Lisa interessiert, was für einen Beruf Stanton senior hatte. Ein Geschäftsmann ohne Skrupel, der auf dubiose Weise reich geworden war? Immerhin hatte er seinem Sohn das Studium finanziert.

Sie hatte das Gefühl, sie müsste ein Unglück aus ihrer oder Julians Familie erzählen. Der ungeklärte Tod seiner Mutter zu Kriegsbeginn. Sie hatte sich oft gefragt, ob sie einen herzlichen Ton füreinander gefunden hätten. Dafür hätte es Julians Mutter noch eine Weile länger mit einem Ehemann aushalten müssen, der sie ohne Gnade und ohne Geschmack betrog.

Ihr Vater war Mama gewiss nie untreu geworden. Eher umgekehrt. Sie traute es ihr zu. Vielleicht hatte er auf seinen vielen Selbstporträts über die Untreue seiner Frau hinweggesehen, melancholisch und resigniert?

Life's cruel sometimes, sagte Betsy.

Lisa wurde klar, dass es Betsy ernst war mit ihrer Findelkinder-Mission. George sollte sie retten aus der tieftraurigen Stimmung in diesem modernen Wohnzimmer in New York. Sie betrachtete lustlos das Titelblatt des neuen *Harper's Bazaar* mit einem paillettenbestickten, schwarzen Schuh.

I had a brother, sagte sie. He died of leukemia during the war.

Oh dear, sagte Betsy.

He was sixteen. He was the most beautiful boy you can imagine.

Lisa zog an ihrer Pall Mall und warf beim Exhalieren den Kopf zurück. Ihr Bruder wäre ein unwiderstehlicher Mann geworden. Sie hätte es seinen Freundinnen nicht leichtgemacht. Jetzt in einer Bar sein und tanzen! Nicht gesittet, nicht langsam, ausgelassen! Die Toten übertanzen. Den Toten ihren Tod austreiben.

11

Liebe Lisa! Ich habe meinen Bericht vom März 1938 mit der Olivetti geschrieben, weil das platzsparender ist als meine Handschrift. Übrigens schreibt Kathilein wilde Briefe, sie bohrt ihren Zeigefinger in die Tastatur. Da kommen kurze Wörter wie söüx und fuji heraus, meistens aber lange Wortschlangen mit Satzzeichen. Den Umstellknopf für das rote Farbband hat sie besonders gern.

Von der Schitour in die Revolution des März 1938.
Als wir Freitag, den 11. März, von unserer Schitour am Arlberg mit der Bahn nach Innsbruck fuhren, marschierten auf den Feldwegen zu den Dörfern hin die Burschen und Männer im weißen Hemd und ihnen voraus leuchtete das Rot der Hakenkreuzfahnen. Aus den kleinen Städten und Dörfern längs der Bahn erschall wirres Rufen, abgehackte Sprechchöre und manchmal klang es wie das Deutschland- und Luftwaffenlied in das Rollen der Räder. Die einsteigenden Reisenden erzählten, daß sich überall die Nationalsozialisten sammeln und Protestumzüge veranstalten. Erregte Reden wurden im Abteil geführt und die frühlingshafte Stimmung der sonnigen Landschaft war in allen Menschen. „Jetzt oder nie!" hieß die allgemeine Parole.

So kamen wir nach Innsbruck.

Am Bahnhof gefechtsmäßige Infanterie, einrückende Infanteristen. In den Straßen viel Polizei, Gendarmerie, vor dem Landtagsgebäude in doppelten Kordons mit gefälltem Bajonett. Und dann die Kolonnen der SA mit Fahnen und Hakenkreuzbinden. Die Menge in der Theresienstraße schwoll bis zum Abend zur undurchdringbaren Masse, die stürmisch die Hissung der Hakenkreuzfahne auf dem Rathaus forderte. Unter tosendem Jubel ging die Fahne hoch. Die Aufgebote der Exekutive rückten in ihre Unterkünfte ein, um bald darauf mit Hakenkreuzbinden am Arm zu erscheinen. Die Polizisten wurden jubelnd auf die Schultern gehoben und von Frauen umarmt und geküßt.

Inzwischen war die Absage der Schuschniggwahl durch Lautsprecher verkündet worden, kurz darauf der Rücktritt Schuschniggs und die Ernennung der neuen Regierung mit dem Bundeskanzler Seyß=Inquart. Der Jubel in den Straßen, in Lokalen und auf den Plätzen erreichte seinen Höhepunkt. Bis in die Morgenstunden zogen singende Menschen durch die Stadt. Wie ein Bann war die Unterdrückung von uns allen gewichen, in aller Gesichter lachte die Freude.

Am nächsten Tag, Samstag der 12. März, strahlende Sonne über Innsbruck, die Berge leuchtend im frischen Schnee. Überall die Gewissheit: Heute kommt das deutsche Militär über die Grenze und mit ihm, allen voran, der Führer.

Wir saßen am Radio und hörten die Berichte von der Fahrt des Führers von München nach Linz, vom unbeschreiblichen Jubel, der ihn am ganzen Weg begleitete. Die ersten Vorhuten der Deutschen trafen auch in Innsbruck auf dem Hauptplatz ein. Die schnellen Autos waren dem Gros der Truppen vorausgeeilt, abends folgten Infanterie, Kavallerie, Pioniere, alle Truppengattungen in bunter Folge, wundervoll diszipliniert, aufs Beste ausgerüstet. Es fehlte weder die Brieftaubenabteilung noch jene der Sanitätshunde. Maultiere mit Jagdgeräten, mit Schiern, mit Pontons, mit allem erdenklichen Zeug.

Auf der Rückfahrt nach Hause ließen wir das schöne, befreite Innsbruck zurück. Die Lichterketten am Patscherkofel, am Hafelekar blinkten uns noch lange ins Inntal hinab nach. Donnernd und brausend glitt unser Zug durch die Nacht, durch befreite deutsche Lande, deutsch waren nun die mächtigen Gipfel, die im Neuschnee zu uns niedergrüßten. Deutsch die Dörfer und Städte, deren Lichter an uns vorüberzogen. Das so lange fern schimmernde Deutschland war uns plötzlich ganz nahe gerückt.

Lisa saß auf Nadeln. Sie war für diesen Vormittag mit John verabredet. George fuhr später als gewöhnlich in seine Kanzlei und hatte sie um zehn Uhr überraschend zu einem Brunch in Danny Feinsteins Loft an der Second Avenue mitgenommen, besser gesagt, er hatte sie dort abgeliefert. Danny lud einmal im Monat Leute aus dem Kunstbetrieb ein, Maler, Fotografen, Musiker.

Als sie in den Raum kam, ertönte Klavier aus der Mitte. Danny klimperte ein paar Läufe, die er unterbrach und woanders fortsetzte. Er spielte wie für sich selbst. Leon kam auf Lisa zu und umarmte sie.

This is Lisa from Austria. – Kein Wort von der Nanny, nur, dass sie in New York fotografiere. Alle nickten freundlich. Jetzt bemerkte Danny sie und sprang vom Klavier auf.

Great you could make it, sagte er.

Eine junge Frau, die hinter Danny gestanden war, setzte sich ans Klavier. Eine majestätische Figur trotz ihrer Jugend. Sie stimmte ein Intervall an, Regentropfen auf einem Fenstersims. Sie senkte den Kopf, verfolgte das Intervall eine Oktave höher, wieder tiefer, als probierte sie die beste Möglichkeit aus. Dann kamen die ersten Worte, gesprochen, mit einer zarten Stimme, you can se-ee-ee, he don't love me no more.

Die Stimme wanderte in die Höhe, blieb an einem *you* hängen, das dort schwebte, das sie mit ihren zu einem dünnen Spalt geschlossenen Lippen beschwor. Lisa schaute fasziniert auf die Lippen dieser schwarzen Göttin. Die dick gezogenen Brauen stiegen wie die Flügel einer schwarzen Möwe von ihrer Nasenwurzel hoch. Als die Sängerin in ein schnelleres Tempo wechselte, begannen einige der Männer einen Rhythmus zu klopfen, Eingeweihte, Kenner, Freunde, Bewunderer, und die Frau bewegte den Kopf dazu, wobei ihre schweren Ohrgehänge vor- und zurückschwangen, funkelnde Dreiecke mit langen Schenkeln. Sie trug ein grünes Kleid mit einem großen V-Ausschnitt. Was für einen Eindruck würde sie erst in einem schulterfreien Kleid machen? Glory Jackson.

Lisa hatte John nicht anrufen können. Er saß schon eine ganze Weile in einem Lokal in der 110th Street, The Portrait of the Artist, um die Ecke war eine winzige Fotogalerie. Die Telefonnummer hatte er ihr nicht gegeben. Sie klatschte der Sängerin Beifall. Sie musste weg.

Leon kam zu ihr.

What is it, Lisa?

I'm supposed to meet someone. I have an appointment. I'm sorry, it is wonderful here, the singer is so amazing.

Das Telefon läutete. – Just a minute.

I thought you had forgotten. Are you coming? The sandwiches are still untouched. – Aha. – Well, that's bad. We have a wonderful guest here. Quite a surprise. You'd like her.

A good friend, sagte er, als er aufgelegt hatte. He's coming.

Lisa hörte ihm unaufmerksam zu. Vielleicht hatte John eine Nachricht in dem Lokal hinterlassen. The Portrait of the Artist. Das gefiel ihr. Oder er würde in der Galerie auf sie warten.

Do you know a place called The Portrait of the Artist? fragte sie.

Is this where you want to go to?

You know it?

It's, well, not just round the corner, but not very far. It's an okay place. Very snug.

Snug.

Yes. Very convenient for meeting in secret. It wouldn't surprise me if spies met there.

Sie wusste nicht, ob Leon sie auf den Arm nahm. Ob er das einfach so sagte, weil er sehen wollte, wie weit man sie … wieso sollte er das tun?

The other thing you could do, since I see you are not quite sure about leaving us, is wait for this friend of mine. He should be here in a couple of minutes. It won't make a difference now, will it?

Oh yes, it does.

I'm sorry. I shouldn't keep you. But let me accompany you. I hate the idea of your getting stranded there. We can always come back. Okay? We needn't say good-bye, nobody will miss me.

Damit hängte er ihr den Mantel um und schob sie aus der Tür. Sie wollte sich wehren gegen diese Höflichkeit oder Liebenswürdigkeit, die etwas Komisches hatte, etwas aus einem Musical, wo die Akteure auf einer Treppe zu singen beginnen und aus dem Haustor hinaustanzen. Er drückte den Liftknopf. Ihr Herz schlug unruhig, alles dauerte so lange. Sie hätte Leon ersuchen sollen, in dem Lokal anzurufen. Es war ihr freier Tag, einer von gezählten. Der Lift mühte sich von Stock zu Stock mehr, dreimal wurde er angehalten. Endlich kam er bei ihnen an. Lisa konnte es nicht erwarten, einzusteigen und nach unten zu fahren, diesmal ohne Unterbrechung. Nur hinaus, auf die Straße, die paar Ecken.

Leon lief mit ihr, hatte sie an der Hand gefasst. Es war ihr egal, was er von ihr dachte. Er hatte ihre Not erkannt. An der nächsten Kreuzung war es Rot. Sie fror, hatte ihren Mantel nicht angezogen. Als lese er ihre Gedanken, half Leon ihr in die Ärmel. Während sie noch an ihren Knöpfen nestelte, rief Leon:

Hi! Hurry up!

Sie dachte, er hätte sie zur Eile ermahnt. Dann sah sie John. Schon fast auf der Straße, einen Ausweg suchend, ob es nicht eine Lücke im Verkehr gab. Die Haare wirr, die Brille. Sein Mantel mit hochgestelltem Kragen. WALK. Er lief als Erster über die Straße.

John, sagte Leon. We were on our way to The Portrait of the Artist.

Johns Blick floss zu ihr. Sie brachten beide kein Wort hervor.

How nice, sagte er schließlich. Is this your guest?

Leon nickte. – This is Lisa.
I know, sagte John.
I didn't mention her name on the phone.
Er umarmte Lisa leicht, freundschaftlich. – We met at MoMA a while ago. This is such a small town.
Keine zehn Minuten später waren sie in Dannys Apartment zurück.
Wasn't that perfect artistic timing? fragte John.
Er stützte sich mit dem Ellbogen an einem Plattenregal ab. Dieser Blick.
Sie erklärte ihm, dass George sie praktisch entführt hatte, aus ihrer Verabredung entführt, mit bestem Willen.
In future –, sagte er.
Planning a future, John? unterbrach ihn Leon.
Always, there is so much of it around. I can't understand how anyone would come here and not immediately start thinking about what to make of his life. Or *her* life, Lisa. How long are you going to stay in New York?
Till next June. At least.
Die Stantons seien sehr angetan von ihr, sagte Leon. Niemand sonst könne so gut mit Suzy umgehen.
Suzy? fragte John. Who is Suzy?
Lisa wartete.
Is she a child model? Like Shirley Temple? Are you taking photos of her? fragte John.
Leon schaute Lisa verzweifelt an, weil er Lisa als Nanny preisgegeben hatte.
You won't believe it, sagte Lisa energisch. I am not only a hobby photographer, I'm also a nanny. In fact that's how I came to be here. As a nanny.
Ein paar in der Nähe Stehende horchten auf.
Glory, die Sängerin, wandte sich zu ihnen.

John's quite good, sagte sie. Have you seen his photographs? That terrific picture of the young man only just making it to the sidewalk, a Coke in his hand, a car approaching? Shall I tell you why it is perfect?

Please, do, sagte Lisa hilflos, während sie sich bemühte, jenes Bild zu sehen.

John habe genau den richtigen Zeitpunkt in der Bewegung des jungen Mannes erfasst, das sei nämlich nicht der, wenn er auf dem Gehsteig lande, sondern der Moment davor. Die Dynamik der Bewegung übertrage sich in den Körper.

In Lisas Kopf schwirrte es.

I simply love the red of those Cola ads in Saul Leiter's photographs, sagte eine Frauenstimme.

The one with the two mailmen walking through a snow storm –

How he integrates capital letters –

I told Lisa that Saul's favorite painter is Pierre Bonnard, sagte John.

Als sie sich wenig später verabschiedeten, winkte Lisa mit einer steifen Hand wie Königin Elizabeth. Die war nicht älter als sie. War sicher öfter vom Pferd gefallen.

So now you know everything about me, sagte John auf der Straße.

Seit wann sie rauche?

Sie habe ein Foto von Ava Gardner mit zwei Männern an einem Tisch gesehen. Hoch aufgerichtet, sehr elegant. Sie lächelte dem Mann links neben ihr aus halb geschlossenen Augen zu, eine kurze Falte zwischen den Brauen, die ihre Belustigung ausdrückte. Mit dem Ellbogen stützte sie sich auf dem Tisch ab, die Zigarette steil zwischen Zeige- und Mittelfinger. Das Lächeln korrespondierte spielend mit der Zigarette.

You're such a good observer, Lisa. You'd make a perfect witness in a crime scene. Now. Are you hungry?

Sie schaute auf die Uhr. Kurz vor eins. Viel gegessen hatte sie noch nicht. Andrerseits lief ihnen die Zeit davon. Nein, das durfte sie nicht denken.

Let's go to The Portrait of the Artist. It's nice and warm and we can discuss the further development of our day.

Bei der Ampel blieben zwei Frauen mit hellen Kamelhaarmänteln vor ihnen stehen. Auf ihre Rücken fielen zwei Schatten.

Are these we? fragte Lisa.

Is this us? sagte John.

Er konnte das, sie mit drei Wörtern aus der Fassung bringen, so dass sie den Boden unter den Füßen verlor. Es war nur in dieser Sprache möglich, dieser rücksichtslosen, die sich selbst ständig ins Maul griff. Sie war überglücklich, dass sie hier war. Mit John.

Er bewegte sich. Der Schatten machte mit.

In dem kleinen Lokal ließ ihre Anspannung nach. Es war großartig, Leute zu treffen, für die es keine Entsprechungen zuhause gab.

How did you like the Feinsteins? unterbrach John ihr Grübeln.

Sie habe die beiden bei den Stantons kennengelernt. Das entlockte John ein Pfeifen. Er hatte eine andere Vorstellung von den Stantons gehabt. Total bürgerlich. Konservativ.

Lisa sagte, sie hatte sich auch gewundert.

So kind and generous and open. Sie beneide ihn um solche Freunde.

We should go to a coffeehouse with night music and poetry readings sometime. Sometime soon.

A coffeehouse? – Was wollte John ihr über Kaffeehäuser beibringen?

You just wait and see. The Gaslight Café, or the Lightspot Café or, best of all, the Seven Arts Coffee Gallery. Sie müsse ihre Sonnenbrille mitnehmen.

Why?

No matter how late at night, or how early in the morning – you need to wear your sunglasses, if only on account of the smoke. Good you started smoking yourself.

Auf der Speisekarte des Portrait of the Artist fanden sich die üblichen Sandwiches und ein paar *omelets*. Nach einer Weile brachte die Kellnerin eine kleine gusseiserne Pfanne, in der die Omelette sich noch hin- und herbewegte, so heiß war sie. Sie blies auf die Gabel –

What is it, Lisa?

Sie habe vor ihrem Ausflug nach Harlem einen Dichter kennengelernt. In einem französischen Lokal. Frank. – Aha. – Er habe ein Gedicht in sein Notizbuch geschrieben.

Could you read it?

Sie nickte.

Do you remember it?

Sie biss von dem Brot ab, nahm einen Schluck Wasser, wischte sich mit der Serviette über den Mund. Es war im September. In dem Gedicht kam eine fire escape vor, das erinnerte sie an die *West Side Story*. John warf ein, er hätte sie sich vor kurzem auch angesehen.

Sorry, Lisa, the poem, please.

Okay. It started like this: Alone at night / In this red city/ Am-bu-lan-ces/ Howl in my sleep.

Did he tell you his last name?

Barrett. Frank Barrett.

Frank – Barrett? Oh God.

What.

He died in a car accident last week.

Oh. Suzy flirted with him and he was so kind and funny. She asked him his age.

Fifty-two.

That's what he told Suzy. Did you know him?

I went to his readings, his latest book came out about a year ago. We used to talk afterwards, he was interested in photography. He once suggested we do a book together, something about passages, I would take pictures of ships and marriages and birds, those were his words, and I liked the idea a lot, but we never really started.

Lisa hörte seinen Worten nach, ships and marriages and birds. On the fire escape, my dreams.

Sie sagte, es sei ihm an dem Tag offenbar nicht gut gegangen. Der Kellner habe ihn gefragt und er hatte den Kopf geschüttelt. Things will work out soon, I hope.

Somebody told me his second wife, Sofia, wanted a divorce, sagte John. She is a very fine dancer at the New York City Ballet.

He told me a lovely and charming little story about myself. At the time I thought it was a trick, one of those tricks.

He was the kindest man you can imagine, sagte er.

On the fire escape/ my dreams/ can you please/ lift me up, sagte sie leise.

Am Subway-Bahnsteig vor der Fahrt zu Johns Wohnung warteten eine Frau und ein Mann so eng aneinandergefügt, als könnte sie nur eine Explosion entzweien. Die Trauer über die bevorstehende Trennung verschloss das Gesicht der Frau zu einer Maske. An ihrem Ohr erzählte ihr der Mann, dass er sie bald wiedersehen wolle, aber ein feindliches Leben wehrte sich dagegen. Sie hörte mit geschlossenen Augen zu, konzentriert, die Wangenknochen traten scharf hervor. Ihre Lippen waren voll und bereit für einen Satz oder einen Kuss. An seinem Mantelkragen ballte sich weiß und klein ihre Hand zusammen.

What do you think he's telling her? fragte John. A summary of their relationship? Will they meet again?

No, I don't think so, sagte Lisa. I think the farewell is forever.

Im Wagen der Subway standen sie nebeneinander, kein freier Platz.

John schob seine Nase an Lisas Schläfe auf und ab, sie mochte seinen Geruch, schwankte mit dem Rumpeln des Waggons hin und her, gemeinsam mit dem Geruch, den sie nicht festhalten konnte. Nichts konnte sie festhalten von diesem Erleben eines fremden Mannes, der sie begehrte, und es war beinahe egal, dass sie verheiratet war. Kathi würde es verstehen. Ich nehme dich mit, sagte Lisa in ihren Gedanken. Ich nehme dich mit.

In seinem Apartment – John hatte schnell die Wohnungstür versperrt – fiel ihre Geschichte ab. Noch waren ein paar Zentimeter Platz zwischen seinem und ihrem Gesicht … wie sehr das alles … er beugte seinen Kopf zu ihr, näher, keine Berührung, der endlose, süße Augenblick, den sie nicht – den er nicht – bis ihre Wangen aneinanderlagen und sich seine Hände in ihrem Haar verirrten. Sein Drängen. Seine Lust. Seine Hand wanderte zwischen ihre Beine, griff nach ihr, hob sie an und ließ sie los. Dass sie noch angezogen war, machte es nur ernsthafter. Sie dachte, das darf ich nicht vergessen, diesen Griff. Und dass seine Wange höher ist als meine.

Und John – Gott sei Dank, er hatte daran gedacht.

Sie steckte ihre Nase in das Kissen, die Wäsche war ungebügelt, aber frisch, warum sollte er bügeln, und das hieß auch, dass es keine andere Frau gab, die da nachsehen kam, keine Freundin.

You have a girlfriend?

No, sagte er ernst. Not in the sense you mean.

Why not?

Never met the right girl I guess. I did have a long affair with a woman slightly older than me. For about ten months.

And that's a longer affair?

Yes, Mrs. Lisa from Europe.

And what happened?

She met somebody else. A guy with real money.

Did you take photos of her?

Yes, I did. But this is not interesting anymore. I want to take photos of *you*, Lisa.

Er habe sie schon die ganze Zeit fragen wollen, und jetzt, wo sie rauche, sei es soweit.

John stand abrupt auf und zog sich an. Sie schlüpfte in ihre Unterwäsche und das Kleid.

Er hatte die schmale Balkontür geöffnet und bat sie, sich an das Geländer zu lehnen. Es war kalt und sie hätte gern ihren Mantel umgehängt. Er verschwand und machte das Fenster neben der Tür auf, lehnte sich hinaus und knipste, ohne ihr Anweisungen zu geben. Sie nahm verschiedene

Positionen ein, stützte sich mit beiden Händen an dem schmalen Balkongeländer ab, Kopf nach unten, im Profil, ließ Johns Kameraauge ihren Hals abtasten, ihre elegante Nase (kein Stupsnäschen), mit dem Rücken an die sichere Hauswand gelehnt, die schmutzige, hoffentlich riss sie keinen Faden auf. Es fiel ihr leicht, ein breites Lächeln aufzusetzen, mit dem Selbstvertrauen einer Schauspielerin, die sie jetzt war. Keine geschürzten Lippen, kein Schmollmund, nichts Puppenhaftes.

I knew it, sagte John. I hope this won't be the last time. I want to go on taking photos of you. You're so special.

Warst du jemals in Europa? fragte sie ihn auf Deutsch.

No, but I want to go there soon. For a couple months.

Where?

Paris. The South of France.

What about Vienna?

Let me think. – Er runzelte die Stirn. – Depends. I'd want to spend time with my girlfriend there. But she's married.

Passages, sagte sie. – Sie hatte *en passant* sagen wollen. Sie suchte nach einem Wort, das man erst erfinden musste. Sie war seit sechs Jahren verheiratet, gab es dafür einen Ausdruck? Verheiratet mit dem Vater ihres Kindes, der Seitensprünge machte, warum ausgerechnet hier in New York nicht? Kathi, ihre Katharina, würde eine andere Frau werden. Die würde nicht warten und dann ihr Kind zurücklassen, und zuhause weiterhin warten, denn wer wusste, was als Nächstes kommen würde, welcher Ehrgeiz dann wieder befriedigt werden müsste auf Kosten der Familie.

Who knows, sagte sie leise.

Das Foto auf der Rückseite von Frank Barretts Gedichtband zeigte einen deutlich jüngeren Mann. Es war in der Sonne aufgenommen, Schatten lagen auf der linken Gesichtshälfte und der Schulter. Er lächelte mit geschlossenem Mund. Schwarze Haare, Ecken an den Schläfen. Auf dem Umschlag waren ein paar abstrakte Rechtecke und Dreiecke, schwarz und rot, durchschossen von einem ockerfarbenen Strich. *song at midnight*. In Kleinbuchstaben. Sie blätterte ehrfürchtig weiter, bis sie zu einem Gedicht mit dem Titel *Sofia flying to the moon* kam. Sie begann zu lesen und meinte, die Stimme zu hören, die sie in dem Bistro gehört hatte. Er las ihr das Gedicht vor, das er für seine Frau geschrieben hatte. You have taken off to / the winds and clouds / of our summertime moon.

Aber zu der Zeit sei der russische Sputnik noch nicht zum Mond geflogen, sagte Lisa, um die Rührung zu unterdrücken, die sie befallen hatte.

John zeigte ihr die Unterschrift auf dem ersten Blatt. For John, hatte Frank geschrieben. Und seinen Namen in dieser gehäkelten Schrift dazugefügt, die für Lisa unreif wirkte. Die a's oval wie Hagebutten. Es passte nicht ganz zu dem ernsthaften Autor.

Will you show me your photograph, the famous one?

Ach, Lisa.

Das Foto hing neben einem Fenster im Schlafzimmer. Der Rücken des jungen Mannes vibrierte weiter, seine Spannung sprang auf Lisa über.

This is like an injection that doesn't hurt.

12

Ob sie Lisa um einen Gefallen bitten könne, fragte Betsy. Um Aunt Martha stehe es sehr schlecht, aber noch lasse sie sich schminken und lege großen Wert auf ihr Aussehen.

Can you imagine coming with me to her house and taking what will probably be her last photo?

Is that Aunt Martha's wish, too? fragte sie.

Mummy told her about you and said how nice you are and what a good photographer, plädierte Suzy.

But does she herself really want it?

She does, Lisa, she does. Trust me. She has always been, shall we say, a little vain. And she likes the idea that we will have an image of her that will last beyond her death.

But, sagte Suzy eifrig. What if she doesn't die?

We are not going to tell her that she has to die soon, darling.

Okay, sagte Lisa.

Dagegen war sie wehrlos. Es wäre unklug, Betsy etwas abzuschlagen. Sie dachte an ihren Vater, seine weißen Haare, sein gütiges Gesicht. Nie könnte sie ihn unter dem Vorzeichen fotografieren, dass er bald nicht mehr unter ihnen wäre. Er rauchte zu viel. Und sie hatte eben erst begonnen damit.

Betsy blätterte bereits in ihrem Taschenkalender. Kommenden Mittwoch?

That's fine with me. Would you prefer color or black and white?

I thought you could do some in color with my camera and some in black and white with yours. She will like your Rollei.

Lisa hatte weiterhin keine Ahnung, in welchem geistigen Zustand die alte Tante war. Sie war froh, dass die Sache mit der Dunkelkammer in Vergessenheit geraten war. Bei solch heiklen Aufnahmen durfte ihr kein Schnitzer unterlaufen. Die Niederlagen im Badezimmer, wenn ihre verwirrte Großmutter die Tür öffnete und durch das dunkle Bad wandelte, obwohl man es ihr untersagt hatte! Kathi war ein paar Mal dabeigewesen und hatte das Kippen der Entwicklungsdose im sogenannten Agfa-Rhythmus bestaunt. Die auf der Wäscheleine über der Badewanne aufgehängten Negativstreifen hatte sie für Fliegenbänder gehalten. Am meisten hatte sie den letzten Schritt geliebt, wenn stückweise in der Entwicklerwanne das Bild hervorkam und die Flecken zu Antlitzen wurden. Blieben die Abzüge länger als drei Minuten in der Flüssigkeit, verfärbten sich die Gesichter und glichen dem Mohrenkopf im Wappen der Stadt.

Lisa hatte es darauf ankommen lassen, ob Henry im Fotogeschäft sein würde. Den Brief ihres Vaters hatte sie in der Tasche. Später Nachmittag, eine Kundschaft, die nicht mehr lange blieb. Es wunderte Lisa, dass überhaupt jemand außer Henry und ihr den Laden kannte. Aber hatte Henry nicht gesagt, Stephen sei immer für eine Überraschung gut?

Sie zeigte Henry den Brief und fragte ihn, ob er ihn lesen wolle.

It is very kind of you to let me have this letter, but would you read it to me, at least part of it? So I have the real German in my ears? Stephen, we can make little breaks and I will tell you what Lisa has read. Is that okay with you?

Of course.

Der mit der Olivetti geschriebene Brief hatte etwas Offizielles. Im Fotoalbum war es die Schrift des Vaters gewesen und damit ein persönlicher Erinnerungsbericht, wie in der Schule, wenn man über einen Ausflug schreiben sollte. In den kleinen e's und a's und bei m und n waren die Lettern nicht sauber, vermutlich sahen Vernehmungsprotokolle so aus. Sie stockte.

What is it, Lisa?

Nothing.

Henry übersetzte die Stationen des Jubels. The swastika was raised at the Town Hall in Innsbruck with the audience cheering. Policemen turned up with swastika arm-bands and were embraced and kissed by women. Laughing and weeping with joy.

Ein paar Tropfen liefen von seiner Stirn. Es musste ihn aufregen. Waren das dieselben jubelnden Menschen und küssenden Frauen wie sieben Jahre später, als er selbst einmarschierte?

When did you first learn about the concentration camps, fragte Henry, nachdem sie den Bericht zu Ende gelesen und übersetzt hatten.

People didn't talk about this. It was a taboo. My parents saw the film.

The Death Mills?

Yes. Die Todesmühlen. My mother said it was unbearable. And unbelievable.

Sie hörte noch, wie Mama sagte, das gibt's nicht. Das kann nicht wahr sein. Sie hatte den Film als Zumutung empfunden. Mama, deren Bruder im Krieg gefallen war, deren Sohn im Krieg an Leukämie gestorben war. Sie hatte ihren eigenen Kummer gehabt.

My father was – shattered. He only talked to me two days later when I read an article about the film in the local paper.

Sie hatte gelesen, was alles man Menschenkörpern zufügen kann, hatte sich gegen die Bilder gewehrt, die in ihrem Kopf hochstiegen, zu Skeletten abgemagerte Menschen, „die Gesichter hatten einen Ausdruck, den wir noch nie gesehen hatten".

Auf ihre Fragen sagte der Vater, die Wehrmacht sei anständig gewesen. Das konnte nur die SS gewesen sein.

Have you –

Have I what?

Have you – I mean, have you – lost relatives in a camp?

You mean, am I Jewish? Yes, Lisa. Fortunately my grandparents left Europe after the First World War, together with their brothers and sisters.

Und trotzdem –

Yes.

Niemand wollte dem etwas hinzufügen. Lisa gingen Fragen durch den Kopf, die ihr alle zu grob vorkamen. Woher Henrys Familie stammte, aus der Monarchie oder aus Deutschland, sein weicher Tonfall ließ auf Ersteres schließen. Die Frage nach seinem Familiennamen durfte sie ebenso wenig stellen, denn sie würde bedeuten, dass sie neugierig darauf war, ob es ein typisch jüdischer

Name war. Die Eltern hatten nie von den wenigen Juden in ihrer Stadt gesprochen. Als ihr Vater die Kohns in Wien erwähnte, Geschäftspartner von Onkel Gustl, dem die Rollei gehört hatte, hatte Mama da nicht die Augen verdreht? Julian hatte nach dem Krieg eine englische Verfilmung von *Caesar und Kleopatra* gesehen, bei der ihm der Darsteller des Caesar nicht gefallen hatte, weil er einen „jüdischen Eindruck“ machte und für ihn so gar nicht die Gestalt Caesars darstellte.

You were right of course, sagte Lisa schließlich. It was the third of May.

You're welcome, sagte Henry.

Er nahm ein in dunkelblaues Leder gebundenes Album aus seiner Aktentasche, die am Boden an der Wand lehnte. Sie schlug es auf, unsicher, ob sie die Eingangsseiten lesen sollte, und blätterte zu den ersten Fotos. Die Maria-Theresien-Straße. Ihr erster Gedanke war: Nein, danach habe ich kein Heimweh. Zwei alte Männer in Lodenjacken und Knickerbockern, die traf man auch jetzt noch. Ein jüngerer mit mürrischer Miene. Ein paar Frauen. Im Hintergrund die Nordkette und davor das Goldene Dachl. Ein kleiner Junge in seiner kurzen Lederhose hatte ein Flugzeug in beiden Händen und richtete es in die Höhe. Sie spürte ihre Aggression gegen das Kind. Auf dem Ärmel eines Soldaten war ein Kaktus aufgenäht.

We were the Cactus Division, sagte Henry.

Von einer Kaktusdivision hatte sie noch nie gehört. Was für ein kindischer Name, aber war ein Edelweißregiment besser?

Auf einem Bild stiegen vier junge Männer in Badehosen aus einem See auf die Wiese. Sportliche Körper. „Prachtkerle“ ging durch ihren Kopf.

This is me, sagte Henry und zeigte auf den Kleinsten.

Sie dachte an die erforderlichen Körpergrößen bei der SS. Der Sohn eines befreundeten Anwalts hatte zur SS gehen wollen und die Mindestgröße von 1,64 m nicht erreicht.

Did you have to be a certain height to get into the army?

No. We burnt Nazi rifles and drowned them in the lake.

Im Achensee.

Yes, I could never pronounce that one. The best I managed was Arkansas.

Henry tippte auf das nächste Bild, in Wehrmachtsuniform, die Ärmel zu lang, der graue Mantel bis zu den Knöcheln, ein breites Grinsen. Er posierte auf einer Hakenkreuzfahne.

I like you better in the swimming shorts, sagte sie.

Eine Holztafel, der metallene Reichsadler mit weiten Schwingen, darunter in den unerbittlichen Frakturbuchstaben NSDAP Ortsgruppe. Den Namen der Ortschaft konnte sie nicht entziffern. Ein amerikanischer Soldat kratzte sich den Kopf. Seine Verwunderung galt dem Plakat auf der Tafel, das drei Südseemädchen mit vollen Lippen zeigte. Die Darstellung der Mädchen – *entartete Kunst* – ihr Vater besaß ein Buch von einer Ausstellung in München, war das im selben Jahr wie der Parteitag gewesen?

VISIT THE SOUTH SEA FOR FREE PASSAGE

Wir wurden weitergesendet in den Pacific, sagte Henry auf Deutsch.

Sie trank von dem Portwein, den Stephen ihr hingestellt hatte. Er wanderte über ihre Zunge, erfüllte ihre Mundhöhle mit einem warmen Geschmack, wohlmeinende Medizin, ein Heilmittel gegen die Schuld in ihrem Kopf.

Sie schaute auf das nächste Foto. Zwei Mädchen in Trägerröcken mit Zöpfen auf dem Rand eines Podiums, das linke Mädchen hatte die Knie verbogen wie Kathi auf dem Foto vor dem Baumstumpf. Sie blinzelten in die Sonne. Auf der Bühne hinter ihnen eine Blasmusikkapelle.

Eine Hand an ihrem Arm.

Careful – im Sessel – careful.

Ich atme ja ruh-ig.

Henry – das Taschentuch – thank you.

Der Taxifahrer rollte die schwere Tür zurück. Henry stieg neben ihr ein.

The address.

Sie sank in die Rückenlehne.

I'm so sorry, sagte sie.

Sollte sie ihm das erklären …

Those little girls in the last picture – they could be my little daughter, sagte sie mit einer neuen Stimme.

Henry lieferte sie an der Tür ab.

I'm okay, sagte sie. Thank you. Thank you.

Bei den Stantons ging sie auf ihr Zimmer und warf sich aufs Bett. Sie weinte leise und lange. Als Suzy von ihrer Mutter zu Bett gebracht wurde, steckte sie den Kopf ins Kissen. Wenig später kratzte es an der Tür. Suzy stand in ihrem Pyjama mit den Disneyfiguren da, hatte den Finger an den Mund gelegt und kletterte schließlich zu Lisa ins Bett. Erst war es Lisa unangenehm, dann nahm sie die kleine Hand in ihre. Sie erzählte Suzy im Geist ihre Geschichte und strengte sich an, es für das Kind verständlich zu formulieren.

Warum sie keinen Führerschein besitze, fragte Betsy am nächsten Tag im Auto.

Lisa beschloss, Julian nicht mehr in Schutz zu nehmen. Ihr Ehemann sei dagegen gewesen.

How strange, sagte Betsy.

I'll get my driver's license when I am fourteen, sagte Suzy. No husband can tell me ...

Maybe your father, darling?

The husband, kam es vom Rücksitz.

What?

The husband is not nice.

Betsy wies sie nicht zurecht. Lisa und sie starrten auf die Straße, das Orakel im Fond des Wagens. Lisa hatte keine Lust, keine Kraft, Julian hier als besonders verständnisvollen Ehemann aufzubauen.

Als sie die Amsterdam Avenue überquerten und Lisa das Straßenschild las, bekam sie Herzklopfen. Wie sollte sie die Nacht mit John in dieser Seven Arts Coffee Gallery ermöglichen? Den Abend und die Nacht. Sie wartete auf das Datum der Weihnachtsfeier im Krankenhaus, das schon feststehen musste. Und wenn sie – wenn sie direkt von der Weihnachtsfeier zu einem Treffpunkt mit John nach Harlem fahren würde, Julian im Glauben lassend, sie fahre zu den Stantons zurück, die annahmen, sie verbringe die Nacht mit Julian? Vielleicht würde Julian an jenem Abend Dienst haben. Könnte sie dann nicht früher weg – unverzüglich in Johns Wohnung, I'm sorry, I have an appointment at 9 o'clock.

Sie hatte nicht bemerkt, dass sie in einen Tunnel gefahren waren. Betsy hatte das Tempo verlangsamt und Lisa starrte auf die doppelte Sperrlinie, die sich in ihre Stirn zu fressen schien.

I like the Lincoln Tunnel better than the Holland Tunnel, which crosses further South, sagte Betsy.

Lisa sagte nichts dazu, sie wollte Betsys Konzentration nicht stören. Als sie aus dem Tunnel herauskamen, schneite es stärker. Betsy fuhr mit dreißig Meilen. Die roten Warnlichter der Autos schwammen im Schneetreiben. Ein paar Fahrer waren ausgestiegen. Lisa meinte einen Briefträger mit einer großen braunen Posttasche vorbeigehen zu sehen. Er hielt sich die Hand vor die Stirn.

They forecast it, sagte Betsy. I should have known better.

Und wenn es nicht zu schneien aufhören würde? Einfach immer mehr, weil der amerikanische Himmel so groß war. Hauptsache, sie hatten es warm in ihrem Wagen. Eine Thermoskanne wäre nicht schlecht gewesen, alles, was in einen Rucksack passte.

Will there be snow all over our car? fragte Suzy.

Of course not, sagte Betsy. – Sie drehte das Autoradio auf.

Heavy snowfall across the Midwest. Chicago may register its biggest single snowfall of the winter.

Are we in the Midwest?

Sshh.

Some of the heaviest snow is likely in northern Maine and Vermont, where up to a foot is expected.

Suzy bohrte ihren Zeigefinger in Lisas Schulter. – Can you come sit with me in the back?

Lisa warf Betsy einen Blick zu, die kurz nickte. Sie stieg aus und blieb ein paar Sekunden in dem Schneetreiben stehen, kissing the flakes from your cheek, sagte John zu ihr. Die Perlen auf ihrem Mantel. Suzy legte die Hand auf Lisas Wange und dann auf ihre eigene.

What are you doing? fragte Lisa. Stealing a kiss from the snow prince?

The Prince? Our Prince? Have you met him outside?

Yes.

Why didn't you invite him to come in our car? – Suzy klopfte auf den Platz neben ihr.

He was in a hurry.

Promise we'll meet him in our café soon.

What are you two ladies talking about? fragte Betsy. That mysterious prince again?

Nothing, Mummy.

Lisa is a good story teller, isn't she?

Like me, sagte Suzy.

Betsy verstellte den Rückspiegel, um Lisas Blick zu sehen. We all need a prince from time to time, dachte Lisa.

Has George mentioned your darkroom recently? fragte Betsy.

Ahm, no, he hasn't. But that's quite okay, Betsy. There is a very nice photo shop where I take my films.

Oh really. I'm glad you're not disappointed. You will like Aunt Martha. She was almost a Communist once.

What is almost a Communist, Mummy?

Has the snow lessened? fragte Betsy nervös. I feel like sitting in a tv set. It's still all zig-zag, isn't it?

Lisa verfluchte ihren Kleinmut mit der nicht zu Ende absolvierten Führerscheinprüfung. Sie hätte große Lust, die Sache in die Hand zu nehmen. Der Wagen vor ihnen fuhr langsam an. Die Schneedecke war dünn. Mit Winterreifen kein Problem. Hier gab es kaum eine Steigung. Sie war gespannt, wie Betsy das Auto manövrieren würde, sollten sie ins Schleudern kommen. Nein, das wünschte sie sich nicht!

In Passaic stockte der Verkehr erneut, die Ampeln sprangen dauernd auf Rot. Aunt Marthas Haus war im Süden, im sogenannten Park District. Suzy hatte geschmollt. Einmal hatte sie Lisa in den Oberarm gestoßen und sie angestarrt, die Zunge auf ihr Kinn hinuntergestreckt und versucht, dort etwas abzulecken, das nicht da war.

I want to know what you know, hatte Lisa geflüstert.

Betsy hielt vor einer Villa in einer ruhigen Straße. Lisa empfand eine seltsame Erwartung, fast so, als sei das ihr neuer Arbeitsplatz und in den nächsten Minuten würde sich entscheiden, ob sie und Aunt Martha einander sympathisch waren. Das Gittertor war verschlossen. Betsy läutete. Die Haustür ging auf und eine Frau mittleren Alters in weißer Schwesterntracht kam heraus.

Nurse Eleanor, stellte Betsy sie vor.

Nice to meet you, I'm Lisa, sagte Lisa.

Suzy schaute todernst. – No nonsense, sagte sie leise.

Im Haus lag ein dunkler Geruch, die schweren Möbel, geschnitzte, lebensgroße Figuren hielten Wache, an der einen Wand ein Strahlenkranz aus Speeren, aus denen sie sich vielleicht bedienten. Es sah nach einem englischen Landhaus aus. Nicht, dass sie jemals in einem solchen gewesen wäre. In der Villa von Julians Vater hingen Trophäen von ordinären Rehböcken.

Aunt Martha thronte in einem großen Bett, mit großen Kissen im Rücken.

Suzy, my darling, rief sie mit fester Stimme. – Suzy ging auf sie zu und ergriff zögernd ihre Hand.

You must say Hello to my friend Lisa, sagte sie.

Ah, Miss Lisa, sagte Aunt Martha. Sie habe schon viel von ihr gehört.

Mrs. Lisa, rief Suzy. She has a husband. He works in the hospital.

Nice to meet you. You are the photographer?

Yes.

Lisa takes photos of old men lying in the street, sagte Suzy mit wichtiger Miene. She is never afraid.

You like Mrs. Lisa a lot, don't you, sweetie?

We're the perfect team, Aunt Martha.

Sie erweckte nicht im Mindesten den Eindruck, unglücklich zu sein. Sie hatte milde Gesichtszüge. Würde sie ihr auf der Straße begegnen, wäre sie nicht eine jener bösen alten Frauen mit einem zu großen Hut, die einen Chauffeur herumkommandieren.

Sie wusste nicht, wie sie die alte Dame ansprechen sollte. Ihren Familiennamen hatte man ihr nicht verraten. Und Betsy hatte Lisa auch nicht richtig vorgestellt. Merkwürdig, dass diese Konzentration auf die Vornamen bei Nurse Eleanor und bei ihr, Lisa, einen Dienststatus anzeigten, bei Aunt Martha hingegen eine vertraute Familienposition.

Nurse Eleanor trug Tee und Kekse auf und für Suzy eine heiße Schokolade. Sie saßen an einem runden Tisch, der in dem geräumigen Schlafzimmer mühelos Platz hatte. Auf einem Sims standen sepiafarbene Fotografien.

May I? fragte Lisa.

Of course. I wonder what you will make of them.

Lisa nahm ein gerahmtes Bild, auf dem Frauen mit Topfhüten sehr entschlossen blickten.

In 1926 we had the Passaic Textile Strike. These ladies were the Relief Committee.

Betsy unterbrach sie und erklärte, dass das einer der ersten großen Streiks war, hier in den Wolle- und Seidenspinnereien in New Jersey. Die ohnedies niedrigen Löhne waren um zehn Prozent gekürzt worden. Die Arbeiter und Arbeiterinnen forderten die Rücknahme der Lohnkürzung und eine Erhöhung. Außerdem sollte die 44-Stunden-Woche eingeführt werden.

And that sanitary conditions should be improved!

You mean bathrooms? fragte Suzy.

Exactly.

Where people could develop their photos like Lisa?

Lisa nahm schnell ein anderes Bild. Eine Bäckerei, in der sich Brotwecken in den großen Schaufenstern stapelten.

Das Committee sorgte für die Kinder, deren Eltern streikten. Fünftausend Kinder seien durch die Straßen von Passaic gezogen und von der Polizei genauso brutal angegriffen worden wie die Erwachsenen zuvor. Als sie darüber in der *New York Times* gelesen habe, habe sie nicht länger tatenlos zuhause sitzen können.

I donated money and I started baking bread myself. The smell of it!

Suzy zog die Luft mit hochgereckter Nase ein. – Is this what almost a Communist does, Aunt Martha?

Nurse Eleanor kicherte.

Well, sweetheart, that's a nice way to put it, sagte Aunt Martha.

Tell me about it, plea-ease.

Do you drink a lot of milk, honey?

Sometimes at Schrafft's, they have lovely milk shakes.

Milk was *The Health Builder*. Children had to work in the mills from the age of fourteen.

Ein Foto zeigte vier Kinder, die auf einer Bank unter einem Plakat saßen, jedes hielt eine große Milchflasche in der Hand.

These are great photographs, sagte Lisa. I would have loved to cover the strikes as a street photographer.

Is that what you call it today? I wrote articles in plain English for the Strikers' newspaper. You could have supplied the illustrations.

Suzy brannte darauf, das Ende der Geschichte zu hören. – And …, sagte sie vorsichtig.

Betsy sprang ein, wohl weil sie dachte, die Sache damit abzukürzen. Die Arbeiter bekamen ihre Forderungen erfüllt, aber nicht lange danach wurde alles rückgängig gemacht.

Als Nurse Eleanor das Licht aufdrehte, erhob sich Lisa. Sie nahm ihre Rollei und stellte sich ans Bettende.

Would that be acceptable for you?

Absolutely. No, wait.

Nurse Eleanor brachte einen kleinen Spiegel und Aunt Martha zog ihre Lippen ohne zu zittern nach. Lisa drückte ab, kurbelte vor und zurück, während die alte Dame ihre Kopfstellung immer leicht veränderte. Sie schoss einen Film aus. Danach nahm sie Betsys Leica und machte Farbbilder. Martha schien ein sehr unkomplizierter Mensch zu sein, Lisa suchte nach einem Wort – frei. Sie war frei, wie es vielleicht nur eine Amerikanerin sein konnte. Im nächsten Moment verschwand ihre Leichtigkeit. Sie deutete Lisa näher zu kommen.

The threat is still there, flüsterte Aunt Martha. McCarthy. He started when I was young and he's still around. Locking up actors.

Auf dem neuen Brief von ihrem Vater war erstmals der Sonderstempel des Postamts Christkindl zu sehen. Suzy studierte den Umschlag mit dem Stempel der Stadt, die wie das *Christ Child* hieß. Es lag in einem Strahlenkranz, das war die Krippe mit dem Stroh, und was lugte da vorne winzig unter der Windel hervor?

What is it, Lisa?

I can't see anything there.

But here, here.

Oh this, it might be a bit of straw.

Yuck, sagte Suzy. It's itchy.

Sonst waren ihre Lieblinge die Trachtenmarken, die rote mit der langen runden Feder auf dem großen Hut aus Tirol, 1,45 Schilling, die blaue mit dem Häubchen, 1,50 Schilling für die Luftpostkarte. Folk costumes for every province, hatte sie ihr erklärt.

They are much beautifuller than ours.

Im Umschlag steckte auch ein Foto: Kathi in der Bauernstube mit dem Heiligen Nikolaus, seine hohe Mütze, sein weißer Rauschebart, seine Männerhand auf dem Brustkorb des vor ihm stehenden kleinen Mädchens, ihre Fäuste. Man sieht zwar nicht viel von seinem Gesichtsausdruck, aber Lisa konnte die Genugtuung über ihre und Julians Abwesenheit spüren. Julian war Protestant, bei ihrer Heirat wurde die römisch-katholische Erziehung für die Kinder festgelegt. Von Julian war kein gutes Wort über die Amtskirchen zu hören.

Wie entwickelt sich die Asiatische Grippe in New York, schrieb ihr Vater. Kathilein hat nicht einmal einen Schnupfen gehabt.

13

Es hatte zu schneien aufgehört. Lisa trug nichts bei sich außer ihrer Handtasche. Das Zusammentreffen von Julians Dienst mit der Weihnachtsfeier war das Beste, was ihr passieren konnte. Das kleine Schwarze musste John in Kauf nehmen. Wenn die Leute im Seven Arts solche Freigeister waren, würden sie ein kleines schwarzes Kleid akzeptieren oder besser, gar nicht Notiz nehmen davon. Nachthemd? Forget it. In Johns Armen würde sie nicht frieren.

In der Eingangshalle schritt Julian auf sie zu, der Äthergott in Weiß, Stethoskop lässig um den Hals. Zum ersten Mal fiel ihr auf, dass der weiße Mantel hier länger war als im Krankenhaus daheim. War sie gar nicht stolz auf ihn? War ihr klar, was sie aufs Spiel setzte? Hinter ihm die Ärztin mit dem italienischen Namen, De Silva, Dellacasa, DiMaggio.

Hallo Schatz, sagte Lisa. Wenn er sie jetzt in die Arme schließen würde, vor seiner Kollegin, wäre alles okay. Wenn er sie auf den Mund küssen würde, ihren Körper an seinen pressen, sodass sie zueinander passten. Würde sie nachher zu den Stantons … niemals.

Julian streifte Lisas Wange, für eine Umarmung reichte es nicht, weil er so knapp neben der italienischen Ärztin stand. Sie trug eine pastellfarbene Bluse zu einem

Rock in Eierschalenweiß, das sich zart von Julians Arbeitsweiß abhob.

Es ist besser, wenn du deinen Mantel beim Festsaal aufhängst, damit du unabhängig von mir heimfahren kannst, sagte Julian.

Dr. DiMaggio setzte eine betrübte Miene auf und bedauerte, dass Julian seinen Dienst nicht hatte tauschen können.

Hatte er es überhaupt versucht? Warum wusste die Chirurgin davon?

Die Gäste im Saal trugen spitz zulaufende Hütchen im Haar, glitzernde Eistüten.

I forgot mine, sagte Dr. DiMaggio gutgelaunt. – I hope they will let us in.

Lisa musste an einen der Kostümbälle im Schloss zuhause denken. Mit der schwarzen Maske vor dem Gesicht hatte sie hemmungslos geflirtet, ihre Augen durch den schrägen Ausschnitt wie die einer fernöstlichen Prinzessin. Julian hatte sie dann grob zurechtgewiesen, weil sie mit seinem Studienfreund Peter rund um eine Säule getänzelt war. Peter mit schwarzer Sonnenbrille, einer schwarzen Kappe schräg über dem Kopf, Pariser Künstler vom Montmartre, statt einer Krawatte ein offenes schwarzes Samtband. Er hatte sich in die andere Richtung gedreht und sie trafen Mund auf Mund zusammen. Das hatte Julian gesehen. Wie lange war das her? Sieben Jahre?

Dr. Brancusi stand auf einem Podium. Bis Juli 1957 war die Anästhesie eine Unterabteilung der Chirurgie gewesen. Er dankte der Society of the New York Hospital-Cornell Medical Center für die großartige Unterstützung, und alle klatschten Beifall. Lisas Hände folgten.

Genau als du ins *hospital* gekommen bist, wurde die Anästhesie zu einer eigenen Abteilung, flüsterte Lisa Julian ins Ohr. Er legte den Zeigefinger an seine Lippen und deutete nach vorn. Jaja, sie wusste, dass sie nicht stören sollte.

Es dauerte eine Weile, bis alle Gäste ihren Platz gefunden hatten. Dr. Brancusi saß mit den Vorstandsmitgliedern an einem Tisch. Julian und Lisa war der Tisch dahinter zugewiesen worden, zusammen mit Dr. DiMaggio und Head Nurse Nora, die sie herzlich am Arm nahm. Dr. Brancusi klopfte mit der Gabel leicht an sein Weinglas und wünschte allen eine schöne Feier.

Nora fragte Lisa, ob es ihr gut gehe.

I'm fine, sagte sie. And you, Nora?

Too much work.

Julians Funkgerät piepste. – Gunshot wound, sagte er und umarmte Lisa flüchtig. – Alles in Ordnung? Du kannst natürlich trotzdem hier übernachten.

Eher nicht, sagte Lisa.

Eine Frau rückte nach auf Julians Platz. Joan. Sie habe bereits viel von Lisa gehört. Sie bewundere Lisa, dass sie ihrem Mann nachgefolgt sei, um ihn nicht alleinzulassen. – Although we would be more than happy to take him out to the movies!

Nora hustete heiser, es klang nach einem Bremsgeräusch.

Joan sagte, sie arbeite in der Verwaltung. Sie teile die OP-Säle zu. An schlechten Tagen komme sie um sieben in ihr Büro, und zwei OP-Säle, die für die vorgesehenen 27 Operationen verplant seien, wären soeben von einem offenen Herzen und einer Schusswunde in den Rücken belegt.

In den Rücken?

Lisa sah Silhouetten von Gangstern, Straßenlicht, das über die Polizeiautos rannte, Körper, die auf Abstand gehalten werden mussten, bis jemand die Distanz durchbrach und einen Schuss auf jene abstrakte Fläche abgab, den Rücken, der sich entfernte.

Oh, Joan! Of course! (The desk!) – Thank you so much for getting us tickets for the Empire State Building! That was so kind of you!

Shrimps mit einer kandierten Kirsche darauf. Mayonnaise. Bei ihr gerann sie manchmal. Aber Kartoffelsalat mit Mayonnaise gehörte zur Ehe, sagte ihre Mama. Alle stießen mit einem Glas Weißwein an. Dr. DiMaggio erzählte Nora von einem Verwandten in Italien, der vor zwei Jahren gestorben war, Spätfolgen seiner Verwundung in Monte Cassino. Lisa wäre beinahe aufgesprungen.

How sad, sagte Nora. Monte Cassino. Such a beautiful name. I'm afraid I don't know much about the war in Italy.

Dr. DiMaggio fügte hinzu, dass es eine der schlimmsten Schlachten des Zweiten Weltkriegs gewesen war.

Nichts hatte Julian ihr erzählt nach dem Treffen mit den Kameraden aus Cassino. „Kriegserinnerungen auffrischen", so hatte er es genannt in seinem Brief, bald nach dem Krieg. Sie hatte ein Bild von einem Soldaten vor sich gesehen, dessen Narben aufbrechen und frisch bluten.

It's only twelve years since that war ended, sagte Nora nachdenklich. And we were already in a new war five years later in Korea. Two of our fine boys, just out from medical school, had to leave. Joe Petrosian got back unharmed. He actually loved working in his MASH unit.

Mash? fragte Lisa.

Mobile Army Surgical Hospital.

Die kleinen Schüsseln mit den Shrimps wurden abserviert. Sie war hungrig geworden. Sie wollte etwas im Magen haben, für später, für die lange Nacht.

Joe, come over. – Dr. DiMaggio winkte dem Arzt, der die Schultern hob und auf seinen Teller deutete.

Nun wurde auch Joan gerufen. Sie musste in ihr Büro. Für Dr. Petrosian gab es kein Entkommen mehr.

Just for the main course, sagte Dr. Petrosian. My colleagues didn't want to let me go.

This is Lisa, from Austria, stellte Dr. DiMaggio sie vor. – Julian's wife.

Very nice, sagte Joe Petrosian, als müsste er diese Beschreibung bestätigen, die so gar nichts besagte. – How long have you been here? Not from the beginning of Julian's stint.

Stint, das kannte sie nicht. Es klang militärisch.

I arrived in September.

And how do you like it? What is your opinion of Americans – a crazy bunch?

I like – the kindness. The endless opportunities, the wealth of ideas and – that anything can happen here.

That's a lot, sagte Joe und wiegte seinen Kopf hin und her. I feel very proud although I think you are too kind. We can be very nasty. Especially to our brothers.

Sie wusste nicht, ob er damit Schwarze meinte.

You worked as a doctor in Korea? fragte sie.

Yes, I did. There's nothing heroic about it. The real heroes were the helicopter pilots.

Er sei immer so bescheiden, sagte Dr. DiMaggio.

Er hätte oft allein operiert, erzählte Joe, nur mit Hilfe einer Krankenschwester. Meistens Verletzungen der unteren Extremitäten, wenn die Soldaten auf Minen getreten waren. Er habe mit ihrem, Lisas, Mann wertvolle Gespräche darüber geführt.

Über Kriegsverletzungen? fragte Lisa.

He's a very serious man, your husband. He told me how the slaughter he witnessed in the war informed his decision to study medicine.

Yes, I know, sagte Lisa.

He was in one of the fiercest battles in Italy, mischte Dr. DiMaggio sich ein.

In Monte Cassino, yes, that's what he told me. He was a bit worried Dr. Brancusi might learn about it, sagte Lisa. – Warum musste sie das hinausplappern?

Why would anyone tell him? fragte Dr. DiMaggio. Nobody would want to harm Julian.

Nein, dachte Lisa. – Nach dem Hauptgang würde sie verschwinden. Sie hatte hier keinen Platz mehr, wo alle mehr wussten über ihren Ehemann als sie. Alle waren vertrauenswürdiger als sie, seine Frau. Zweifellos gab es da etwas zwischen Dr. DiMaggio und ihm. Ob Nora das wusste? Die freundliche, mitfühlende Nurse Nora, die beim ersten Besuch so reizend zu ihr gewesen war?

(Lisa? fragte John leise und lehnte sich zu ihr.) An einem anderen Tisch brach Gelächter aus. Joe Petrosian flüsterte ihr zu, what is it, Lisa? You want some air? Let's get some cold air.

Schon half er ihr mit dem Stuhl, sie wurde von allen beobachtet, auch von Dr. Brancusi.

It's the wine, brachte sie hervor, in Richtung Dr. DiMaggio, was war der Vorname dieser dummen Kuh, hatte Julian ihr den absichtlich verschwiegen, damit sie nicht merkte, wie zärtlich er ihn aussprach?

Treffsicher nahm Petrosian ihren Mantel vom Haken und hängte ihn über ihre Schultern – die er umfasste, das musste sein.

He hasn't told me much about his war experiences, sagte Lisa, als sie im Schutz der Säulen standen.

Talking about this can be very difficult.

Bei einer Wanderung seien sie einmal in eine Wiese mit jungen Stieren geraten, erzählte Lisa. Als die Tiere auf sie zukamen, versuchten sie, zwischen den beiden oberen Drähten des Stacheldrahtzauns durchzusteigen, aber die Drähte waren sehr straff gespannt. Also unten durch. Julian hielt den Stacheldraht hoch, auf dem Rücken liegend schob Lisa sich über den Boden, ein Stück Fels schnitt durch ihre Bluse und riss die Haut auf. Draußen tupfte Julian mit seinem Taschentuch über die Blutstropfen und fluchte, weil er kein Desinfektionsmittel eingepackt hatte. Kein Desinfektionsmittel?

Of course, sagte Joe. That's how a doc's mind works.

Er habe ihr dann erzählt, dass er im Krieg des Öfteren in einem Stacheldraht gehangen war und sich im Liegen befreit hatte, während um ihn Splitter und Steinbrocken jagten.

Sie schwiegen.

You see, sagte Joe. Technically the Korean War didn't end. The fighting stopped in 1953, but no peace treaty was ever signed.

It goes on forever, sagte Lisa.

It does. Well. We have to go back in for the main course.

Die Teller waren gerade aufgetragen worden. Truthahnscheiben, ein trockenes Gebirge von Kartoffelpüree. Gedämpftes Gemüse. Plastikbriefchen mit Ketchup und

Senf. Rotwein aus Kalifornien. Das wär's – jetzt im Süden sein. Und als könnte er ihre Gedanken lesen, fragte Joe, was sie bisher von den USA gesehen habe?

Passaic, sagte sie.

That's really something, lachte Joe. Is Julian planning to travel around before you go home?

Sag du's mir, wollte sie am liebsten sagen. – I have no idea. We didn't talk about it. It would be nice.

How are you killing your time till you go back to your daughter?

He told you we have a daughter?

Yes, he did. I was surprised. I thought it must be hard for you.

It's *damn* hard, sagte Lisa.

Everything okay? fragte Dr. DiMaggio.

Yes, thank you. I just needed some fresh air. I haven't had anything to eat today.

Die Italienerin, deren Vornamen sie noch immer nicht wusste, entblößte ihr perfektes amerikanisches Gebiss. Lisa fuhr gegen ihren Willen mit der Zunge ihre Zähne entlang.

Lisa, sagte Joe.

Er legte eine rote Spur Ketchup über sein Kartoffelpüree. Sein Lachen wirkte gezwungen, herausgepresst aus seinem Kopf, der bis oben mit Kriegsbildern angefüllt sein musste, so kurz erst her, das alles.

I wanted to become a modern painter, sagte er. Don't you think I'm talented?

Nach dem Dessert kam Dr. Brancusi auf sie zu.

Delighted to see you, Mrs. Shonfield. I hope you enjoy the evening.

Oh yes, very much, thank you. Everybody is kind, and dinner was excellent.

Is New York being good to you?

Warum fragte er nicht, ob Julian oder die Familie gut zu ihr seien.

New York is – very good to me, sagte sie. It is the most exciting place in the world, I suppose.

Depends, sagte Dr. Brancusi. Have you been to any Broadway shows?

We went to see *West Side Story*. It was fantastic. The rhythm, the songs, the dances.

Anything particular you remember?

The Singer Sewing Machine, sagte sie.

And why is that?

My mother has a Singer Sewing Machine at home. It was like – greetings from home.

Dr. Brancusi legte seine Hand kurz auf ihre. Die Haare auf dem Handrücken waren schwarz.

It's just Larifari, entschuldigte sich Lisa.

Larifari? – Er sprach das blöde Wort auch italienisch aus. – I haven't heard this for many years. You know what it means?

Stupid talk.

Talk that makes no sense.

As in larynx – pharynx, sagte Lisa.

Dr. Brancusi war belustigt. – Mrs. Shonfield says, our larynx experiments are nonsense. How's that?

Nora schaute ungläubig zu ihr her. Jetzt entsprach sie gar nicht mehr der Rolle der traurigen Mutter.

My husband told me about the larynx cancer you operated on.

Yes, he took some photographs.

I have seen them.

He should show you nicer things.

So schätzte er sie also ein. Als ein Frauchen – wie hieß das auf Englisch? –, dem man keine OP-Fotos zutrauen durfte? Seit sie verheiratet waren und Julian sich die Zeitschriften leisten konnte, lagen in der Wohnung die Oberschenkelfrakturen herum, die geschwollenen Milzen, die Dünn-, Dick- und Blinddärme in jeder Ausführung.

You asked me about New York, sagte sie. I am taking photographs.

Oh yes, what a good idea. There are so many sights in this city. The Empire State Building, the Chrysler Building, but –

But?

They are not that easy to photograph from the ground.

I am taking photographs of people lying in the streets. Drunk people, people who have no shoes. Black children sitting on the steps of their homes.

So you are something like a – street photographer? sagte er mit gedämpfter Stimme, was die Aufmerksamkeit der Umstehenden nur verstärkte. Es klang verheerend.

When do you do this? fragte Nora aus ihrem gutmütigen Gesicht heraus.

Fast hätte sie sich verraten und gesagt, auf ihren Touren mit ihrem Schützling, dem kleinen Mädchen. – Whenever I have some free time.

Sie war erleichtert, dass Nora sich eingemischt hatte. Sie durfte Dr. Brancusi nicht beleidigen. Er war der beste Chef, den es für Julian gab.

It isn't advisable to mix with poor people right now, sagte er. – The number of Asian flu infections is particularly high in Harlem. Your husband will have warned you, of course.

My husband, sagte Lisa nachdenklich. In fact my father told me about it. He read about it in his daily paper.

Really? About Harlem? fiel Nora ihr fast ins Wort.

Maria Callas has got the influenza, sagte Lisa.

Oh, seufzte Dr. Brancusi. I didn't know that. I hope she will recover.

Um halb zehn war Julian noch immer nicht zurück von der Operation. Wie schwer mussten die Verletzungen bei der Schießerei sein, dass sie unbemerkt von ihm in die Nacht hinausgehen, ihren Abend nach ihren Vorstellungen weiterführen konnte? Gun shot. Er hatte noch nie von Schusswunden erzählt. Sie hatte das Gefühl, mit ihren Blicken in den Friseurladen im Plaza, wo der Mafiaboss erschossen worden war, war sie einem Mord auch schon nahegekommen.

Mit John war vereinbart, dass sie spätestens um halb zehn mit dem Taxi zum Plaza Hotel aufbrechen würde.

Ein paar Dichter würden ihre Gedichte in dem Nachtclub vorlesen, leider nicht mehr der arme Frank Barrett. Ihr erster Dichter. Die meisten Touristen in New York lernten nie einen Dichter kennen. Aber sie war keine Touristin.

Im Sommer hatte sie Julians Drängen, ihm zu folgen, nachgegeben. War das richtig gewesen? Wie wäre es denn jetzt zuhause in dem gemütlichen Elternhaus, oben in der eigenen Wohnung? Während des Umbaus hatte sie sich mit den Handwerkern herumgeschlagen, die der Schwiegervater, der Baumeister, zur Verfügung stellte. Ihr Vater hatte beigesteuert, was irgendwie möglich war.

Ohne Julian hatte alles verwaist gewirkt, sie war viel in der Wohnung der Eltern gewesen. Könnte sie da jetzt zufrieden sitzen, auf Weihnachten warten, sich ausmalen, was Julian Abend für Abend täte, dort in New York, von dem sie keine blasse Ahnung hätte?

Das Taxi arbeitete sich geduldig die Lexington Avenue hinunter, verpasste eine grüne Phase und blieb danach ewig in einer roten. Warum schlug ihr Herz nicht schneller auf dem Weg zu John, dem anderen Mann, dem ersten in ihrer Ehe? Vielleicht kam Julian gerade von der OP zurück, steuerte zu ihrem Tisch, wo alle in Laute des Bedauerns ausbrechen würden, Lisa erst vor einer Viertelstunde, nein, nicht müde, warum bloß hatte niemand sie festgehalten. Paar Details, vier Schüsse aus nächster Nähe, knapp, die Nacht wird zeigen, ob er durchkommt.

I'm coming, sang sie stumm.

Der Fahrer hielt bei einer Ampel. Linkerhand war der wuchtige Eingangsbereich eines Kinos zu sehen. "RAINTREE COUNTY" MONTGOMERY CLIFT. ELIZABETH TAYLOR. Darunter "THE PRIDE AND THE PASSION" CARY GRANT. FRANK SINATRA. SOPHIA LOREN. Die Gänsefüßchen bei den Filmtiteln fand sie rührend. Sie hatte ihre Sonnenbrille vergessen. Die Wolkenkratzer legten sich flach über die Limousinen, zeichneten Zebrafelle und Lochmuster über Dächer und Seitenwände der Fahrzeuge. Ein neben ihnen haltendes Taxi spiegelte die Lichterketten der Kinos, sorglos abgelegte Perlenhalsbänder. Als es losfuhr, rutschte der Schmuck hinunter. Die schwarzen

Lettern der Filmtitel auf den beleuchteten Tafeln lagen in Wellen auf dem Dach. Eine Vorstellung war zu Ende, Besucher kamen heraus. Midnight Show Every Night.

Times Square. Ob John schon wartete?

How much further to the Plaza Hotel? fragte sie.

Der Fahrer hob den Kopf.

Five minutes, ma'am.

Vier Minuten. Drei Minuten. Zwei Minuten. Die eckigen roten Ziffern des Taxometers kletterten weiter. Ihr wurde heiß, als stiege ihre Temperatur vor Erwartung höher. Seine Wangen werden kalt sein. Der feste Griff seiner Arme um ihre Mitte, und wie er ihren Kopf am Kinn anhob, um sie genauer küssen zu können.

The Plaza, ma'am.

Sie nahm ihre Brieftasche und zählte die Dollarscheine ab, während der Taxifahrer langsam an den Bordstein fuhr.

Ein Mann riss die Wagentür auf.

Goodbye, sagte sie zu dem Taxifahrer.

Goodbye? What kind of a welcome is that? – John half ihr beim Aussteigen, hielt ihre Arme am Körper fest und musterte sie streng. – Are you really – are you really here now? – Er fuhr ihre Arme hinauf und hinunter.

Sie schloss die Augen. Ein zarter Druck, der zarteste dort, wo ihre Wimpern auflagen. Dann fand er endlich ihre Lippen.

Are you hungry?

I've had dinner at the hospital party.

Everything okay? fragte er.

Yes. Perfect. I left before he came back from an emergency. Somebody shot someone.

Where?

On the East Side.

Während sie gingen, drückte er seinen Kopf an ihren, sein Arm um sie gelegt.

It's not our fault, sagte sie.

No, it isn't. – Er sagte das leise und wie ein gutes Kind.

Im Stiegenaufgang zum zweiten Stock des Seven Arts hingen Plakate von Lesungen und Ausstellungen. Ein Paar, ans Treppengeländer geschmiegt, argumentierte heftig. Musik war zu hören. John ging in den ersten Raum.

This is my friend Lisa, sagte er. Nicht alle hatten ihm zugehört, ein paar Köpfe wandten sich ihr zu, von da und dort kam ein heiseres, verrauchtes Hi, Lisa! Sie hob ihre Hand und bewegte ein paar Finger. John half ihr aus dem Mantel und legte ihn auf eine Bank.

Eine Frau in ihrem Alter lächelte ein sanftes Raucherinnenlächeln, deutete mit ihrer Zigarette leicht herum, kokettierte mit einer anderen Frau, die mit einem kleineren Mann tanzte. Beide Frauen hatten altmodische Frisuren oder einfach nur die Haare unordentlich aufgesteckt. Der Mann trug einen Pullover mit V-Ausschnitt und kein Hemd darunter.

What's his name? fragte Lisa.

Him? That's Gregory. Will be world famous. He'll be reading from a longer poem he is writing.

I forgot my cigarettes, sagte Lisa. And my sunglasses.

Did I tell you that you are looking wonderful in your black dress? – Er legte den Arm um ihre Hüfte. Er trug ein schwarzes Sakko, das sie nicht kannte, der Stoff kratzte. Sie ließ seine Frage unbeantwortet, das war großartig, sie hatte jetzt ein Glas mit Glühwein in der Hand, war das Glühwein oder Punsch? Das Getränk war angenehm heiß, man konnte Rum nachfüllen. Es gab offenbar niemanden, der nicht rauchte.

Die Musiker standen vor der Wand unter einem Gemälde mit gelben und grauen Flecken und Pinselstrichen quer darüber, gestockte weiße Tropfen. Sie wollte ihren Blick nicht mehr abwenden, es war so herrlich komponiert. Ein bärtiger Schwarzer spreizte seine Finger über einem großen Bass, er trug eine Krawatte zu seinem weißen Hemd. Der Musiker neben ihm hielt zärtlich sein Saxophon zwischen den Beinen und wartete ab. Nicht weit davon hing der Arm eines Mannes über der Schulter einer glasig in die Ferne starrenden Schönheit, ihre Arie verstummt. Eine Schaufensterpuppe, die man wegstellen konnte. Jeder war an jemanden geschmiegt, eine endlos sich fortsetzende Umarmung.

Sorry, I didn't get it. Who? fragte Lisa.

I said Oliver has won a Fulbright Scholarship for studying in Europe. It's his party, I didn't know that. It's a Rent a Beatnik Party.

Can I have a cigarette?

Sure.

Sie hatte gedacht, Fulbright wäre nur für Wissenschafter. Julian hatte eine Bewerbung abgegeben, aus der nichts geworden war.

Rent a Beatnik. That sounds great. I should rent a beatnik for the next hospital party. Imagine. Can I choose a poem?

I would help you, Lisa.

You know what my father wrote?

Of course I do. I think. I can read you a little.

In einem offenen Buch lesen, meinte er das? Es klang anders, ungewöhnlicher. Ich kann dich lesen, das war fast wie –

I could read you when we first sat in that little Italian café, didn't you notice?

I did, sagte sie. Not from the first minute –

But from the second.

Und er hatte sie an ihren Vater erinnert, in jenem Hinterhof, das war kein Zufall gewesen.

So, what did your father write?

You know about the Asian flu?

Certainly. People are getting scared.

The Italian health minister said alcohol and smoking are good against the flu.

That's my man, sagte John laut.

Sh-sh-Rufe, der Lärm verstummte, jemand kündigte Gregory als Gre-gó-ry an, reading from his work-in-progress. Der erklärte etwas verworren, woran er schreibe. Okay. Seine Stimme war fest, er betonte deutlich, las mit Nachdruck. Straßennamen, Police Department, Hare-Krishna (was war das?), killing, praying, Namen fielen, die sie nicht kannte. Die Gäste rauchten aufmerksam vor sich hin, vermieden jeden Blickkontakt. Eine junge Frau saß auf dem Fußboden, lehnte sich weit zurück zwischen die Beine des hinter ihr auf einem Stuhl sitzenden Mannes. Er hielt ihren Kopf mit beiden Händen unter ihrem Kinn hoch. Lisa meinte zu sehen, dass die Frau den Kopf manchmal ein bisschen stärker ins Geschlecht des Mannes schob. Johns Hand kletterte ihren Rücken hoch und landete in ihrem Nacken, warm.

Als Gregory fertig war, ertönten Pfiffe der Begeisterung. Der Raum geriet in Bewegung. Ein Mann hob, ohne es zu bemerken, beim Aufstehen ein gerahmtes Bild mit seinen Schultern in die Höhe.

John gab Lisa Feuer, sie inhalierte tief und legte den Kopf in den Nacken, als sie den Rauch ausstieß.

You look gorgeous when you're smoking. You've always been very elegant, but this is –

„You've always been very elegant." Als ob er sie schon Jahre kannte. You've always been – something. Sie dachte an ihr kleines Schwarzes und den Mantel, den würde sie lange im Freien ausschütteln und lüften müssen. Morgen Früh, oder heute Nacht auf Johns Balkon.

How did you like Gregory's reading?

At some point I lost –

– track. Yes, he's taking all your attention.

And my English isn't good enough. How did you like him?

He is so young, this guy. And everybody's talking about him. Not sure if this is such a good thing. I liked some of it, but not all of it. Too much effect can get boring. And although he is the master of his voice –

His Master's Voice, sagte Lisa schnell.

Er küsste sie auf die Stirn.

Jemand hustete scharf, konnte nicht aufhören damit. Er stürzte zum Fenster und riss es auf. Als er nicht aufhörte zu husten, trat eine junge Frau heran und versuchte ihn zu überzeugen, dass er sich nicht der Kälte aussetzen sollte. Sie legte ihm die Hand auf die Stirn. Seine Wangen waren hochrot.

He needs a doctor, sagte seine Beschützerin. He has a fever. Can somebody call an ambulance, please? This is serious. – Sie blickte in die Runde. Der Besitzer der Galerie telefonierte.

John ging mit ihr in die Küche und holte eine Platte mit Sandwiches. Das war nicht so einfach. Eine Blondine in einem Matrosenleibchen stand mit dem Rücken zur Kühlschranktür, Augen schwärmerisch nach oben gerollt, Stirnfransen, und der Mund ein schiefes O. Verwöhntes Kind aus gutem Haus, das gewohnt ist, alles zu bekommen.

Die Besucher fanden schnell in ihre Stimmung zurück. Lisa brachte den Anblick nicht aus dem Kopf, die Stimme, die nach dem Rettungswagen rief. Und sie hatten vorher noch den blöden Witz über die Asiatische Grippe gemacht. Sie hatte etwas in dieser Stimme gehört, das ihr nur zu bekannt vorkam, die Sorge, dass etwas übersehen werden könnte. Seit dem Tod ihres Bruders hatte sie die Leichtigkeit Krankheiten gegenüber verloren. Einen Arzt im Haus zu haben, das war wie eine zusätzliche Krankenversicherung. Ihre Freundinnen beneideten sie darum.

In der Subway auf dem Weg zur Amsterdam Avenue war nicht viel los.

It needn't be the Asian flu, sagte John. It's probably just a cold.

Do you know him well?

Baxter, no, not well. A nice guy. A pity he didn't dance to the drums tonight. You should see him do his hip dance. He and a friend do it together, inching their way ever closer with their hips going like this –

Er hielt sich an der Stange fest und wippte mit seinen Hüften, ein Körperbogen aus erotischer Spannung.

You know who you remind me of? fragte Lisa.

Yes?

The man in your photograph who is just making it to the sidewalk. Before the truck arrives.

Oh Lisa, sagte John. You have a wonderful eye for photographs and bodies and – well. Sex. I'd like to think that life – cool life, or hot life, should always be lived as if you've just escaped the truck.

Im Apartment war es viel zu kalt. Der Wind rüttelte an den Fenstern. John umfasste sie eng und redete etwas von einer Berghütte und einem warmen Feuer, in Upstate New York, wo es jetzt *cozy* wäre. Und dass der *landlord* hier schon letzten Winter so gierig gewesen sei und die Heizung auf 50 Grad Fahrenheit abgesenkt hatte. Es lief eine Klage, die meisten Bewohner hatten sich angeschlossen.

Hoffentlich gewinnt ihr bald, dachte sie. Knapp Mitternacht. Waren sie so lange in der Gallery gewesen?

How about a glass of red wine, Lisa?

Yes, definitely.

Sie folgte ihm in die Küche, in der es tadellos aufgeräumt war.

I'm trying to find a funny family secret, sagte er. I am sure I have quite a few of them.

Ein lustiges Familiengeheimnis, was könnte das sein? Ihre Touren mit Suzy hatten fast immer ein Geheimnis. Der Mafiamord. Das Mädchen bei der Zeichnung an der Wand. The Prince. Der Mann im Café. An den hatte sie lange nicht gedacht. Lauter neue Familiengeheimnisse, und keins hatte mit ihrer Familie zuhause zu tun.

I have a twin brother, sagte er. He is a painter, we are identical twins.

Quite identical? So there are – two of you?

You should meet my twin brother before you decide to come and stay with me.

Lisa wurde schwindlig im Kopf.

And he looks exactly like you?

Es gebe ein paar sehr feine Unterschiede, sagte er mit ernster Miene.

Welche?

This is very indiscreet, Lisa.

Oh, you –!

Sie strich mit dem Zeigefinger über seinen Bart.

Same beard, sagte John.

Sie zog ihm seine Brille von der Nase.

Same diopters.

Are you –?

I am, yes.

You don't know what I wanted to ask.

Am I short-sighted? Yes, I am. But I would always detect you, no matter where.

Maybe I am short-sighted, too.

(Einmal, EIN-mal solche Gespräche mit Julian.)

No. You're not. Believe me.

Is this a diagnosis?

Yes. You want to live.

Es schien, als sehe sie ihn zum ersten Mal. Seine Stirn unter den dunklen Locken, die buschigen Augenbrauen, die flachen Wangen, an die sie so gern ihren Kopf legte. Dieser Mann, der auf jedes Spiel von ihr einging, dessen Fantasie keine Grenzen kannte, der mehr Charme hatte als alle ihre Bekannten zuhause. Der jetzt seine Lippen auf ihre drückte, sanft und fest zugleich, ihre Oberlippe entlang küsste, ihre Zunge hervorlockte mit seiner. Zartes Verschwinden, er in ihrem Mund, sie in seinem, Alkohol, Rauch. Er war herrlich zu schmecken.

You want to live.

Yes.

It's „Yes, I do."

Er holte eine zweite Decke.

Will you tell me your funny family secret?

Kathi war kein lustiges Familiengeheimnis.

Lisa, flüsterte John. What's wrong?

Nicht heulen. Er war mitfühlend, er zeichnete ihre Stimmungen auf, als erlebe er sie selbst. Berauschende Sätze. Liebeserklärungen, die sie noch nie gehört hatte.

Er nahm ihre Hand leicht weg, küsste sie, streichelte ihre Schläfen, zog mit seinem Finger ihre Kontur nach bis zu den Wangen. Ihre Traurigkeit ließ nach.

What is it about your twin brother, fragte sie.

Damian. He lives in Toulouse. He teaches English. Should we ever get out of this bed again I will show you some of the postcards he paints.

Als sie aufwachte, schlief John. Er lag ihr zugewandt, seine Haare wirr, sein Oberköper nicht bedeckt. Sie sah auf sein dichtes Brusthaar, noch ungewohnt. Sein Körper war so sinnlich wie sein Reden, wenn er die Arme um sie legte und sie wissen ließ, dass er es ernst meinte mit seiner Nähe, die er überall auf ihr verteilte.

Es war nicht ihre Schuld, dass sie in New York war und sich verliebt hatte.

Sie führte ihre Hand dorthin, wo sie hingehörte. Diese besondere Nacht, diese einzigartige Gelegenheit – und danach nie mehr? Als müsse er nicht aufwachen, drehte sich John über sie, drang in sie ein mit einer festen Leichtigkeit.

And if you stop loving me, I'll stay on in Paris, all by myself, until you love me again, sagte er, nachdem er zu Atem gekommen war.

Ein neues Glücksgefühl überrumpelte sie, als wären die letzten Minuten nicht genug gewesen.

Er hatte es einfach gesagt.

Sie würden einander die nächsten Monate in New York sehen. Egal, wie. Mit Betsy etwas aushandeln. Solange es ging. Wenn es nicht mehr ging, weil sie die Sehnsucht nach Kathi nicht mehr aushielt –

John? I have a little daughter at home.

Goodness, Lisa. Why didn't you tell me about her? – Er drehte sich erschrocken zu ihr.

I couldn't. I couldn't.

Sie zitterte.

There, there, sagte er. My poor little –

Mouse, sagte sie.

My poor little mouse.

That's what I call her sometimes.

Your daughter?

She is five. She lives with my parents.

But why –

Why did I leave her at home and came to New York? Can't you guess why?

He –

Yes.

My poor, poor Lisa. But I still don't understand.

I had no choice, brachte sie schließlich hervor. – Our marriage would have ended if he'd spent a year in New York.

It must be almost too much to bear for you. And your little girl? Will you tell me her name? Or should it remain a secret?

No, not anymore. Her name is Kathi.

Ka-thi. That must be Cathy?

Yes. I also call her Kathilein.

Kathleen. How does Kathi feel about your absence?

My father sends me pictures, she is happy, she is a little clown.

John schaute sie verzweifelt und fröhlich an. – I can imagine her, a little. I am so glad you have told me about her.

Er wiegte sie leicht.

Do you think she will like me?

She takes after me. She will – like you.

14

This is so funny, sagte Suzy.

Sie standen vor dem Schaufenster eines Pizzaladens. Der Bäcker beulte mit seinen Fäusten den Teiglappen blitzschnell aus, und der wurde immer größer.

Like that apple strudel you once made, sagte sie. Remember, Lisa?

I do. Do you want a pizza?

Yesss.

Der wunderbare Geruch, die Wärme, die Sprache, die so gut anzuhören war.

I want this one. – Suzy zeigte auf die Abbildung einer Pizza mit Calamariringen.

It looks like me, see? – Sie fuhr mit dem Finger in ihre Locken. – Are all fishes blond?

I'm not sure you'll like this. It's like rubber.

A chewing gum pizza? Really?

How about a –

Look, what does it say? Di-aaa-vo-la.

No way, Suzy. You'll burn your throat. This is very hot –

We can blow on it till it's not so hot –

It has hot spices on it, sharp spices –

Sharp? You cut your finger on it?

It is a very dangerous pizza, believe me.

Schließlich bestellte sie eine Capricciosa und für Suzy eine Schnitte Margherita. Suzy studierte die gemalten Szenen an der Wand, viel blaues Meer, Sandstrand, ein Fischer, der sein Netz leerte, bei ihm ein Mädchen, Arme in die Hüften gestützt.

I want to go to Italy in the summer, sinnierte sie. But first we go skiing.

Aha.

After Christmas.

Lisa hörte zum ersten Mal von diesem Plan.

Where?

Suzy zeigte mit dem Finger nach oben.

Was meinte sie? Wo konnte man nördlich von New York schifahren?

Canada?

Kopfschütteln.

Wer weiß, was Suzy unter Kanada verstand. Himmelsrichtungen. Würde die kleine Maus wissen, was nördlich von Österreich war?

Das Essen kam. Lisa säbelte mit Heißhunger ein Tortenstück heraus. Suzy nahm ihres mit beiden Händen und biss in die Spitze. Sie wusste nicht einmal, wo John Weihnachten verbringen würde. Es war keine Zeit dafür gewesen. Bei seinen Eltern? Wo lebten die?

Nicht weit von dem Pizzaladen hörte man Poltern auf der Straße, Lisa erkannte den Lärm sofort und dachte an das Bierdepot zwei Häuser vom Elternhaus entfernt. Die Bierfahrer waren eine eigene Truppe. Ein Arbeiter lud Fässer von einem Lastwagen mit der Aufschrift *Ballantyne Ale and Beer* und rollte sie zu einem Kellerloch. Aus diesem schaute ein Mann zu Lisa und Suzy herauf, gutmütiges Lächeln in seinem schweren Gesicht. Mit einer Hand stützte er sich auf dem Boden vor dem Fenster ab, mit der anderen auf dem Fass. Sie nahm die Rollei.

Suzy trottete neben ihr her. Es war Wahnsinn, was sie zu John gesagt hatte, she takes after me, I think she will like you. Selbst damit hatte sie gespielt. Ihr kleines Mädchen, eingezwängt zwischen den Erwachsenen beim Tisch, eins der letzten Fotos vor ihrer Abreise, als wäre sie zur Mitsprache berechtigt, dabei hatte sie am wenigsten zu sagen gehabt, war überrumpelt worden, und kam jetzt in einem verliebten Dialog mit einem Mann vor, der nicht ihr Vater war. Die Stantons sprachen von ihr als „your little daughter" oder als little Cathy. Sie hatten akzeptiert, dass Lisa ihnen wenig erzählte, es als Schonung empfand, wenn sie selbst nicht daran rührten. War ihnen bewusst, was da geschah?

Willst du mir ernsthaft weismachen, würde sie Julian nächstes Mal fragen, dass du nicht auch hierbleiben willst ... auch hierbleiben, so weit ist es gekommen, dass ich auch hierbleiben will ...

Ein Aufschrei von Suzy, sie war da viel zu weit unten, unter dem Gehsteig, bei dem offenen Kanaldeckel, ein Mann hielt sie in den Armen.

What a gift from heaven, sagte der Arbeiter.

Take a picture, Lisa! It's like in the circus! – Suzy winkte mit dem freien Arm, den anderen hatte sie um den Hals des Arbeiters geschlungen.

Du kleine Amerikanerin, dachte Lisa. Sie klappte den Sucher der Rollei aus. Suzy hielt ihre Hand in einer fixen Pose.

Another one, schrie Suzy und Lisa gehorchte.

Mittlerweile waren ein paar Passanten stehengeblieben. Fremde Arme griffen nach Suzy und hoben sie in die Höhe.

Thank you, Lisa, sagte Suzy. – Sie war überglücklich.

Say thank you to the hard worker who saved your life, not to your careless mother, stieß eine Frau mit einem zitternden Netz auf ihrem Hut aus.

Am liebsten hätte Lisa dem Arbeiter einen Zehndollarschein in die Hand gedrückt.

Could I have a copy of that picture with your little angel?

Yes, sure, sure. But how – how will we meet again? How long will you be here? (Als wären sie in einem Urlaubsort aufeinandergetroffen.)

Don? rief der Mann in den Schacht unter ihm. How long we stayin?

A week for sure, sagte er zu Lisa.

But the film can't be developed that fast. Maybe sometime after New Year? Will you be here?

Guess no.

Can you give me your address? I will send it when it's ready. – Sie öffnete ihre Tasche, nahm das kleine Notizbuch und einen Bleistift heraus. Er streckte die Hand danach aus, befeuchtete den Bleistift mit der Zunge (der Großvater im Ledergeschäft!) und begann zu schreiben.

Carlos Mendoza, las sie, als sie ihr Büchlein wieder in der Hand hielt. Thank you so much again, Mr. Mendoza.

Sie konnte es nicht erwarten wegzukommen. Glück gehabt. Sie wollte sich das gar nicht ausmalen, Suzy mit einem gebrochenen Fuß oder Ärgerem.

We shouldn't tell Daddy, sagte Suzy.

Lisa sah sie fest an.

Not Daddy, not the husband.

Not Daddy, not the husband, bekräftigte Lisa sie. – Und was für ein Glück, dass aus der Dunkelkammer noch immer nichts geworden war.

The picture will be our secret, sagte Suzy ernst.

Okay.

Bei der nächsten Telefonzelle blieb Lisa stehen. Sie wählte Johns Nummer. Bitte heb ab, heb ab. Suzy hielt sich an ihrem Mantel fest.

You stay here, please, okay? No more – was hieß „Abenteuer".

No more what? kam Johns Stimme aus dem Hörer.

Thank God.

Where are you?

Walking down Lexington.

You and Suzy?

Correct. – Sie senkte die Stimme. – Where will you spend your birthday?

My what?

Your birth-day. Like Jesus.

Okay. What could you mean? Birthday. Jesus. Oh. I'll spend the birthday of Jesus at the waterfront I suppose. I need a couple more photographs.

In the City. Not with parents.

Yes, my love. Could you call me tomorrow late afternoon? When you are by yourself?

By myself. Yes. Goodbye.

You okay, Lisa? fragte Suzy.

Yes, sagte Lisa.

Am Heiligen Abend hatte Julian Dienst. Die Einladung, den Christtag und damit den eigentlichen Weihnachtsfeiertag mit den Stantons zu verbringen, könnten sie nicht ausschlagen, sagte Julian am Telefon. Ungewöhnlich genug, dass er angerufen hatte. Und sie würde doch Suzy nicht enttäuschen wollen, wenn sie sich so darauf freue. Die Tage bis Neujahr müsse er für Kollegen einspringen, nein, nicht durchgehend, dreimal Nachtdienst.

Dreimal Nachtdienst, sagte sie.

Ich weiß, es ist hart für dich, Lisa. Da müssen wir durch. Es gibt Schlimmeres als Weihnachten bei einer netten Familie. Wenn ich an Weihnachten 1943 in Cassino denke, da gab es keinen Baum. Von Norditalien bekamen wir ein paar Fichtenzweige, da habe ich mir selbst ein Bäumchen gemacht, eine Stange, ein paar Löcher gebohrt und die Zweige hineingesteckt. Um zehn Uhr abends zog ich dann bis 12 Uhr auf Posten, es war eine herrliche Nacht, sternenklar, hier und da hörte man den Donner eines Geschützes, selbst am Heiligen Abend!

Ja, sagte Lisa. Schlimm. Ich erinnere mich, dass du mir das geschrieben hast. – Drei Nächte. Sie musste sofort John anrufen, nicht erst am Nachmittag.

Weihnachten 1944 waren noch trauriger, da war ich in Ostpreußen, nicht direkt an der Front, sondern in einem Barackenlager in einer trostlosen Gegend, nachmittags suchte ich ein paar Stunden nach einem Fichtenbaum, fand aber keinen, es gab nur Föhren, so verbrachte ich meine ersten Weihnachten ohne Christbaum. Es war ein Tag wie jeder andere und ich lag traurig auf meiner Holzpritsche und dachte an das, was mir noch bevorstand. Nun, wir wissen, was kam, die Großoffensive der Russen. Hast du dir im *hospital* den riesigen Christbaum angesehen?

Er ist sehr beeindruckend, ziemlich bunt.

Ich möchte einmal einen Bauernchristbaum haben, sagte Julian. Mit roten Äpfeln, Strohsternen, Lebkuchen. Kein Lametta! Lametta mag ich überhaupt nicht.

Die Schokoladestücke in dem gefransten Papier, die Kathi so mag …

Die müssen bleiben. Yes? – Seine Stimme verschwand. – Coming. Ich muss in den OP. Überlege dir Weihnachtsgeschenke für die Stantons und das Mädchen. Mir brauchst du nichts zu schenken. Ich komme so gegen vier Uhr nachmittags.

Weg war er.

Everything okay, Lisa?

Betsy sprach weich und zart mit ihr. Zuweilen vermutete Lisa, dass sie etwas von ihrem unlösbaren Dilemma ahnte. Nicht, dass sie ihr zutrauen würde, einen Liebhaber zu haben, das wäre zu weit weg von Betsys eigener Welt. Oder? Die Adoptionen, die Wohlfahrtstätigkeiten …

Yes, sagte Lisa.

Will Julian take you away for a couple days after Christmas?

Me? No. Not at all. He will be on duty most of the time.

Oh, sagte Betsy. We thought you'd take a few days off. That's why we didn't expect you to come with us.

Really? – Ihre Stimme kippte beinahe.

Betsy sagte, sie hätten das selbst erst vor ein paar Tagen überlegt. – You remember our friends, the Rankins? Elizabeth and Bob? Sie hatten ein Zimmer gebucht, Danny und Leon wollten mitkommen, obwohl die Brüder noch nie auf Schiern gestanden waren. Nun sei Bobs Mutter erkrankt. Die Gelegenheit hatten sie ergriffen – sie würden anstelle der beiden Rankins mitfahren.

What about me? fragte Suzy.

You'll have your own little bed in our room.

Wenn sie eine Ahnung davon gehabt hätte, dass Lisas Ehemann verhindert sein würde, hätte sie Lisa gleich gefragt.

Just a second, sagte sie.

Sie ging zum Telefon. Lisa hörte die Wählscheibe bei den Ziffernstellen anstoßen.

Hello, Danny. It's Betsy.

All well. And you?

Oh?

You know about Elizabeth and Bob? We are taking their room.

Yes. A pity.

Are you two still planning to go?

Please, please, dachte Lisa.

I see. I see. How sad.

Well, these things happen.

Because Lisa could come with us. So if –

Would you really do that for us? – Betsy nickte begeistert zu ihnen herüber.

This is wonderful, Danny. We thank you so much. Suzy will be over the moon and Lisa can teach us all. Austria is the cradle of skiing.

You're coming with us, Lisa? – Suzy strahlte.

Leon sei von seinem Freund verlassen worden, erzählte Betsy. Die große Katastrophe, in dieser Verfassung wollte er nicht Schifahren lernen, Danny bleibe natürlich bei seinem Bruder. Er würde das mit dem Zimmer organisieren. Sie goss einen Whiskey ein und fragte Lisa, ob sie auch einen wolle.

Die goldbraune Flüssigkeit warf Sterne, als Betsy ihr Glas schwenkte.

Yes, please, I'd love to.

Der volle Geschmack. Sie streckte die Arme auf der Sofalehne aus. Drei Nachtdienste zwischen dem Stefanitag und Neujahr. Sie ließ das langsam einsinken, zusammen mit dem Whiskey. Sie musste nur den Schiurlaub aus dem Weg räumen.

We'll have a perfect time, sagte Betsy. We won't need Julian for that, will we?

Lisa gab ihr mit einem tiefen Blick recht.

Oh Lisa, sagte Betsy. He is a hard worker, your husband. And he has no choice.

I guess not, sagte Lisa. Thank you so much. It's okay.

I wish I had a little brochure about Stowe in Vermont where we'll be going. Bob and Elizabeth showed us when we were at a party there last year. It looked so lovely. And the T-bar-lifts! This will be great fun.

Lisa dachte daran, dass sie manchmal aus dem Schlepplift gefallen war, wenn sich der Mitfahrer auf der anderen Seite mit seinem ganzen Gewicht auf den Bügel lehnte. Julian aber war ein sehr rücksichtsvoller Liftfahrer. Suzy blätterte in einer Weihnachtszeitschrift.

Look, I want to make these Christmas cookies. – Sie zeigte auf eine Serie blauer, gelber und rosafarbener Kekse.

Weihnachtskekse. Wie konnte sie die vergessen! Und Betsy hatte nicht nachgefragt. Die gehörten doch dazu. Nur nicht solch hässliche in Reklamefarben. Mama würde daheim ein Lebkuchenhaus für Kathi backen.

Why not make a gingerbread house? sagte Betsy, als übernehme sie die Rolle von Lisas Mutter. – Wouldn't that be fun?

Sure, sagte Lisa schnell. But it takes three days till the parts are dry so you can use them.

Betsy lächelte.

This being America, sagte sie, we have pre-fabricated gingerbread houses. You just glue the parts together with –

Snow, fiel Suzy ihr ins Wort.

Während Betsy auf der Suche nach einem Fertigteilhaus war, überlegte Lisa, welche Ausrede sie finden könnte, um dem Urlaub zu entgehen. Sie wünschte, Betsy hätte Suzy mitgenommen. Wie sollte sie in Ruhe telefonieren, wenn Susi wie ein Luchs aufpasste, als ahnte sie bereits, dass Lisa sie enttäuschen würde. Sie hoffte, dass Betsy nicht zu spät zurückkam, sodass sie selbst nochmal weggehen konnte, Luft schnappen, Winterluft. Auch wenn es dann dunkel wurde.

Suzy hatte den Fernseher eingeschaltet. Sie wusste, dass Lisa die übertriebenen Stimmen des *Mouse Club* nicht so mochte.

No problem, sagte Lisa.

Sie nahm das Telefon mit seinem langen Kabel und ging in den Vorraum, wählte Johns Nummer, die sie auswendig gelernt hatte. Sie hörte das Zeichen, hörte es, hörte es, wusste, dass sie auflegen sollte, dass es nichts bedeutete, wenn er jetzt nicht zuhause war. Noch war Zeit. Sie atmete tief durch. Und wenn sie umknickte und sich den Knöchel verstauchte? Nach der gemeinsamen Weihnachtsfeier, damit Julian sie nicht untersuchen und Entwarnung geben könnte. Sie traute ihm zu, dass er es aus Rücksicht auf die Stantons herunterspielen würde. Was traute sie ihm nicht zu? Ihr war auch alles zuzutrauen.

Lisa?

War das seine Stimme?

Is this you? sagte sie leise.

I was out. Just made it to the phone, keuchte er. Are you at home?

Sie nickte.

Yes or no?

Yes.

Can you talk?

Not very well.

Tell me quickly, when can we meet and talk it all out. You were so strange yesterday. I mean so – wonderfully strange.

Maybe in an hour or so. I will take a walk. Can you come to the bus station?

I'll be off in about a quarter of an hour.

Lisa?

Yes, Suzy, I'm coming. – Suzy stand mit erschrockener Miene da.

Okay, see you.

Sie hängte auf. – What's the matter? fragte sie.

I think I know who it is.

Who?

The man on the phone.

So, Miss Susan Stanton, who is it?

Haha, lachte Suzy. Miss Su-san Stan-ton. Su-san Stan-ton. – Sie schlenkerte mit den Armen. – I want to be Suzy Stanton, not that stupid Su-san Stan-ton.

You're a clown, sagte Lisa.

It was the Prince, right?

But he is not real.

Is he a ghost?

In a way, yes.

But in the café he wasn't a ghost. He had very nice hands.

Sie hoffte, Suzy würde nicht darauf bestehen, dass sie das Lebkuchenhaus noch am selben Abend zusammensetzten.

Die Kleine gähnte.

Lisa fragte, ob sie nicht ein bisschen schlafen wolle. Sie war selbst erschöpft, gähnte nach, lehnte sich im Sofa zurück. Bloß nicht einschlafen.

Sie hörte Betsy erst, als sie ins Zimmer trat. Sie strahlte. Offenbar war sie erfolgreich gewesen.

I must have fallen asleep. – Lisa griff an ihre Stirn, als ob sie benommen wäre. War sie auch. Sie musste an die frische Luft.

I need a walk, Betsy. Don't worry, I am fine. I may have a pizza or something by myself.

Mantel, Schal über dem Kopf, eine Nonne. Paris, nicht New York. Hatte sie ihren Schlüssel mit, ach, die Handtasche. Sie hastete in ihr Zimmer.

Bye.

Bye. Take an umbrella, Lisa!

Es patzte richtig vom Himmel. Sie spannte Betsys Regenschirm auf. Das rote Licht der Ampel schwamm in der Dämmerung, ein offener Lippenstift, der die hereinfallende Nacht schminkte. Aus einem Schacht zogen flache Wolken heraus, krochen über den Gehsteig. Die geschwungenen Köpfe der Straßenlampen waren wie

Schwäne. An der Bushaltestelle war das Schild mit den Routen und Zeiten angeschneit, als hätten Kinder Schneebälle darauf geworfen.

Sie war zu früh dran. Die kalten Winter in New York. Vor allem der Wind. Sie würde kalte Füße bekommen in ihren Winterschuhen, deren Innenfell schon abgescheuert war. Es gab halbhohe mit einem Pelzkragen, der elegant den Knöchel umschlang, aber wer weiß, ob die warm waren. Dass Julian diese Idee noch nicht gehabt hatte. Er hätte sagen können, kauf dir schöne Stiefel, mein Schatz. Und sein Schatz hätte es getan. Wenn sie lange genug hier wartete, könnte sie eine kleine Erkältung fangen.

Der erste Bus fuhr an den Gehsteigrand. Er musste vollgepackt gewesen sein, es quollen immer noch mehr Leute heraus, zuletzt setzte eine ältere Frau ihren Stock auf den Schnee. Lisa ging auf sie zu und nahm sie am Ellbogen.

Thank you, sagte die Frau. You are very kind.

Do you live close by? fragte Lisa und wusste, dass sie die Antwort nicht hören wollte.

Just across the street.

Lisa geleitete sie über die Straße, ihren Schirm wegspreizend, damit sie die Frau nicht antippte. Es dauerte eine Ewigkeit. Als sie endlich den Gehsteig erreicht hatten, ließ sie die Frau stehen und drehte sich um. Scheinwerfer neben ihr, ein Auto schlittert heran, Bremsgeräusch, alles gedämpft, alles in schwerer Watte, das Auto ist real, Hände auf der Motorhaube, der hebt sie vom Boden, weiter, war nichts. Nichts passiert.

Der Fahrer war stehengeblieben und sprang aus dem Wagen.

Everything okay, Miss?

Yes. I'm sorry.

Die anderen Fahrzeuge fuhren um sein Auto herum. Der Bus dort. War da John drin? War da endlich John drin?

Ein Mann streckte Lisa Betsys Schirm hin. Die Speichen standen weg.

This saved you.

Lisa ging zur Ampel vor. Da winkte ihr jemand, sie solle auf ihrer Seite bleiben. Sie würde jetzt alles tun, was man ihr befahl. Was John ihr befahl.

Er zog sie ohne Worte an sich, drückte ihren Kopf an seine Wange.

How long? fragte er.

An hour.

There's an Irish place not far from here.

I'm so stupid, sagte sie.

You just managed not to get run over, sagte er.

Did you see it?

Yes. And it was not nice. Why weren't you waiting at the bus stop?

I helped an old lady cross the street.

Aha.

Er blieb abrupt stehen und fasste sie an den Schultern. – Don't you ever do that again! You hear me? Promise.

I promise. I'll never help an old lady across the street again.

Oh Lisa. Lisa. Lisa.

Das Pub war in der nächsten Seitenstraße. Der Kellner führte sie zu einem Tisch und legte zwei Speisekarten hin.

Can I have tea? fragte Lisa.

A Guinness for me.

Um die Theke waren bunte Glühbirnen gezogen. In einer Nische glitzerte ein mit roten Bändern und goldenen Kugeln aufgeputzter Christbaum.

Lisa schlüpfte aus den Ärmeln ihres Mantels und hängte ihn nach hinten über die Lehne. John behielt seine dicke Jacke an. In seinen Brauen glitzerten noch die Tropfen vom geschmolzenen Schnee.

Nachdem sie bestellt hatten, ließ Lisa einen tiefen Seufzer aus ihrer Brust.

Oh John, sagte sie. – Sie erzählte ihm, dass Julian zwischen Weihnachten und Neujahr drei Tage Dienst hatte, dass sie nicht mit den Stantons nach Vermont fahren wolle, dass sie endlich frei sein wolle, was immer das bedeute.

John hatte ihr mit gesenktem Kopf zugehört, seine Augen blickten sie von unten herauf an. Als sie geendet hatte, sagte er nichts. Keine Begeisterung über die ihnen zufallende Zeit, dieses unverhoffte Geschenk, drei Tage. Das war sie nicht gewöhnt von ihm. Sein Überschwang – wo war der? Sie hatte ihn bedrängt. Sie war zu weit gegangen, hatte ihm die Leichtigkeit genommen.

Come here, flüsterte er und beugte seinen Kopf zu ihr. – Come here, Miss Vermont.

Lisa musste niesen.

Are you still cold, my dear?

Sie musste ihm erklären, dass das gut war, wenn sie nieste, eine rote Nase bekam.

I need an excuse, John.

For staying at home?

Sie nickte.

Ah, here's your tea. But you mustn't fall ill. No way! Christ, you could have been knocked down by that idiot. You haven't been hurt physically?

No.

Couldn't we, I mean *you*, say your knee got hurt? It didn't, did it?

No. But then Julian would check it on Christmas Day. We will celebrate Christmas with the Stantons.

And your knee can't lie to him?

No.

Austrian knees must be very different from American ones. My own knee lies to me at least once a month.

What does it say?

It doesn't talk.

So how do you know it's lying to you?

It – ah, here's your chicken. May I introduce you? This is Miss Vermont. And this is Your Wonderful Chicken with capital letters. Hello, Lisa.

Stop it, John. I don't want to talk to the chicken that I'm about to eat.

Sorry, chicken. Sorry to have troubled you, Lisa. I just – I'm so shocked, that driver, it was a yellow Chevrolet, he could have killed you.

I know what we're going to do, sagte Lisa. I am getting the Asian flu. A bit of a cold, coughing – sie hustete zur Probe – and I can get a fever. Maybe 39° Centigrade.

Thirty-nine? That sounds awfully low.

How much is it in Fahrenheit?

No idea.

Lisa winkte dem Kellner.

Can you tell us about Centigrade and Fahrenheit?

Der Kellner zuckte mit den Schultern – Anybody know about Centigrade and Fahrenheit?

Who wants to know that? fragte ein Riesenkerl.

This young lady here.

You multiply by 1.8 and add 32, lassie.

Let's make it forty, sagte John. *Lassie*, flüsterte er.

Er nahm seine Brieftasche und suchte nach einem Zettel.

Which temperature do you need in Fahrenheit? fragte der Riese.

Ahm, thirty-nine.

That's – 102 Fahrenheit. Forty would be 104.

A mathematical genius, sagte John. Thank you very much.

Sie hatte ihr eigenes Fieberthermometer mitgenommen. Das musste sie nur mit heißem Wasser manipulieren, oder besser noch mit der Hand reiben. Das konnte sie am Tag der geplanten Abreise tun, wenn Julian bereits Dienst hatte. Aspirin war im Haus, das wusste sie.

Und wer würde für sie sorgen, fragte John. Würden die Stantons jemanden beauftragen, der für sie Suppe kochte?

I can easily do that myself, sagte sie.

But if they send someone nevertheless?

It'll be okay, sagte sie ungeduldig. Sie hatte das Gefühl, zu viele Male um die Ecke gedacht zu haben. I will call you as soon as they have left.

So. You must get that temperature, shiver with a cold as best as you can, blow your nose all the time, cough like –

Sie hustete schwach ein paar Mal hintereinander.

Perfect.

John begleitete sie bis zur Ecke.

Wieder daheim versprach sie Suzy, am nächsten Morgen das Fertigteilhaus zusammenzusetzen.

I don't want the house any more, sagte Suzy.

Fünf Minuten nach ihr kam George nach Hause.

Liebe Lisa! Kathilein ist schon so aufgeregt wegen Weihnachten. Mama hat ihre Geschenke im Wäscheschrank eingesperrt, alles schön verpackt. Das hast du von ihr, diese Kunst des Verpackens. Sie bekommt einen neuen Wintermantel, den Frau Lottchen ihr genäht hat. Ein dicker, karierter Stoff mit einem Pelzkragen. Mama hat Fäustlinge gestrickt, die mit einer Schnur verbunden sind. Hier liegt viel Schnee, wir gehen zur Brücke hinauf rodeln oder gleich auf den Grünberg. Sie ist ein Wildling. Sie könnte ein Bub sein. Immer sitzt ihr der Schelm im Nacken. Ihr neues Lieblingsessen sind die gebratenen Maroni. Wir sagen ihr, dass Bambi die auch ißt. Ich hoffe, es geht euch gut und ihr feiert ein schönes Fest miteinander. Morgen kommt vielleicht noch ein Brief, wenn die Post es will. Wir umarmen Dich alle.

Während Betsy am Vormittag des 24. Dezember mit Suzy zu Aunt Martha fuhr und danach mit ihr ins Kino ging, kam der Weihnachtsbaum. George war zuhause geblieben, um den Christbaum zu schmücken. Das war eine der wenigen Erinnerungen an seine Kindheit, die er zelebrierte.

Will there be any sweets? fragte sie.

Yes. I brought some tiny chocolates.

Lisa dachte an das Windgebäck daheim, aus dem so leicht eine Ecke herausbrach und das Jahr für Jahr hohler wurde, an die Paradiesvögel mit wippenden Schwanzfedern aus dünnsten bunten Metallfäden, die weißen Ketten, die weich von Ast zu Ast griffen. Hier gab es dafür *jingle bells* und Lametta in langen Briefen.

Zuhause war es jetzt sechs Uhr am Heiligen Abend. Bescherung. Sieben Tage von hier mit dem Schiff, sie würde es nicht mehr schaffen. Der feine Laut des Glöckchens erklingt, die zwei Türflügel von der Bauernstube in das Wohnzimmer gehen auf. Kathi schreitet hindurch, steuert auf den Christbaum zu. Vom Plattenspieler ertönt die stille Nacht, die heilige Nacht. Eine warme Schale rund um Weihnachten. Ein Familienfest. Die alte Krippe. Ob Kathi die winzigen Figuren umstellen wird?

Jemand sagte etwas.

I said, so your husband's on duty tonight.

Yes, he is.

Oh, Lisa, sagte George mit einem anderen Ton in der Stimme. Er legte ihr den Arm um die Schulter. Seine braunen Augen wärmten sie, war das Einbildung? Ein guter Blick, nein, nicht väterlich, in seinen Mundwinkeln zuckte es, ihr Kopf neigte sich leicht zurück, nicht beleidigen, hatte es geläutet? Sein Gesicht schmolz an ihrem Kopf vorüber.

Mail for you, Lisa, sagte er, als er von der Tür kam. Mail from home.

Sie wollte es nicht neben George öffnen. Aber warum nicht? Sollte er ruhig sehen, wie sie und ihre Tochter Weihnachten feiern mussten, mit zwei Blättern Seidenpapier in Schulheftgröße. Auf das eine hatte Kathi eine gewaltige rote Rodel, Tannenbäume und Wiesen und den Kater PETERL gezeichnet. LIEBE MAMI, BUSSI. Auf dem anderen Blatt Weihnachtsgrüße, ein grüner Christbaum mit zwei Stücken Windgebäck, richtig mit dem Loch in der Mitte zum Aufhängen, drei brennende Kerzen. Vorn ein großes Christkind in Gelb, Lockenhaar mit Weihnachtsstern als Schmuck, eine Windmühle. Und hier zwei Männchen mit flachen roten Mützen, kurzen Jacken, eines hatte nur ein Bein, stützte sich auf eine Krücke. Es sah wie ein Kriegsversehrter aus.

Lisa hatte die Zeichnungen auf den Tisch gelegt. George sagte kein Wort.

Why the crippled man, brachte er schließlich hervor.

Lisa kannte bloß einen Einbeinigen, den alten Wawraschuster, der überdies eine schwarze Augenklappe hatte. Das war diesem Männchen hier erspart geblieben. Windmühle, Abschied in Holland diesmal ohne Schiff.

I have no idea, sagte sie.

Die Luft stand still. Ein weißer Engel veränderte mit der feinsten Drehung seine Position, als habe er so die beste Sicht, nein, doch nicht. Rasch wechselte sie das Thema. Ihr Vater habe sie auf Schitouren fotografiert – wenn er vorausgefahren war und unten oder in der Mitte des Hangs auf sie wartete, als müsste er sie ermutigen, obwohl sie kaum jemals Angst hatte.

George legte ihr die Hand in den Nacken und hob seinen Kopf unmerklich, eine behutsame Frage, die Lisa genau erahnte. Seine Lippen waren leicht geöffnet, warteten, er roch nach Zigaretten, aber das war egal, weil alles falsch war. Oder richtig.

I don't know, sagte sie und war sich bewusst, dass er sie missverstehen würde.

I just want to kiss you, once, only once, Lisa.

Einmal ist keinmal, dachte sie.

Sie ließ sich küssen, ein Berühren der Lippen, das sie beruhigte, mehr nicht. Das war schon viel.

In der Nacht wachte sie ständig auf, warf sich von einer Seite auf die andere, zog die Füße an, streckte ein Bein lang aus, befühlte ihre heiße Stirn. Mit einem Mal hatte sie Angst, dass sie tatsächlich krank werden könnte, zur Strafe. Man erfuhr so wenig über die Asiatische Grippe, sie verdächtigte Julian, wichtige Informationen zurückzuhalten, um sie zu schonen oder vielmehr, um keine hysterischen Reaktionen bei ihr auszulösen. Das wäre ihm peinlich. Wenn sie Fieber bekäme, wüsste sie nicht, ob sie sich nur erkältet hatte an dem Abend oder ob es ernster war. John würde auf jeden Fall übermorgen nach ihr sehen.

Nein, sie hatte kein religiöses Elternhaus. Man ging zur Sonntagsmesse, man sah am Karfreitag um drei Uhr den Glocken zu, wenn sie aus dem Turm der Stadtpfarrkirche flogen. Sie hatte sie viele Male selbst gesehen, auch Kathi hatten sie es heuer gezeigt. Ihre Augen, die Glocken tanzten aus dem Glockenraum, in dem sie sonst hingen. Als Lisa ein Kind war, hatte sie für die Fronleichnamsprozessionen Pfingstrosen geköpft. Wie Mama in den Korb gegriffen und eine Handvoll Blütenblätter auf den Prozessionsweg ausgeworfen hatte! Die Blumenornamente legten die Klosterfrauen und andere stadtbekannt gläubige Frauen. Das sündhafte Rot.

Während des Kriegs hatte Julian Halt im Glauben gefunden. Als er sie näher kennenlernte, wollte er aus ihr eine richtige Christin machen und zur selben Zeit für sich einen „Ausgleich" seines religiösen Empfindens schaffen, so nannte er es. Er konnte das, was er im Krieg getan hatte, nicht mit seinem Glauben vereinen. In seiner kompromisslosen Art hatte er diese Suche nach einem inneren Ausgleich als Kampf bezeichnet, den er zu Ende führen müsse.

Sie wusch ihr Gesicht mit kaltem Wasser, trank es aus der Hand. Morgen würde sie mit Julian eine Art

Weihnachten feiern. Hatte George nicht erwähnt, dass seine Mutter kommen würde?

Die alte Mrs. Stanton war das Gegenteil von Aunt Martha. Sie tat Lisa sofort leid. Lisa trug einen Braten auf, servierte die Beilagen. Es kam kein Gespräch zustande, George bemühte sich zwar, aber es war keine Herzlichkeit zu spüren. Etwas im Zimmer war der knapp Sechzigjährigen feindlich gesinnt, und es war nicht zu ändern.

Suzy stach mit einer Gabel auf die verpackten Geschenke. Aus dem Fernseher ertönten Weihnachtslieder, sie wurden leiser und lauter gestellt, George sang eine Strophe von *Jingle Bells* und Suzy verliebte sich in *Rudolph the Reindeer*. Sie schien die Einzige zu sein, die sich über Weihnachten freute. War das so ungewöhnlich?

Lisa fühlte sich als Eindringling, wollte gar nicht sehen, was die Eheleute einander schenkten.

Oh darling, this necklace is divine – oder so ähnlich. Es funkelte um Betsys Hals. Weihnachtsstimmung, wie Lisa sie kannte, kam keine auf. Sie fror, dachte, ich lege einen kleinen Schüttelfrost hin, und spürte ihn. Sie nahm es mit heimlichem Vergnügen zur Kenntnis.

Grandma, sagte Suzy. Isn't Lisa interesting? She will teach me how to ski. Have you ever skied?

No, sagte Mrs. Stanton.

Why not?

I wasn't born for it.

What does that mean?

Ask Mrs. Lisa, she must know.

Does it show in the legs, Lisa? fragte Suzy.

I guess so, sagte Lisa. But I'm not sure if one can see it.

Let me look. Please. – Suzy zog Lisas schwarzes Kleid über ein Knie.

Suzy, sagte Betsy.

You know what my Mama does? fragte Lisa und erzählte von den Stecknadeln, die ihre Mutter zwischen den Lippen hielt, wenn sie die neue Länge für einen Saum feststeckte. Vor Schreck ließ Suzy den Stoff los.

Mrs. Stanton lachte und stürzte dabei in einen Hustenanfall, als habe sie die Stecknadeln verschluckt. Lisa hustete auf Befehl mit und legte sich die Hand an den Hals. Sie trug die Perlenkette, die Julian ihr im Vorjahr zum fünften Hochzeitstag geschenkt hatte. Sie hörte sich selbst zu, wie sie ihrem Husten einen anderen Unterton beimengte, einen heiseren, schmerzenden. Sie hatte nicht gewusst, dass sie das konnte.

Lisa, what is it? fragte George. Anything with your throat?

No.

Should I make us a cup of tea? bot Betsy an.

Lisa sprang auf und ging in die Küche, wo sie Wasser aufsetzte. Sie suchte die Pfefferdose und atmete durch die Nase ein. In ihren Augen brannte es und sie nieste. Sie klimperte mit den Tassen, kam lächelnd aus der Küche.

I have a second very warm scarf, sagte Betsy. We'll take it with us tomorrow.

Lisa nickte.

Good we've done our packing in the morning, sagte sie. – Unvermutet kam ihr der Gedanke, sie könnte plötzlich Lust aufs Schifahren bekommen, John (oh John, if you knew) morgen zurücklassen, fremde Schikleidung ausleihen, eine fremde Steghose, einen Anorak. Was für ein Aufwand. Man würde ihr ansehen, dass sie vom Land käme. Abends Anekdoten erzählen von Bergtouren mit ihren Eltern. Die Trophäe der Stantons.

Das Teewasser pfiff. George eilte in die Küche.

Are you okay, Mrs. Lisa? fragte Mrs. Stanton. Your eyes look red, and your cough –

Lisa is fine, Grandma, sagte Suzy.

George brachte die Teekanne herein.

I'm a bit nervous, sagte sie. – Ihre Sätze klangen so wahrhaftig. Solange sie solche Sätze wählte, konnte ihr nichts passieren. Solange ihr Geist mitspielte, der ihr die richtigen Sätze vorlegte, als wäre er ein gerissener Spion.

Die Türglocke schrillte. Lisa fuhr zusammen.

Julians Stimme. Als seien sie daheim. Als käme er vom Dienst und sie hätte mit den Eltern alles vorbereitet, dann fiel ihr ein, dass Weihnachten bereits vorüber war, Kathilein endlich müde geworden und im Bett, das Foto ihres Vaters und Lisas auf dem Nachtkästchen, die rot und blau bestickte Bordüre an der Wand.

Julian kam ins Zimmer.

Good afternoon, sagte er. Happy Christmas to you all.

Er hatte eine festliche kleine Kiste mit Weihnachtsgeschenken, Whiskey, Kuchen, perfekt. Die stellte er auf dem Tisch ab.

Er nahm Lisa in die Arme. – Wie geht's dir, Schatz? murmelte er. Alles okay?

Niemand hatte etwas gesagt, alle wurden Zeugen seines Auftritts.

Nun gab er Betsy die Hand, verbeugte sich vor Mrs. Stanton.

And you are Suzy, right?

You didn't kiss Grandma's hand correctly, sagte Suzy. And you didn't kiss Lisa at all.

I am very sorry, sagte er. Schatz, verzeih. Suzy hat recht. Ich bin unmöglich.

In Lisas Kopf ging es durcheinander, er kam aus dem OP-Saal, nahm seine Maske ab, die von einem Ohr herunterbaumelte, was gar nicht erlaubt war, die musste er im OP lassen.

Let's celebrate, rief Betsy.

Die große Neuigkeit wisse er noch gar nicht. Julian sah sie an, als erwarte er eine mittlere Katastrophe.

We're all going on skiing vacation to Vermont. Tomorrow morning.

Julian schaute zu Lisa.

Ich auch, sagte sie.

But you don't have your equipment here.

No problem, sagte Betsy. She can borrow everything at the resort.

Where are you going?

To Stowe in Vermont.

Vermont is where the Rockefeller Christmas Tree comes from this year, fiel Mrs. Stanton ihr beinahe ins Wort.

Betsy zeigte auf ein Päckchen. – This is your present, dear Lisa.

Lisa wickelte es auf. Pelzgefütterte Handschuhe. Sie hustete. Julian hatte ihre geröteten Augen nicht bemerkt. Sie wusste, dass ihn die Situation überforderte. George benahm sich sperrig, was sie reizend fand. Alle schienen auf ihrer Seite zu sein in einem unerklärten – nein, Krieg war ein zu großes Wort.

Du siehst wunderbar aus, flüsterte Julian. – Er strich mit einem Finger über die Perlenkette. – Nächstes Jahr feiern wir alle zusammen.

Sie wollte es glauben. In diesem Moment wollte sie es glauben, das war noch so lange hin. Nächste Weihnachten war dann alles entschieden. Entweder er liebte sie so, wie sie es brauchte, nein, das hielt sie nicht mehr für möglich. Ihr Herz wusste es anders. Nur die Liebe von John konnte ihr entsprechen, der sie in solche Hochstimmung versetzte und der nie ihre geröteten Augen übersehen, nie ihren Husten überhören würde.

Ist dir nicht gut? fragte er.

Warum?

Du schaust plötzlich so besorgt.

Lisa has a cough, sagte Suzy. But she is not ill. We are going on vacation tomorrow.

Julian legte ihr seine Hand auf die Stirn. – No fever.

Am Abend kämmte sie ihr Haar mit einem feuchten Kamm und stellte sich ans offene Fenster ihres Zimmers. Sie rauchte in die Kälte hinaus, formte unbeholfen Ringe mit ihren Lippen, die heute von George und später von Julian geküsst worden waren. Das musste John ihr zeigen, wie man Ringe formte. Oder Ava Gardner, in einer Drehpause.

Sie hatte ihrem Vater nicht geschrieben, dass sie zu rauchen begonnen hatte. Es würde ihm Sorge bereiten – wie alles andere, was seine Tochter in New York trieb. Sie waren so stolz auf ihren Schwiegersohn, ertrugen alle Zumutungen, hatten Julian wie einen Sohn aufgenommen, nachdem sie ihren eigenen Sohn verloren hatten.

Sie vermisste eine aufrichtige Freundin, der sie von John erzählen könnte. Eine mit Fantasie für einen Seitensprung und geerdet zugleich. Mit ihrer besten Freundin in der Stadt hatte sie keinen Briefton, und was ihr Herz übergehen ließ, dürfte sie sowieso nicht preisgeben.

Am liebsten wäre sie im Nachthemd zum Frühstück hinuntergegangen, eine Jacke, Wollsocken, aber das durfte sie wegen George nicht. Sie wusch ihr Gesicht mit heißem Wasser, bis rote Flecken entstanden, und rieb ihr Fieberthermometer am Oberarm. Es musste 38,7 Grad Celsius anzeigen. Dann zog sie Rock und Pullover für die Reise an und nahm das Fieberthermometer mit.

Unten wartete die Familie.

Did you take your temperature? fragte Betsy.

Lisa schluckte, als hätte sie eine kleine Säge im Hals.

Yes. I'm afraid it's rather high.

Sie hielt ihr das Thermometer hin.

George riss es Betsy fast aus der Hand, das fehlte gerade, dass er das Quecksilber vergoss.

Thirty-eight point seven, las er. This is – oh my God, this must be well into the one hundreds. Sit down, Lisa.

Why is thirty-eight in the one hundreds, Daddy? fragte Suzy.

We get a temperature at one-hundred, roughly, erklärte Betsy.

And Austrians, Lisa?

At thirty-eight, sagte sie. – Ihre Kiefer tupften gegeneinander, sie begann mit den Zähnen zu klappern. Wenn sie das Kinn hob, ging es noch besser. Sie schlang die Arme um ihren Körper. Ihr war so heiß und so kalt.

Suzy starrte auf sie wie auf ein Gespenst.

Oh Lisa, dear Lisa, sagte George verzweifelt.

It would be irresponsible to take you to Stowe, sagte Betsy.

I can stay with you, Lisa, flehte Suzy. We can watch TV, what you like, love stories or the weather forecasts and I can ask you the States of America.

It could be a cold. It could also be the Asian flu, sagte Betsy. Do you want to call your husband?

Later, sagte Lisa.

They said you should keep warm, drink tea and take aspirin. Let's check if there's any in the medicine chest.

Lisa wusste nicht, wo der Arzneimittelschrank war. Das Heimweh überflutete sie. Der Geruch nach Hustensaft und Jod, wenn man das neben dem Bett in die Wand eingebaute Fach in der Bauernstube öffnet. Der Geruch ist medizinisch und kastanienbraun. Mama hält dort zu Mittag ihr Schläfchen, und Kathi klettert gern zu ihr. Die gesamte Einrichtung war vom Großvater gezimmert. Keine Fertigteile.

Betsy kam mit einer Dose Aspirin zurück.

Take two at least, sagte George. And for God's sake drink some tea now, dear Lisa.

Can I stay with you? fragte Suzy.

No, you shouldn't get the flu.

Will the Prince come? flüsterte Suzy.

What are you talking about, Suzy? verlangte George zu wissen.

It's nothing, sagte Lisa.

Who will be coming? Her husband will. And we'll ask Danny and Leon to drop by and bring you food and more aspirin.

Daran hatte Lisa nicht gedacht, dass die Feinsteinbrüder nun Zeit hatten, selbst wenn Leon im Liebeskummer versank. John müsste seine Freunde einweihen.

Please, don't worry. I'll be okay quite soon, sagte sie. I am so sorry to spoil your vacation. Please forgive me.

Sie schaute Betsy direkt an.

Yes, Lisa, sagte Betsy. Promise to call your husband. He must know you're not coming with us.

(Muss er? Please, Betsy.)

15

Endlich allein.

Sie lag auf der Couch im Wohnzimmer, den Tee neben ihr. Das Aspirin konnte nicht schaden. Betsy hatte eine Hühnersuppe in einer Plastikdose für sie aus dem Tiefkühlschrank genommen. Ab jetzt lief die Zeit, die sie mit John allein verbringen würde. Welche verrückte kleine Freude war es, dass sie den Anruf in Johns Wohnung hinauszögern wollte? Zehn Minuten. Eine Gnadenfrist, bis der große Umschwung kommen würde, die Zeitenwende, eine neue Zeitrechnung, billiger wollte sie es nicht geben. Drei Tage mit John, das war ein ganzer neuer Anfang. Sie konnte für nichts garantieren. Sie war so weit gegangen, nun durfte sie ein paar Schritte stillstehen. Ein paar Schritte nicht tun. Gewiss wartete John auf ihren Anruf.

Ein Schrecken ging ihr durch den Kopf. Was, wenn nichts geschah? Wenn er zwar kam, wenn sie überglücklich waren – und dann – nichts? Es gab Pflanzen, die für ein paar Sekunden ihren Duft verströmten. Insekten, die nach einer Paarung starben.

Nein, in Wahrheit standen sie an keinem Anfang. Der Anfang war das MoMA gewesen. Da hatte sie, ohne es zu ahnen, diese bestimmte Unschuld noch gehabt. Auf dem Weg zu dem Museum hatten sie noch nicht gewusst, wie tief sie sich verstricken würden.

Sie wollte gern ein bisschen Fieber haben, erhöhte Temperatur, ein Morgen, an dem man nicht zur Schule gehen muss, geborgen in einer süßen Aufhebung der Zeit. Sie kann sich im Bett vergraben, muss nicht aufstehen und das Haus verlassen. Sie ist von der Schulpflicht entbunden. Die Verantwortung dafür hat Mama übernommen, die befunden hat, dass sie sich auskurieren soll. Wenn in ihrer Familie ein Kind krank ist, wird es verwöhnt, wird in eine weiche Schale von Besorgnis und Schutz gehüllt. Und zum Trost für das Schwitzen oder Husten bekommt es Aniskekse, die ihre Mama selber macht.

Während des Krieges hatte es keinen Anis gegeben. Als ihr Bruder ein halbes Jahr lang gegen die Leukämie kämpfte, hatte er keine Aniskekse als Trost bekommen können. Er war am 8. Januar 1942 gestorben. Mamas Bruder, Onkel Franz, hatte in seinen Briefen von der Front als Erstes nach Erich gefragt, ehe er stolz vom Don und von Charkov und von einem 85-Tonnen-Panzer berichtete, den sie mit ihren Waffen niedergekämpft hatten. Das war im Dezember 1941 gewesen. Vom Tod seines Neffen erfuhr er erst im Februar. Ein paar Monate später fiel er.

John war sofort beim Telefon.

You can come, sagte sie leise.

Are you by yourself?

Yes. They left about half an hour ago. I wanted to make sure they wouldn't return.

Should I bring anything to eat?

I'm supposed to have only chicken soup.

Oh, I forgot you are ill. See you soon, see you SOON! I can't believe it.

Hurry up!

I'll come flying.

Das würde nie mehr jemand zu ihr sagen. I'll come flying. Die Faszination, die von John ausging, war nicht von seinem Sprachwitz zu trennen. Dieses unwiderstehliche Englisch. Als wäre es ihre zweite Muttersprache. Sie hatte sich nicht nur in einen anderen Mann verliebt, sondern gleich auch in seine Sprache. Mit der könnte sie ebenso wenig Schluss machen. Aber was, wenn sie ihm eines Tages auf die Nerven ginge, weil sie ihn falsch verstand? Der Mond könnte auf die Erde fallen, so what?

I'll come flying.

I'll come flying too. – Sie breitete die Arme aus und lief durchs Wohnzimmer. Wie es sie danach verlangte, frei zu entscheiden. Das zu tun, was sie am liebsten tun würde – mit John hier zu sein, ohne Uhrzeit, ohne Eindringlinge, ohne Kontrolle, ohne Unterbrechungen und Ausflüchte.

In der Wohnung bei John wäre es am ungefährlichsten, dort konnten sie nicht überrascht werden. Hier hingegen schon. Was, wenn Suzy so lange jammerte und bockte, bis ihre Eltern nachgaben und zurückkamen? Oder wenn Danny oder Leon auftauchten?

Sie hatte nicht die geringste Lust, Julian anzurufen. Er würde es gar nicht erwarten. Drei Tage ohne Nachricht von ihr, na und? Das war nichts Außergewöhnliches. Und seine Kurzdiagnose war ja getroffen, niemals würde er annehmen, sie könnte so pflichtvergessen sein und wegen ein bisschen Husten ihre Arbeitgeber enttäuschen. Solange ihn die Stantons nicht informierten, durfte ihr Geheimnis weiterleben. Und warum sollte Betsy ihn anrufen? Doch nur, wenn es ihr schlechter ginge – was nicht eintreten würde. Sie musste bloß im Haus bleiben, erreichbar für Betsy sein.

Sie hatte seit dem Morgen nicht mehr gehustet. Sie stieg die Treppe hinauf zu ihrem Badezimmer. Ihre Haare sahen unmöglich aus, sie hatte sie nach dem nassen Kämmen nicht geföhnt. Wenn das alles vorüber war, musste sie zum Friseur, die Dauerwelle auffrischen. Schneiden. Sie sah etwas lädiert aus, aber nicht grippekrank oder fiebrig. Nur überanstrengt. Sie zog ihre Lippen mit dem Stift nach.

Hoffentlich dachte er daran, Wein mitzubringen. Sie wollte sich nicht an den Beständen vergreifen. Schluss mit Tee, auch auf die Hühnersuppe hatte sie keinen Appetit.

Langes Läuten an der Tür. Sie rannte die Treppe hinunter.

Sie wartete ein paar Sekunden bei der Tür, horchte ihrem Herz nach, das ihr einhämmerte, beeil dich.

Ein Mann mit einer roten Zipfelmütze und ein zweiter mit einem Rentiergeweih standen draußen.

Um Himmels Willen, Zeugen Jehovas, sagte sie.

Hi, Lisa, sagte das Rentier.

Schon waren sie zu dritt im Vorraum. Das Rentier nahm sein Geweih wie einen indianischen Federkopfschmuck ab, mit beiden Händen.

You can't leave it here, meinte Leon mit einem Blick auf die Hutablage. – Can we take it into the living room?

You're welcome, stammelte Lisa.

Sie folgte Leon in die Küche, wo er seine große Tasche ausleerte. Christstollen, geräucherte Fische, Orangensaft, zweierlei Pasteten in Aspik, Lebkuchen, eine Stange Salami, eingelegte Oliven, Eierlikör, Chianti. Wollten die beiden hier einziehen? Lisa holte die Weingläser.

Cheers.

Cheers.

Cheers.

How are you? fragte Danny.

Lisa stieß einen Seufzer aus. – I guess I'm getting better.

Softly, softly, catchee monkey, sagte Leon.

Betsy hatte Danny von einer Tankstelle aus angerufen. Da hätten sie nicht gezögert.

You are wonderful friends, sagte Lisa und hustete.

Shouldn't you be in bed?

Sollte sie sagen, sie war auf dem Weg dahin? Mit geschminkten Lippen am Vormittag?

Betsy said you should take your temperature while we are here. It was quite high.

I just took it, log Lisa. It's 39.0 now. That's Centigrade! A little over 100 in Fahrenheit.

Danny streckte vorsichtig eine Hand aus, zog sie rasch zurück.

Aspirin, mahnte er und nahm die Flasche. – Jingle bells, jingle bells. – Er rüttelte den Takt dazu.

What does your husband say?

He doesn't know yet.

What, you haven't called him?

He's operating. I can't disturb him. And he needn't know right now.

In wenigen Minuten würde John auftauchen. Ein Zusammentreffen war unvermeidlich. Rasch, eine Erklärung. Die Mäntel der Brüder hingen draußen. Sie musste ihm signalisieren – oder nein. Einer der beiden sollte die Tür öffnen.

Leon sah traurig aus, der Spaß der Verkleidung war verflogen. Er war ein Verlassener. Ein von allen guten Geistern Verlassener, nein, nur von seinem Freund.

Lisa schluckte eine Tablette mit Rotwein und ging in die Küche. Als es läutete, ging Danny zur Tür. Großes Gelächter. War das so lustig für John, wenn sie nicht allein waren? Sie trank ein Glas Wasser und nahm eine Packung Salzgebäck mit.

Lisa, sagte John und nahm sie in die Arme. – Now you have three nightingales to take care of you.

Nighting –, ihr Mund verschwand in seinem Kuss.

Er führte sie zum Sofa.

You bastards, sagte er zu Danny. Arriving here before me.

They brought food and wine, protestierte Lisa.

So did I! How are you? – Sein Handrücken auf ihrer Stirn.

They know? flüsterte Lisa.

You think we didn't notice that John was fully in love with you, back in November?

Das bedeutete, sie waren jetzt Komplizen. Wenn Julian das wüsste, wäre seine Verletzung noch tiefer. Seine Erniedrigung. Wenn nur Betsy ihn nicht anrief. Die drei Tage mussten vorübergehen, ohne dass Julian davon erfuhr.

Leon sagte, dass er Betsy gegenüber nicht ausgesprochen lügen wolle. – You know what I mean. Nothing against you, Lisa. We love your presence. You are a real presence. And we understand all too well that you were meant to fall for each other, John and you. What with the photography. Not usual to find women who are truly committed to photography. And of course the exoticism of it all. Lisa!

John schlug vor, zunächst gar nichts zu unternehmen. Wenn Betsy nachfragte, könnten Danny und Leon sagen, dass es ihr langsam besser ginge, sie gut zurechtkomme, und dass sie am nächsten Tag wieder einen Besuch abstatten würden. Lisas Ehemann sollten sie gar nicht erwähnen. Über Johns Anwesenheit nicht zu sprechen, wäre keine Lüge, bloß das Weglassen einer nebensächlichen Information.

Okay. But we do feel responsible for Lisa's health. The flu isn't to be taken lightly, sagte Danny. What if your temperature keeps rising? Promise to call your husband as soon as possible.

Fast hätte Lisa ihn beruhigt. It won't rise. Believe me.

Sure, sagte sie.

And go to bed, for heaven's sake.

I swear to God, sagte John.

Mission accomplished, I suppose. – Danny nahm sein Geweih.

Thank you so much for everything, sagte Lisa.

Eine Weile verharrten sie lose umarmt, ohne etwas zu sagen. Wenn sie ihn ansah, hatte er die Augen geschlossen. Sie hörte, wie er ihren Geruch einatmete.

You don't smell ill. Are you ill, darling?

Sie erzählte ihm, dass sie ihre Haare in der Nacht mit Wasser gekämmt hatte bei offenem Fenster. Er fuhr zurück.

You could catch a deadly cold, meningitis, suffer brain damage.

Maybe I already have a brain damage. What I am doing here is mad, so mad.

Er fuhr ihre Wangen mit seinen Fingerspitzen hinunter. – We will take this easy, okay?

Lisa legte ihren Kopf an seine Brust.

You're exhausted, no wonder. We could lie down together, for an hour or so. You need rest. I'll fend off the dragons.

And the reindeer.

My goodness, that was wonderful! You must have been –

I thought they were from that sect, because there were two of them –

Jehovah's Witnesses? rief er. Christ!

Auf dem Sofa packte er eine Decke um sie und setzte sich ans Ende zu ihren kalten Füßen. Er schloss seine Hände um ihre Fersen und Zehen. Mit jeder Bewegung nahm er sie in sein körperliches Vertrauen auf.

Sie schmiegte ihren Kopf in seine Armbeuge und sog den Geruch der frisch gewaschenen Wolle ein. Tell me about your waterfront project, bat sie. I will close my eyes but I will listen.

Er war eingeladen worden, für die Zeitschrift *The Waterfront* eine Serie von Artikeln mit Fotos beizutragen.

Mhm, nickte sie faul. All around New York?

Just Hoboken. Not, for example, Coney Island. That's something completely different, that's about fun. Hoboken isn't fun. They're about hard work, hard thinking as well. In the fall I saw a workman sitting on a bench reading *Invisible Man* by Ralph Ellison.

Should we go see the Marlon Brando movie together? fragte sie.

I'd love to do that in the New Year. It's just four years since the movie was filmed in Hoboken.

Hatte er bei den Dreharbeiten zugesehen?

Der Regisseur Elia Kazan habe fast immer Statisten von der Straße geholt. Das Lokalkolorit sei so wichtig gewesen wie die Hauptdarsteller. Die Bars. Die Dächer. John bezweifelte, dass man den Film ohne diese Bezüge überhaupt verstehen könne. Welche Eindrücke sie gehabt habe in ihrem Österreich ohne Hafen, ohne Meer?

We did have ports on the Adriatic Sea in the monarchy, sagte sie empört.

Oh, baby. I didn't know that. So sorry.

Für Lisa war es bloß ein Film mit Marlon Brando gewesen, der sich in einem Konflikt mit der Gewerkschaft auf die Seite von Dockarbeitern schlägt. Sie war wegen Marlon Brando ins Kino gegangen. (Und weil Julian den Film unbedingt hatte sehen wollen.)

Er hatte aufgehört, ihre Füße zu liebkosen. Ehe sie darüber nachdenken konnte, lag er halb über ihr, halb auf dem Sofa. Seine warmen Hände an ihrem Hals. Sein Blick auf ihrem Gesicht, seine herumwandernden Augen, Bestandsaufnahme eines Liebenden. Wie er sie registrierte, wie sie das liebte, die Zeit, die er sich nahm, ehe er sie um die Hüfte fasste, alles, alles. Das Telefon. Oh no, noch nicht aufstehen.

Hi, Betsy.

How are you, dear?

Not too bad. Don't worry.

What about your temperature?

Same's in the morning. I'm dozing on the sofa.

Have Danny and Leon dropped by?

They were marvellous! Santa Claus and a reindeer.

Are you sure you're okay, Lisa? Why – Santa Claus and a reindeer?

They were dressed up. Tell Suzy they were dressed up – sie hustete. – How is she?

Sulking. She wants to go skating with you.

I had promised to go skating with her at Rocke – sie hustete. Rocke – Feller Plaza, yes.

John mimte ein Stakkato von Hustenanfällen. Es gelang ihr, ein lautes Lachen zu unterdrücken, aber sie verfing sich in einer Serie hoher, kurzer Laute, die klangen, als kämen sie von einer alten Frau.

Do-hont. Wo-horry.

Have you called your husband?

No, not yet.

I can do this.

No, Betsy, please! Do not call him! Please do NOT call him. You don't know him, Betsy.

John setzte eine besorgte Miene auf.

What – do you mean?

No reason to worry, Betsy. Don't tell George about this. I'll be fine by myself, believe me. Give Suzy a hug. And – thank you, Betsy. Thank you.

Well done, Lisa, sagte John. Let's have coffee now.

In der Küche schüttete Lisa Kaffeebohnen in die elektrische Kaffeemühle. John fragte Lisa, was Betsy von ihrer Beschwörung halten würde.

It was so dramatic! Do NOT call him! You don't know him. Tell me, Lisa, is your husband violent? What is it about him that Betsy doesn't know? – Er strich ihre linke Wange hinunter.

No, he isn't violent. – Das wollte sie ihm nicht anhängen. Das wäre ungerecht. Er hatte nie körperliche Gewalt gegen sie ausgeübt, körperliche Gewalt nie.

But it sounded like that, Lisa.

Als sie das kochende Wasser in den Filter goss, sog sie gierig das Aroma ein. Sie wanderten mit ihren Tassen zurück ins Wohnzimmer.

No, sagte sie. He is not violent. I meant his jealousy. Sie hatte nur seine Eifersucht gemeint, die keine moralische Rechtfertigung mehr habe. Nicht, wenn er mit dieser Italienerin –

Which Italian woman?

His colleague, Dr. DiMaggio.

Dr. DiMaggio. – John ließ sich den Namen auf der Zunge zergehen. – There's a famous baseball player of that name. What's her Christian name?

Eh?

First name?

No idea. No, wait. Somebody mentioned it for sure. When we were introduced. Das konnte nicht sein, dass ihr der Name jetzt nicht einfiel. Sie hatte ein genaues Bild von Julian und der Ärztin, wie sie ihr im Gang des Krankenhauses entgegenkamen.

She could be Luisa DiMaggio, fantasierte John. And you believe your husband has a crush on her?

Sie sollte ihren Koffer auspacken. Drei Blusen für die Abende. Zwei Röcke, das kleine Schwarze für die schicken Drinks an der Bar. Ihre Schiurlaube mit Julian hatten sie nie in mondäne Wintersportorte geführt, das konnten sie sich nicht leisten. Dieses Stowe in Vermont war da etwas anderes. Sie würden am Abend tanzen, hatte George angekündigt.

Auf dem Sofa nahm John sie wieder in die Arme. Er murmelte etwas, das sie nicht verstehen musste. Sie ließ seine Sätze sanft zu ihr ziehen.

What are you thinking, my dear?

Sie sagte, es sei schade, dass man beim Läuten des Telefons nicht wisse, wer einen anrufe.

Sie hustete.

Do you think you want to show me your room?

You sound like the bad wolf in a fairy tale!

John biss mit weichem Kiefer in die Luft und dann in ihren Nacken.

Oh please! Stop it! Stop it! – Das fehlte noch, Liebesmale im Nacken!

Sorry, Lisa, I didn't realize –

Are there traces?

No. Well. A bit. Like from a tiny sweet animal. – Er leckte seinen Finger ab und strich über die Stelle.

Blood?

No! I'm not a vampire.

Not yet. – Sie stieg die Treppe hinauf, John hinterher. Sie blieb stehen, ließ sich umarmen von hinten, bis er sie weiterschob.

Sie hatte am Morgen nicht mehr gelüftet. Ihr Bett war zerwühlt von der schrecklichen Nacht. John trat ins Zimmer, your desk, sagte er, where you are writing letters home. Er öffnete ihren Kleiderschrank, zog an den Röcken, einem Kleid, das er nicht kannte, nahm ihre gemusterte Bluse heraus.

John griff nach dem gerahmten Foto, das auf dem Tischchen neben ihrem Bett stand, Kathi x-beinig an einen Baumstumpf gelehnt, ihre Zöpfe, das vertrauensselige

Gesicht ohne jeden Hinterhalt. Er betrachtete es lange, seine Lippen zusammengepresst.

We should start getting serious about it, sagte er. I'm such an idiot.

Einen Stock tiefer rief das Telefon.

Let him ring, sagte Lisa.

John begann sich auszuziehen. Sie sah ihm zu, gleich würde er neben ihr liegen, ein erstes Mal in diesem Zimmer, ein heimlicher Gast, der Mann, der ihre Ängste mitdachte wie sonst niemand. Sein Anblick lud sie sofort mit einer Gier auf, der Bereitschaft, sich seinem Drängen zu öffnen, während er noch das letzte Stück auszog, seine *underpants* mit dem Fuß wegschleuderte. Decke über die Schulter, der Geruch seines Kusses, ihre Hände an seinen Hüften. Sie liebten sich lange, mit purer Lust, mit Körpern, die immer nur zustimmten, mit tauben Ohren für Pflicht, – say duty, sagte sie, duty and homeland, gab er zurück, I'll – come – flying, stöhnte er, und lag erschöpft auf dem Rücken, und sie, – so inventive, Lisa – und sie: who taught you that – nobody – and you, nobody did.

Als das Telefon eine Weile später wieder ertönte, konnte sie es nicht mehr ignorieren.

Wollte mich vergewissern, dass du nach Vermont gefahren bist, was offenbar nicht der Fall ist, sagte Julian.

Lisa hustete.

Was ist los mit dir? Bist du krank? So schlimm kann es ja nicht sein. Du hättest dich zusammenreißen können, den ersten Tag etwas kürzertreten.

Traust du deiner eigenen Diagnose nicht? fragte sie.

Wie viel Temperatur hast du?

38,5.

Das ist nicht die Welt. Trotzdem …

Sie wartete, ob er sich entschuldigen würde. Das ist nicht die Welt. Nein, sie war auch nicht seine Welt. Seine Welt war die Arbeit.

Aspirin hast du genug zuhause?

Bis ins nächste Jahr.

Er zögerte. Dann lachte er. – Ich werde Joe Petrosian bitten, dass er morgen bei dir vorbeikommt.

Das ist überhaupt nicht nötig, mir fehlt es an nichts. Es ist genug zu essen da. Ich mache über Nacht Fieberwickel.

Aber ich fühle mich sicherer, wenn Joe dich untersucht.

Um Gottes Willen, tu mir das bloß nicht an. – Sie schaute so entsetzt, dass John auf die Hörergabel drücken wollte. Sie nahm seine Hand und legte den Zeigefinger auf ihre Lippen.

Du kannst Joe vollkommen vertrauen. Ihr habt euch bei der Weihnachtsfeier recht gut unterhalten. Er ist ein lieber Kerl, ein sehr guter Diagnostiker.

Wie du meinst.

Ich gebe ihm jedenfalls die Telefonnummer. Er soll dich kurz vorher anrufen. Dann brauchst du nur hinunterzugehen.

Es kann trotzdem sein, dass ich das Läuten nicht höre, wenn ich schlafe.

Lisa. Wirf nicht die Nerven weg. Du hast wahrscheinlich eine kleine Erkältung, das kann schon auf 39 Grad gehen. Aber da ist eben die Geschichte mit der Asiatischen Grippe, da sollte man nichts übersehen. Ich muss in den OP zurück. Tee trinken! Viel Flüssigkeit, du weißt. Und ab ins Bett mit dir.

Er schickte einen Kuss in den Hörer.

Servus, sagte sie.

Servus, wiederholte John. Now what was that?

He's going to send his colleague Joe Petrosian to check, sagte sie. He is a nice doc at the hospital whom he seems to trust. He fought in Korea.

You're welcome, sagte John. You think he suspects something?

No, I don't. Not yet.

What a day, sagte er. And it's only noon.

You know what I would like best?

Er sah sie neugierig an.

I would like to go into the country, somewhere well beyond the City. No matter where. Just getting out.

Let me think, darling. Isn't this the American Dream? – Er hatte seine Augenbrauen voller Unternehmungsgeist hinaufgezogen.

It's what I've come to New York for.

Clever girl. Me, I'd go to Paris for Montmartre, the chat noir at the bar, the cafés, the bookstalls along the Seine, the plein air painters –

Or to Italy for the mezzogiorno, unterbrach sie ihn. The dolce vita, the Olivetti, the Alfa Romeos, oh those Romeos –

I guess I'll have to rent a car.

Too expensive.

I could ask – yes, I could ask Oliver. Maybe he knows someone. You remember Oliver from the Seven Arts Coffee Gallery? It was his celebration party.

The Fulbright student.

Exactly.

John zog ein kleines Adressbuch aus seiner Tasche. Das ging alles ganz rasch. Sein Zeigefinger auf der Wählscheibe. Und Oliver, zu dem sie kein Gesicht fand, war zur Stelle. Dort, auf dem alten Kontinent, könnten sie ein Glas Chianti trinken und ihm noch einmal danken für die schnelle Aushilfe mit dem Auto, im vergangenen Winter 1957.

It's sort of an emergency. I have this deadline. My own car broke down just before Christmas.

Wie gut er flunkerte. Drei oder vier Tage. No problem. Where can I pick it up?

Er hatte sie ein paar Straßen von Olivers Garage aus dem Taxi steigen lassen. Oliver brauchte seinen Wagen nicht, weil er zu den Feiertagen die Stadt prinzipiell nicht verlasse, die Leere in den Straßen genieße. In einer Stunde wollten sie einander beim Eingang zum Central Park neben dem Metropolitan Museum treffen. Sie hielt dem Schnee ihr Gesicht entgegen, ließ die großen Flocken – extra size – auf ihren Wangen zergehen, fraß die Flocken wie ein übermütiger Hund. Erst nach einer Weile spannte sie den roten Schirm auf, aus Betsys Kollektion. Der demolierte war bereits in der Mülltonne.

Die breite Lexington war ein Wirrwarr von Schneespuren in verschiedenen Brauntönen, als wäre die City keine Großstadt, sondern ein Dorf aus dem Wilden Westen. Über die Verkehrsinsel wehte ein Schneewind. Es waren deutlich weniger Autos unterwegs. Die Übergänge vom Gehsteig zur Straße waren oft nicht auszumachen, und die Spuren der Fußgänger führten ineinander. Auf den Mänteln lag Schnee.

Eine diffuse Angst streifte sie, die Asiatische Grippe könnte durch die Stadt ziehen und die Straßen ausdünnen, aus den Menschenmengen einen bestimmten Anteil heraussuchen und mit ihnen verschwinden. Die Verschonten würden verständnislos und verängstigt in die Leere starren. Das waren die Reste ihres schlechten Gewissens, das sie mit Ängsten traktierte.

Sie hatte einen Farbfilm in der Rolleiflex. Ein Zeitungsverkäufer las in seinem Kiosk eine Sportzeitung, im Licht einer eifrigen Glühbirne. Drei Frauen überquerten mit ihren bunten Schirmen die Lexington. Und dazupassend drei frierende Männer in braunen Mänteln, Hände tief in den Taschen, gekrümmt, um dem Wind weniger Angriffsfläche zu bieten. Ein Unentwegter saß vor einem einzelnen Tischchen auf dem Gehsteig vor einem Café, sein breitkrempiger Hut beladen mit Schnee, der Kragen seines Mantels bis zu den Wangen hochgestellt, Handschuhe ohne Fingerkuppen.

Lisa fühlte sich frei, von allen Pflichten befreit außer der einen, das Leben aufzunehmen und in jeder Farbe zu würdigen.

Sie klappte die braune Ledertasche wieder über die Kamera und legte den Arm darüber. Aus einem Modegeschäft blickte ihr eine Schaufensterpuppe aus einem verdrehten Winkel nach – erstaunt und vorwurfsvoll. Lisa ging die paar Schritte zurück. Sie trug ein schulterfreies Abendkleid. Die roten Wangen in ihrem blassen Gesicht waren voll Fieber.

Als sie in einer Seitenstraße ein Postamt entdeckte, ging sie hinein. Sie stellte sich an ein Fenster. Schneeflecken an der Scheibe, die hinuntersanken. Schmale Geister von Passanten. Im Ampelgrün meinte sie eine weiße

Schlange zu sehen, das Licht stach gemein. Nach dem letzten Foto legte sie einen neuen Film ein.

Sollte sie ein Telegramm nach Hause schicken? Sie rechnete die Zeit zurück, besser gesagt vor. Es war dort zehn Uhr am Abend, das Telegramm würde erst am folgenden Morgen zugestellt werden. Was würde sie schreiben? Sie sah die Papierstreifen mit den Blockbuchstaben. ICH LIEBE EUCH. Das klang nach Abschied. ICH LIEBE EUCH. MIR GEHT ES SEHR GUT. Purer Hohn. Sie wusste doch, dass der Vater Sorgen hatte. Sie ging zum Schalter und kaufte fünf Aerogramme. An einem der engen Tische, die wie in einem Zugabteil hintereinander gereiht waren, begann sie zu schreiben.

Mein geliebtes Kathilein! Ich freue mich schon so auf die Weihnachtsfotos von euch. Das Christkind war sicher sehr brav und hat Dir schöne Geschenke gebracht. Der Christbaum hier ist kein Vergleich zu unserem daheim, hier hängen sie PEZ-Spender auf, stell Dir das vor! Am meisten, außer Dir natürlich, hat mir der Klang unseres Glöckchens gefehlt. Hier schneit es ganz dick, aber ich habe noch keinen einzigen Schneemann gesehen. Vielleicht sind die alle auf Schiurlaub, was meinst Du? Ich schicke Dir viele Bussi.

Liebe Mama, lieber Papa! Wie Ihr wisst, hatte Julian am Heiligen Abend Dienst, aber das machte mir nichts aus. Wir haben am nächsten Tag mit den Stantons und der Mutter von George gefeiert. Ich bin jetzt in der Stadt und fotografiere, die bunten Schirme der wenigen Leute sehen toll aus im Schnee. Es ist beinahe leer, die meisten New Yorker sind aufs Land gefahren. Ich schicke euch viele Bussi und wünsche euch alles Gute fürs neue Jahr, in dem wir uns dann endlich wiedersehen.

Es waren noch die Außenflügel des einfaltbaren Aerogramms frei. Wie bei einem Tabernakel, in dem man das heilige Geheimnis verschloss, den goldenen Kelch mit dem weißen Tuch. Das Auswischen des Kelchs gehörte zum sparsamen Repertoire an Handgriffen im Haushalt, die ein Priester ausführte.

Sie leckte ihren Finger ab, fuhr damit über den Verschluss des Briefs, klebte ihn zu und warf ihn in die Klappe mit der Aufschrift *Overseas*.

It really is a safe heaven, sagte jemand hinter ihr. Das Schneien hatte nachgelassen. Sie ging Richtung Central Park. Bunte Kinder sausten auf ihren Rodeln die weichen Hügel hinab.

Bis zum Sonnenuntergang gegen halb fünf Uhr war es nicht mehr lange hin, es dämmerte bereits. Die Lichter waren schon eingeschaltet und verwandelten die Lampen in milchige Planeten. Einzelne steckten wie Leuchtkugeln in den Ästen der Bäume. Sie ging weiter bis zum Reservoir, in dessen dunkelgrauem Wasser Ungeheuer hausen mochten. Das Geländer schlängelte sich am Rand dahin, als wolle es davonlaufen.

Im Schein einer Lampe gab ein stattlicher Mann einer kleineren Dame Feuer. Er beschützte die Zigarette mit beiden Händen, sie machte den ersten Zug, ihr Mund zugespitzt. Sie trug einen Persianerpelzmantel. Lisa wusste genau um das Gewicht, die festen kleinen Locken des Fells. Kein Hut, Schönheit muss frieren, sie war mindestens fünfzig, der Mann – ihr *lover*? – mit einem weißen Hut, der nicht zu seinem grauen Mantel passte, ein leichter Mantel, aus einem Herbst, vielleicht aus Kalifornien. Mit fünfzig einen Geliebten haben? Warum nicht, wenn es notwendig war?

Sie hatte zehn Minuten auf den Stufen des Metropolitan Museum gewartet, als ein rotes Auto an den Gehsteig fuhr und hupte. Sie rannte darauf zu und wäre beinahe ausgerutscht.

It's a Kaiser car, sagte John. – Especially for my monarchist girlfriend. Oliver was running it to pieces. It isn't produced anymore.

How thrilling, sagte Lisa. I suppose it's worth millions.

Not really. Are you cold?

Yes, definitely. Imagine, we have a car now.

So where should we drive?

I long for a warm and safe heaven.

Er lachte. – A safe heaven?

That's what somebody said behind my back in the post office.

Darling. – Neben ihnen hupte es. – Yes, man. Now. It's safe *haven*. Ha-ven. It means harbor.

Ein sicherer Hafen, sagte sie. But I liked the other more.

Aren't heavens always safe?

Are *you* safe?

Sie kamen gerade rechtzeitig für Joe Petrosians Anruf. Es sei nicht mehr notwendig, beschwor Lisa den Anrufer. Joe bestand darauf, er hatte es Julian versprochen. Es sei überhaupt keine Mühe für ihn, er habe ohnedies nichts vor.

Zwanzig Minuten später packte er im Wohnzimmer der Stantons seine Arzttasche aus. Sie hatte John als

Bekannten der Stantons vorgestellt. Alle seien so rührend besorgt um sie, dabei habe sich der Verdacht der Influenza bereits verflüchtigt, sagte sie.

Als Joe sein Stethoskop umhängte, bat Lisa John, in der Küche Tee zu kochen. Sie atmete tief ein und aus und ließ den kalten Aufdruck geschehen. Und dann der Rücken. Und dann Joes kühle Hände unter ihren Ohren, an den Lymphknoten. Sogar ein Blick in ihre Augen, wofür er unendlich zart ihr Oberlid anhob, der Veteran.

Temperature, Lisa?

37.8 Centigrade. One hundred.

Okay.

Sie knöpfte ihre Bluse zu. In der Küche hantierte John.

Joe hatte seine Freizeitkleidung an, eine Cordhose mit Stulpen, einen Norwegerpullover, den er nun bat ausziehen zu dürfen.

Why not, sagte Lisa.

Darunter trug er ein weißes Hemd. Wie er wohl im Einsatz aussah? Tee. Warum nicht Kaffee? Es sollte nicht zu gemütlich werden. – Can I help you? rief sie in die Küche.

John kam mit dem Tee.

So, Dr. –

Petrosian, sagte Joe. Just call me Joe.

What have you found out about Lisa? sagte John.

In my opinion she is on the way back to full health, but she needs rest. You need rest, Lisa. No wonder you got distressed with the news on the flu.

Lisa fragte ihn, ob er an dem Grippeprojekt im *hospital* mitarbeite. Er verneinte, er sei Chirurg. Nach dem, was er von den Virologen mitbekäme, sei es schwer herauszufinden, ob es sich dabei um eine Weiterentwicklung des Grippevirus von 1918 handle.

There's a study at the hospital? fragte John.

Er sei vor kurzem mit einer Kardiologin in der Kantine zusammengesessen, die ihm berichtete, dass eine rheumatische Herzerkrankung zu den häufigsten Vorerkrankungen zähle. Auch Frauen im letzten Drittel ihrer Schwangerschaft seien anfällig.

Er nahm einen Schluck Tee, blies vorsichtig den Dampf weg. So war er wohl auf seinem Schiff gesessen, in einer engen Unterkunft, Beine seiner Kameraden neben und über ihm.

I told John you fought in the Korean War, sagte Lisa.

What – what was it like, if you don't mind my asking, fragte John. Did you volunteer?

Christ, no. There was a doctor draft because there were too few of them. I got into a MASH unit. I had no choice.

Mobile Army Surgical Hospital, sagte Lisa eifrig.

Why mobile? fragte John.

Every month or so we moved to another location, according to the front line. Sie seien aber nicht direkt Kampfhandlungen ausgesetzt gewesen. There were mostly injuries to the legs from the mines, amputations, you'd ask yourself what kind of life would wait for that kid. Zeitweise hätten sie den ganzen Tag operiert, einen nach dem anderen, bis sie vor Erschöpfung auf ihre Feldbetten fielen. Keine Matratzen, festgezurrtes Stahlseilnetz. Sechs Mann in einem Zelt. Einer habe seine Stiefel nie bis oben zugeschnürt, weil ihm das zu unbequem war. Der Oberst verlangte, dass er die Stiefel korrekt schnüre. Daraufhin habe er den oberen Teil einfach abgeschnitten und bis zum Rand geschnürt.

And did he get his way? fragte John.

No, of course not.

Did you have a special training for amputations?

We did, in theory. We had seen some in medical school. But out there … that was a different thing altogether. Speaking of boots. Right after the war I heard of two Puerto Ricans, very small guys, very light, they had stepped on mines and had received the standard Syme amputations, right at the ankle. These Puerto Ricans didn't like the usual leather-and-steel prostheses, so they wore high combat boots and stuffed them with newspapers and pieces of cloth.

How about a glass of red? Or a whiskey, Joe? John?

Red.

Red.

John war aufgestanden, ohne ihre Antwort abzuwarten. Würde Joe das bemerken? Er würde Julian nicht verraten, dass John wusste, was sie gern trank. Der junge Veteran ließ den Wein in seinem Glas kreisen und schnupperte daran.

Die Gläser klickten.

So, John, what are you doing for a living? fragte Joe.

I am a photographer.

Been to a war?

No.

Joe sagte nichts darauf. Dann nickte er, als akzeptiere er das Attest eines Militärdienstverweigerers, von dem er wusste, dass es gefälscht war.

What are your photos about?

I am working on a book about Hoboken waterfront.

Das Läuten des Telefons erschreckte sie alle drei. Sie warfen einander Blicke zu, als wären sie Teil einer Verschwörung.

Hi, Betsy. How're you all?

We're trying to ski. But how are *you,* Lisa?

Me, I am fine. No temperature. I'm out of bed already, but resting. It's very cosy.

Has your husband called?

Yes, he did. He sent me a very nice colleague who checked me and confirmed I'm okay.

Well, that's good news. And this colleague is a doctor? Of course he must be a doctor.

All's well.

Suzy is dying to talk to you.

Oh, of course. Suzy, how are you?

I have sent you two postcards today, sagte sie. One is from the ski lift and the other –

Don't tell me. It should be a surprise.

Okay. Who's that talking at home?

What do you mean … shhh, Suzy.

Ohhhhhhh.

Enjoy your vacation, Suzy.

Not really. It would be more fun if –

Don't talk like this. Your parents want to be happy, too.

Oh-kay. Good-bye.

Aufgelegt, sagte Lisa und hielt den Hörer zum Beweis in die Luft.

Lisa überlegte nun doch, wie sie Joe in aller Freundlichkeit nahelegen könnte, seinen Pflichtbesuch allmählich zu Ende zu bringen. Aber nun knüpfte John das Gespräch dort an, wo es unterbrochen worden war.

Zu Beginn des Koreakriegs, sagte er, habe die Küstenwache auf Anordnung McCarthys die Überprüfung aller Hafenarbeiter und Seeleute angeordnet, unabhängig davon, was die Ladung oder der Bestimmungsort war. An die 3000 Hafenarbeiter und *marines* verloren ihren Job.

We didn't start the war, sagte Joe. It was the North Koreans that crossed the line in June 1950. It's as easy as that. But we don't want to unsettle or disturb Lisa, she needs rest. I've been here much too long already for which I apologize.

You've been so kind to come here and check me, sagte sie.

Joe nickte John zu und stand auf, wehrte jedoch ab, als Lisa ihn begleiten wollte. Was hätte sie ihm sagen sollen? Sie ahnte, dass seine Treue ihrem Mann gegenüber etwas mit seiner Soldatenehre zu tun hatte. Das war unfair. Say hello to my husband.

Als die Tür ins Schloss gefallen war, zitterte sie.

I'm sorry, sagte John und nahm sie in die Arme. – I should've shut up. He is such a nice guy, but then –

Er löste sich von ihr, stützte den Kopf in seine Hände. Sie liebte *every inch* an ihm. Er würde Europa verstehen, es gab so viel gemeinsam zu entdecken, Eu-rope, Eu-rope, das enthielt ein „you", und das war er.

Nach Weihnachten, nach diesen mörderischen Weihnachten würde alles besser werden. Dieses Fest sollte nur für glückliche Menschen stattfinden. Hätte sie darauf bestanden, Kathi mitzunehmen, würden sie jetzt miteinander durch den Schnee laufen. Sie würden Julian in seinem Ärztezimmer über dem East River sitzen lassen, Kathi (oder Cathy) würde kreischen und auf Johns Schultern durch den Central Park galoppieren.

Keine Anrufe mehr. Rotwein, Spaghetti Bolognese. John raspelte Parmesan, die Feinsteins hatten an alles gedacht. Lisa war zu müde, um unglücklich zu sein. Als

John vorschlug, sie sollten am nächsten Morgen Richtung Norden aufbrechen und ein paar Orte nannte, die sie passieren würden, nickte sie. Richtung Norden, das klang gut. Und man könnte jederzeit umkehren, oder? Nein, sagte John, man müsse nach Norden fahren, bis man spüre, dass man dort angekommen sei.

Then I will take a picture of you in the North, sagte sie.

Would the Northwest also do, my Lisa? fragte John beim Frühstück.

Sie würgte am Toast. – What would be the options?

Canada?

Das Telefon läutete. – Lisa verdrehte die Augen.

Ja, ich esse gerade mit großem Appetit einen Toast und trinke Kaffee.

Hast du noch Temperatur?

37,5.

Joe hat mir berichtet. Wer war der andere Mann?

Wie? Ach der. Ein besorgter Freund der Stantons.

Aha, sagte Julian nach einer Pause. – Jetzt kämpfte er, sich die Frage nach dem Namen zu versagen.

Ich bin nur müde, half Lisa ihm. Aber es geht mir viel besser.

Muss ich mir Sorgen machen?

Nein, Julian. Nein. Wie geht's im Dienst?

Ziemlich dicht. Schlechte bis gar keine Winterausrüstung für die Autos, Überschätzung der Fahrfähigkeiten.

Lisa hustete leicht.

Take care, sagte er. Zieh dich warm an, mach ein paar Schritte hinaus an die frische Luft.

Das werde ich tun.

John war die ganze Zeit mit der Hand über seinem Mund dagesessen. Sie holten beide tief Luft. Zwei ganze Tage.

I've been there before, sagte Lisa.

You've been to Canada? Not – in such a situation?

Ihr Schiff habe nach der Atlantiküberquerung Halifax und Montreal angelaufen, sagte sie.

Er schlug sich auf die Stirn. Das habe sie ihm doch bei ihrem Treffen an der Brooklyn Bridge erzählt, dass sie mit der *Maasdam* gekommen sei. – So you arrived in Hoboken. It must've been awfully cold. And you there on the ship, all alone. The whole voyage must've been a nightmare.

Es hatte ein Lese- und Schreibzimmer an Bord gegeben, sagte Lisa. Eine Frau war ihr aufgefallen, die Seite um Seite in einem schwarzen Buch füllte. Zu ihrem Leidwesen hatte sie selbst nur ihr kleines Notizbuch mitgenommen. Sie hatte seit dem Krieg nicht mehr Tagebuch geschrieben.

And here?

I have the photographs, sagte sie.

John schlug vor, dass sie nicht zu weit fahren sollten, auf keinen Fall übernachten. Das sei unverantwortlich. Es gebe zum Beispiel den County Park Brookdale, da könnten sie spazieren gehen. Sie seien rekonvaleszent.

Re-con-va-lescent. You, too?

Of course. Brookdale will do you a whole lot of good. It'll take us maybe an hour's drive, at most.

Die Fahrt durch den Holland Tunnel nach New Jersey hinüber war trotz der Kürze beengend. Lisa erschrak, als rote Blinklichter an der Tunnelwand anzeigten, dass etwas nicht in Ordnung war. John bremste das ohnehin langsame Tempo herunter. Auf der schmalen erhöhten Schiene an der Tunnelwand näherte sich ein lächerlich schmales Fahrzeug aus Glas, in dem ein Polizist saß. Er hatte seinen Arm herausgestreckt und winkte die Fahrer zum Stehen. John kurbelte das Fenster herunter.

Turn off your engine, sagte der Polizist. There's an accident at the exit of the tunnel.

How long will it take?

No idea, sagte der Polizist und fuhr weiter.

Lisa sagte, so ein Fahrzeug habe sie noch nie gesehen.

This here's called a catwalk car, sagte John.

Sooo sweet, sagte Lisa. Like a cat making itself very thin, putting one foot across the other while it is walking.

Or like a model in a fashion show. They do the catwalk too.

John legte die Hand auf ihr Knie. Die Heizung war jetzt abgestellt. Solange Johns Hände sie wärmten ... aus dem Seitenfach ragten Straßenkarten, sie zog sie heraus. Eine nagelneue Esso-Karte von den Eastern United States, auf der ein offenes, wiesengrünes Cabrio in einer S-Kurve durch eine ebenso grüne Landschaft fuhr, ein paar dunkle Tannenbäume an den Hängen, die zu einem See hinunterführten. Eine andere Karte zeigte eine fröhliche Mutter im schwingenden Rock mit ihrem Töchterlein. Sie marschierten von einem Gebäude weg, Independence Hall, Philadelphia. Pennsylvania. Und eine dritte war von New Jersey, mit Stränden auf dem Umschlag.

Lisa breitete sie auseinander. John zeigte mit dem Finger auf einen grünen Fleck, das sei Brookdale. Daneben sah Lisa den Namen Passaic.

I'm sorry, sagte John. This isn't quite what we intended. Instead of getting out to see impressive displays of nature we're sitting in a concrete tube.

Die linke Fahrspur wurde enger, die Fahrzeuge fädelten sich ergeben in die rechte Spur ein. Als sie aus dem Tunnel hinauskamen, wandte Lisa den Blick ab, um die Unfallstelle nicht sehen zu müssen.

You won't become a famous war photographer, sagte John. Nor will I. I'm not a Robert Capa. First the Spanish Civil war, where his lover Gerda Taro was killed, then the Normandy Landing. Have you ever seen those pictures?

Sie hatte noch nie von diesem Capa und seiner Freundin gehört. Was für eine tragische Geschichte. – Was she a photographer too?

Yes.

Er beschrieb ihr berühmtestes Bild, das eine Partisanin im Profil zeige. Die Frau kniet in Pumps auf einem Bein, zielt mit einer Pistole auf jemanden, den man nicht sieht, ihr dunkles Haar vom Wind zerzaust. Eine perfekte Bildkomposition und kaum zu glauben, dass das tatsächlich eine Kämpferin der Kommunisten sein soll, die man sich nach der Propaganda der spanischen Faschisten als barbarische Weiber vorzustellen hatte.

Eine Weile schwiegen sie. Uninteressante Industriegebäude, Wohnsiedlungen, Sportanlagen zogen neben der Autobahn vorbei.

Lisa wartete darauf, dass sie die Strecke wiedererkennen würde, die bald nach dem Lincoln-Tunnel kommen musste. Abgelenkt durch Suzys Albereien über den Prinzen und ihr Pläneschmieden für die Weihnachtsfeier im Spital hatte sie damals wenig von der Gegend aufgenommen.

Sie erzählte John von Aunt Martha, ihrem Einsatz für die streikenden Textilarbeiter 1929 in Passaic, als sie Brote backte und Geld spendete.

Sounds like a lady with her heart in the right place, sagte John. Do you think she has an FBI file? What is her family name?

I don't know her family name.

Oh my God, Lisa. Lisa. – Er hielt seine Hand zu ihr hinüber. – Give me your hand. No. Flat. No, turn it around. – Er küsste sie auf ihren Handrücken. – Was her husband ever mentioned?

No. Only that he was a hunter. The house is full of trophies.

Lisa fragte ihn, ob er sich bei den Salomoninseln auskenne. Aunt Marthas Ehemann sei ein Marinegeneral gewesen, der die Salomoninseln eingenommen hatte.

Marine *admiral*, verbesserte John sie. – God, I used to know all the Salomon Island admirals by heart.

Und wenn sie, anstatt nach Brookdale zu fahren, Aunt Martha besuchten? Diese mutige, kämpferische Frau, die über sich hinausgewachsen war, aus ihrer behüteten, bürgerlichen Welt? Die über sich hinaus gelebt hatte? Genau das wollte Lisa mit John tun, nicht weniger. Aunt Martha würde das billigen. Sie würde diesen Funken Anarchie erkennen und sie nicht an Betsy verraten.

Sie legte die Hand auf Johns Arm.

Would you mind changing our plans? I'd like to visit the old lady.

But –

I know what you mean. I – need to do this. Then it won't count as adultery.

Sure, darling.

I think we're quite close. Let's have a look at the map. Park District. Maybe if we get there I will recognize something and then –

– just follow your nose, darling.

Eine Schule kam ihr bekannt vor, ein Kino. – Slow down, sagte sie.

Als sie endlich in eine Straße einbogen, die Lisa zu erkennen glaubte, stand ein Rettungswagen vor Aunt Marthas Haus. John parkte auf der anderen Straßenseite und sie stiegen aus. Zwei Rettungsmänner kamen mit einem tragbaren Rollstuhl heraus, in dem zusammengekrümmt Aunt Martha saß. Sie schoben sie in den Wagen. Lisa lief über die Straße.

EPILOG

Hin her. Hin her. Hin her. Hin her.
Ahhhh.
Licht. So viel Licht.
Immer tiefer so viel Licht.
Rauschen.
Große Welle – mit – hinauf.

***

Wo –
Hin her.
Hilfe – hinunter.
Hell – müde.
Hinunter. Hilfe.

Hinunter gehen.
Ich – wer?
Kann mich –
jemand halten.

Wer?
Hin her. Hinauf.
Über das Wasser – über – hinüber.
Über – hinüber.

So so.
Hell – müde – halt.
Hell – so übel.
Alles hell hinunter.
Ahhhhh.

***

Hin her. Hinauf.
Über das Wasser – über – hinüber.
Über – hinüber.

Riesige Wasser – hinüber.
Alles hinüber.
Ich – Hände.
Ich – Arme.
Ahhhh. Arme.
Weiter – Wasser läuft so weit –
drüber – ahhh,
drüber – so schwer.
Schief – hinunter.

***

Wie reden die?

***

Hin her
untergehen.
Wo ist das alles?
Ich liege in einem

fremden Bett.
Hohe Wellen
mit dem Bett.
Hilfe. Bremsen.
Wer –?

Coming.
???
Sh, sh.
Sch. Sch.
I'm coming.
Coming.
???

Ich komme
fliegen … nein.
Der Ozean.
„Die Maa-"
Your Ma, madam?
Nein, nein.
„Die Maa-"
Hin her übers Meer.
Hin her.

Der Sessel … läuft davon.
Achtung!
Hol-land.
Nichts – nichts.

Mir ist – so übel.
Auf dem Meer.
Seekrank.

Alle – am Geländer –
und drüber.

Wind.
Der Sturm schmeißt
mich um.
Kein Boden.
Ich verliere meine Füße.
Langsam!
Stiefel. Oder Stiefel – oder
Stiefel – Boden unter – unter mir.
Wer sagt das?
Wie reden die?

Mir ist – so übel.
Oder schlecht.
Falsch.

Hast du –?
Geträumt.
Nur geträumt – hinunter –
durch-einander.
Ahhhh – von links.

***

Schimmern. Schimmern.
Ahh – mein Kopf.
Das ist mein Kopf. Wirklich.
Der greift sich –
meine Wange.
Meine Lippen.

Soll ich sprechen?

Wo bin ich?
Auf die andere Seite –
da falle ich
ins Meer.
Andere Seite – hinauf –
klettern oder – rutschen.
Abhänge –
– es steigt –
mir ist schlecht – es steigt
das Meer der Hang hinüber –

Ich muss auf die andere
Seite.
Alle – alle Kraft –
nicht rutschen nicht rutschen –
alle Kraft hinauf!
Im Ge- Ge- Berg.

Wo ist das Seil?
Ich werfe
mein Seil zu mir.
Hier bin ich, hier!
Keiner.
An den Händen – das Gewicht.
Das ganze Gewicht.

Es ist ein Fehler.
Hier bin ich – verflucht.
Ver – flucht. Kein Tee.
Wieso bin ich – was habe ich –

Hier sehen wir die Maas-
den Ozean
steigt über meine –
über – hinüber
nicht so viel
da ist es kalt
unterm Wasser kalt.

***

Koffer sind so laut
wo sind
meine Sachen?
Über Bord übers Bett
hinunter.
Wer bin ich?
Warum bin ich hier?
Schimmern – zu viel Licht.
Ahhh – sie schneiden in
den Kopf. Ich will
nichts sehen.

Bevor du nach Fisch riechst –
Die Kabine – das runde Auge …
Der Ozean – welcher Ozean?
Schlägt an das Glas
der Kabine –
Ich habe Angst vor
vor allem.

Ich will nie wieder –
bitte! Lasst mich –

weglaufen
oder – wegschwimmen.
Keine gute Schwimmerin.

Ein Rettungsschiff – heult im Schlaf.
Schlaf vom Schiff und – von Vögeln.
Die Krähen oder – nicht Krähen.
Tauben – nicht Tauben.
Ein fremder Name
von Vögeln –
wie sprechen die?

***

Wie spät ist es überhaupt?
Überhaupt, ja, überhaupt.

Ich bin in Watte. Oder in Wolken.

Bright light, madam.
Otherwise you don't get
enough oxygen.
???
Was redet die?
Die soll anständig – reden.
No oxygen, no life, madam.
???
Was! – ist! – Oxygen?
Sh, sh, it's okay.

Vorhang zu, bitte.
Kein Licht.

Bei Licht kein Schlaf.
Einschlafen.
Wer bin ich?
Sorry, madam.
Vergessen.
It's afternoon.

***

Der letzte Ort
in meinem Leben.
Das ist alles
rundherum New York.

Wo bin ich jetzt?
In einem grünen Haus wegen des Lichts.
Es ist ein Krankenhaus,
nein: ein *hospital.*

Warum bin ich hier?
Seine verdammte Traurigkeit immer
seine Me-lan-cho-lie
Melan-cholie.

★★★

May I help you, madam?
(May I help you madam. Aha.)
You must look in the mirror, madam.
(Mirror.)
Nein.

This is you, madam.
You have just –
Das bin nicht ich.
Ich bin nicht –
eine dicke Frau.
Nicht mein Gesicht.
Meine Frisur. Da
fehlen
viele Haare.

Eins-zwei-drei.
Yes, madam. One-two-three.
Can you sit up?
Aahhh – ich falle
gleich um.
I'm holding you, madam.
(Diese Hände – wie die mich –)
aauu.
Sorry, madam.
(Die kann das nicht. Die soll –
mich halten.
Mein Kopf fällt
hinunter!)
Passen Sie doch auf – mein Kopf!
Der ist schwer!
It's okay, madam. Drink a little.
Tee. Schmeckt
nach nichts.

Good afternoon, Mrs. Shonfield.
Schonfield. Wo ist das.
I'm your doctor.

Professor Brancusi?
I'm not Professor Brancusi.
No?
My name is Kestenbaum.
Kestenbaum??
Joel Kestenbaum, madam.
Professor Kastanienbaum.
Sie sind aber blond.
As you like, Mrs. Shonfield.
Schon-field???
That's what it says on your card.

Can you follow my finger with your eyes?
(Was habe ich getan.
Der alte Lehrer.)
Just follow my finger.
Left. Perfect.
Now right. Perfect.
(Was macht er mit mir.)
(Warum zieht er mir
die Decke weg?)
Halt!

Wo bin ich?
You're in the Passaic General Hospital, madam.
Ohhh.
You've had a car accident.

Passaic.
Passaic.
Warum reden Sie
so mit mir?

Excuse me, madam. Why –?
Sprechen Sie meine Sprache!
I'm sorry, I don't speak German, madam.
Ich bin nicht –
You're not German, Mrs. Shonfield?
Nein!

(Was macht er mit
meinen Beinen?
Warum hat er einen –
einen – Hammer?)
Halt!
Don't worry, madam.
Was ist los?
You've had an accident, Mrs. Shonfield.

(Mein Nachthemd. Nicht meins.
Wie heißt das –
das hat er immer
in der Tasche.
Oder.
Oder um den Hals, Schmuck,
die Hände des Doktors.
Zwei Finger. Dam-dam.)
Could you cough, please?
Kaff.

***

Don't cry, madam.
All will be well.

***

Ein Liebespaar. Ein Liebespaar.
Sie rauchen gemeinsam –
eine Zigarette.
Weißt du – ich rauche jetzt auch.
Darf ich nicht.
Aha.

Wo ist meine Familie,
Herrgott nochmal!
Die haben mich doch nicht –
vor eine Kirchentür
gelegt.
Das wäre noch
schöner.
Er sitzt auf dem Berg
und schaut
hinunter. Jeden Tag das gleiche.

Wie heißen die – meine Familie
in New York?
Auf Schiurlaub –
von der Schitour in die …
Revolution – Russen –
der Sputnik
in der Wohnung – das war schön.
Mit wem war ich da?

Wieso kommt der nicht
aus der Revolution?
Er weiß alles. Lassen sie ihn nicht

herein?

Dieses – Pochen
in meinem Kopf
wird immer –
ist das überhaupt Kopfweh?

***

Madam, didn't you feel it happen?
Wovon redet sie?
Ohh. Das bin ja nicht ich.

***

Ich möchte wissen
wie – entwickelt man
zum Beispiel –
die Asiatische … in New York.
Ich habe ein Badezimmer –
in dem
kann ich meine Grippe
entwickeln.
In Farbe? Nein.
Immer nur in Weiß. Schade.

Die Fotos beim Aufgang zum –
beim Eingang – Schweiß
rann von den Fotos –
auf dem Balken ganz
außen ganz in Manhattan
ganz – ganz nah draußen.

Es ist ein wenig zu kalt
– viel zu kalt
bei meinen Füßen
kalt hell
kalt hell
du hast deine Kamera
nicht mit!

***

Zurück – ich möchte zurück
in die Berge.
Ich atme tief aus und –
in die Berge.

Aber – wer hat mich
hergebracht?
Wo war ich vorher –
um diese Uhrzeit?
Oh mein Gott, wieso sagt mir das
niemand?

Sh-sh, madam.
Take this, madam,
it will help you get sleep at night.
You'll feel much better tomorrow.
Good night, madam.

***

Good morning, dears.
Guten Morgen.

Nein! Nicht im Mund!
Wir messen
in der Achselhöhle.
In Europa.
Don't bite on it, madam.

Sind Sie Dr. Petrosian?
Who? Dr. Petrosian? No, I'm not.
I'm Dr. Kestenbaum. We met yesterday.
Ohhh. Das tut mir leid.
How are you today, Mrs. Shonfield?
Danke der Nachfrage,
es geht mir gut.
Kann mich jemand
nach Hause bringen?
Home? You must stay a few more days.
Just try and rest.

Vorher muss ich frühstücken.
Ohne Frühstück
keine Erholung.
Keinen Tee!
Ich möchte Kaffee bestellen.

***

A friend of the family,
just a few minutes, madam.

Lisa, my god, Lisa.
Wer sind Sie?
Mein Kopf

zerbricht.
Ich kenne Sie.
Sie sind nicht –
etwas fehlt –
Sie sind nicht – wer?
Don't worry, Lisa.
Everything will be okay.
I'll come flying …

Diese Stimme – dieses Gesicht –
ich kenne dich sehr gut –
du warst bei mir –
„I'll come flying"
Yes, dear Lisa, that's it.
Soon you'll come flying …

„Dear Lisa."
Yes, dear.
Und du –?
I'm your dear John.
„Your dear John."
Kannst du mir sagen,
wie oft ich
ein Kind habe?
Kannst du – mir sagen
how-often-you-have-a-kid?
Please, dear John.
You have a little daughter.
Und wie heißt sie?
Was ist ihr Name?
Her name is –
Warte! Ihr Name ist –

meine Tochter heißt –
meine Tochter – ein kleines
Mädchen – das ist – Suzy?
Heißt sie Suzy?

No, dear Lisa. Suzy is not
your daughter. No, don't cry,
please, don't cry.
It's Cathy. Cathy.

You must leave now, sir.
Sh, sh, madam. All's well.
Time for lunch.

Ich habe keinen Hunger.
Chicken soup, madam.
This will make you strong.
Don't cry. Everything will be okay.

***

Endlich. Ich habe schon mit dem
Diensthabenden gesprochen.
Lisa, mein Schatz, meine schlimme
Lisa, was ist dir denn da eingefallen?

(Das ist mein Ehemann.
Das also – ist Julian.)
Julian?
Ja, Liebling. Julian.
Was habe ich im Kopf, Julian?
Du hast ein Schädel-Hirn-Trauma,

aber das wird bald wieder gut sein.
Schädel. Nein.
Das mag ich nicht.
Das ist – ordinär.
Gut, dann ist es eben
ein Kopf-Hirn-Trauma.
Du hast eine Wunde auf der
Seite, wo du auf die Straße
gefallen bist. In diesem Passaic hier.

Wo ist – wo ist – Kathi?
Unsere Tochter?
Verstehst du?
Beruhige dich, Lisa.
Es geht allen gut.
Auch dir wird es bald
wieder gut gehen.
Man wird sehen.
Ich habe nichts
getan.
Natürlich nicht, Lisa.
Du hast überhaupt keine Schuld.
Und meine Eltern
in Europa?
Warum lachst du?

Denen geht es auch gut.
Bald werden wir Fotos von
der Weihnachtsfeier zuhause
bekommen.
Julian? Was ist
mit uns passiert?

Mit uns?
Mit uns – allen.
Das ist zu viel auf einmal, Lisa.

Ich möchte Kaffee aus dem Jazz-
Was meinst du, Schatz?
Schatz!
Aus dem
coffee-house!
Welches Kaffeehaus meinst du?
In New York? Ich weiß nicht,
in welchen Kaffeehäusern du warst.
Wen hast du dort getroffen?
Nicht getroffen.
Der war schon tot.
Wer war schon tot?

Glaubst du mir nicht?
Natürlich glaube ich dir.
Er hat ausgesehen
wie mein Vater.
Wie Papa.
Papa. Und Mama.
Und wer ist noch zuhause?
Muina.
Ach – Lisa. Kathi ist auch zuhause.
Our Cathy.
Was?
Er sagt Cathy. Das gefällt ihr sicher.
Wer sagt Cathy?
Kennst du nicht.
Du musst schlafen, Schatz.

Ich lasse dich ins New York
Hospital verlegen.

***

So this Mr. Lambert
was not her husband?
No. Her husband came later.
But Mr. Lambert came
in the ambulance with her.
Obviously Mr. Lambert only
informed her husband today.
Jee-sus. The poor man.
So Mr. Lambert may
have been her – lover?
Not necessarily so.
I liked the lover better.
He may be an artist,
what do you think?
Good guess. There was something
special about him.

***

Ich will nicht – weg von hier.
Careful, madam –
Wohin bringen mich die?
Just relax, madam.
Wohin?
Soon you'll see your husband,
when you're in his hospital.
Nein! Ich will das nicht!

He'll be close to you
And take care of you.
Wo ist – Tanta Martha?
Aunt Martha?
Wir waren zusammen –
bei dem Unfall.
Vor dem Fenster.
Shh, madam, don't think
of the accident.
Aber wo ist sie?
You know anything about an old
Lady?
The gall bladder?
Gallen- bladder. Ja!
Sie hatte einen – einen
Anfall – oder Unfall.
Einen Gallen-unfall.

***

Willkommen zuhause
in meinem hospital.
Der Chef hat mir sofort
ein Zimmer auf der Neuro
zugesagt.
Zuhause? Wohne ich
hier?
Solange es eben nötig ist.
Danke schön –

Vielleicht kannst du bald
einmal zu dem Christbaum

in der Eingangshalle spazieren.
Ich möchte dann nicht.

***

Just visiting, Lisa.
Do you remember me?
Hm. Ahhhm.
(Rote Locken.
Aus einem Film.
Eine dieser –)
Es tut mir leid,
ich kenne Sie gar nicht.
I'm Nora, Head Nurse Nora.
Was bedeutet das?
Head nurse?
Ich habe eine
Kopfverletzung.
Ein Kopf-Gehirn-Traum.
I know, Lisa, I know.
Your husband will come soon.
And I'll come back, too.

Good morning, Mrs. Shonfield,
my name's Dr. Denning.
I'm your neurologist.
Dr. Denning.
Was wollen
Sie nun tun?
Warum ziehen Sie
Handschuhe an?
Ist Ihnen kalt, Mr. Denning?

Please close your eyes.
(Alles rot.)
Now open them again.
I will shine my tiny light
in your left eye now.
(seine Hand –
Kante? auf meiner Nase.
Ist das mein linkes Auge?)
Right eye now.
(Nicht so lange.
Es reicht mir
schon zu lange.)
Okay, Mrs. Shonfield.
Und? Zufrieden?
Alles in Ordnung, alles okay?
Ahhm – yes, Mrs. Shonfield.

Hat ein bisschen gedauert,
mein Schatz. Ich bin so froh,
dass du jetzt im hospital *bist.*
Hab gerade noch den Neurologen
draußen getroffen.
Denning ist eine Koryphäe.
Er ist sehr zufrieden.
Und du? Bist du auch zufrieden
mit dir?

Ich bin – durcheinander.
Oder auseinander.
Im anderen Krankenhaus –
da war noch jemand.
Du meinst diesen Mr. Lambert?

Wer ist das überhaupt?
John Lambert.
Er ist ein Freund von – egal.
Sie mögen ihn alle sehr.

Er hat mich gestern angerufen,
er sagte, ihr wart miteinander
unterwegs. Weil es dir schon wieder
so gut gegangen war, dachte er,
die frische Luft würde dir guttun.

Ein ganz leichter Tagesausflug.

Wie fürsorglich von dem Mann.
Während ich drei Tage im Dienst bin,
hier. Ich verstehe nicht, warum er
dich nicht gleich ins NY Hospital
bringen hat lassen? Passaic
ist doch zweite Klasse.
Die sind für solche Notfälle nicht
ausgerüstet, haben keine
ordentlichen Neurologen.

Wir wollten Aunt Martha besuchen.
Aunt Martha?
Sie hat im Streik –
für die Kinder Brot
gebacken.
Da sind Kinder verhungert.

In welchem Streik?
Ist sie Kommunistin?

Nein, so etwas wie –
die Gattin eines Admirals.
Schlaf wieder, Lisa.
Es ist alles noch zu viel für dich.

***

„Schlaf wieder, Lisa."
Ich will nicht schlafen.
Ich möchte – John sehen.
Er muss eine Einladung
erhalten.

Erstens: Ich bin
im Krankenhaus.
Zweitens: Ich will John
Lambert sehen.
Genug für heute.
Drittens – genug.
Wenn ich wieder
zuhause bin –
fahre ich mit Cathy
nach Amerika
wer sagt das?
„Wenn ich wieder zuhause bin
fahre ich mit Cathy nach Amerika"

Making plans, Mrs. Shonfield?

Do you have a driver's license?
Sicher. Jede Frau hat
einen Fahr-schein,

Fahrer-schein, wenn Sie
das meinen.
(Wieso fragt er mich das?
Ist er gar kein Arzt,
ist er von der Polizei?)
Wie sind Sie hereingekommen?
„How did I – come in?"
Wohnen Sie hier?
Only when I'm on duty.
Like your husband, Mrs. Shonfield.
Sie lügen.
Der wohnt nicht hier.
Wir haben keine Wohnung.
Please calm down, Mrs. Shonfield.
You're right.
Now, slowly. Stand up please.
Give me your hand.
Yes, Mr. Denning. Sehr gern.

Wo sind meine Knie?
Give me your other hand, too.
Wollen Sie
mit mir tanzen?
Wieso lachen Sie?
Ich war in meiner
Jugend eine
fantastische
Tän-zerin.
Aber mein Mann – my man –
Your husband? Is he a dancer too?
Er ist kein Tän-zer.

Careful. One step, the next step.
Eins-zwei-drei?
(Nicht auf die Zehen steigen.)
(Wohin geht der mit mir?)
One step, the next step.
You will get your sense of balance,
Mrs. Shonfield.

Da steht ein leeres Bett.
Ist da jemand gestorben?
War ich das, Dr. Fleming?
My name is Denning, Mrs. Shonfield.
Nobody has died.

Wo sind meine Kinder?
How many children do you have?
Eins, oder
eher zwei.
Aha. Do you remember
their names?
Cathy oder … Kathi.
And the other one?
Das ist ihre
Schwester.
Sie ist blond wie ein
amerikanisches Wunderkind.

Could you stretch out
your arms, Mrs. Shonfield?
Ich gehe im Schlaf.
Ich gehe im –
Careful, Mrs. Shonfield!

Can you try and turn around?
Nein.
Why not?
Mir wird beim Walzer schlecht.

Tea, Mrs. Shonfield.
Okay, Schwester –
Pardon?
Wie heißen Sie wirklich?
I am Nurse Heather.
When can I bring lunch,
Dr. Denning?
Ich will
nichts essen.
You must eat something,
Mrs. Shonfield. It is
absolutely necessary for
your recovery that you
get strong again.
Aha.

Was steht auf der Speisekarte?
Pardon?
Spei-se-karte?
(Wieso tun die so dumm.
Habt ihr
kein Deutsch
bei uns gelernt?
Ihr seid
ja keine Russen gewesen.)

***

Nur zehn Minuten, Schatz.
Wie war das Mittagessen?
Hühnersuppe. Es hat nach
nichts geschmeckt,
Gott sei Dank.
Und sonst? Erinnerung?
Schmeckt auch nach nichts.

Morgen müsste George
wieder im Büro sein.
Ich werde ihn anrufen.
George.
Stanton. George und Betsy
und die kleine Suzy.
So viele Leute.

Ich glaube, Kathi wird
es in New York
gefallen.
Warum sind wir in New York?
Weil ich –
Weil ich –
Lisa, ich studiere hier
im New York Hospital.
Du studierst in Wien!
Du hast immer!
in Wien studiert!
Wieso jetzt New York?
Nicht so wild, du verschüttest
deinen Tee.
Wer verdammt ist dieser
John Lambert?

Sollte ich etwas wissen?
Du weißt ja nichts. Er ist
der Mann, mit dem ich –
die ganze Zeit lachte.
Wie lange schon hast du
mit dem gelacht?
Von Anfang an.
Und wann war der Anfang?
Bin ich der liebe Gott?
Ich muss wieder auf die Station.
Wo ist deine Station?
War ich schon einmal hier –
in diesem kranken Haus?
Aber natürlich, Lisa. Du warst in
meinem Zimmer oben und wir haben
auf den Hudson hinausgesehen.
Haben wir uns da vertragen?
Ja, mein Schatz. Warum denn nicht?

***

Aber wo ist Kathi – Cathy?
Papa muss sie
zum Schiff bringen.
Maasdam und – *Statendam.*
Die Vereinigten Staaten –
holt endlich meine
Tochter.
John, mach du das! John!

Sh, madam. All's well. Soon
everything will be fine again.

***

Schon dunkel draußen.
Ein Abend – wie keiner.
Stimmen. Julian. Noch jemand.
Hypnosis? Wollen die
mich hypno –
das Murmeln.
Wieso reden sie heimlich?
Breaking their bones in the lab.

Good evening, Mrs. Shonfield.
Do you remember me?
Ich wette, Sie sind Dr. Brancusi.
You're right, Mrs. Shonfield.
I'm Dr. Brancusi.
We last met at the Christmas party.
Are you in pain?
Ich habe keine Schmerzen,
aber große Angst.
What are you so afraid of,
Mrs. Shonfield?

Lisa, was ist denn los?
Wovor hast du solche Angst?
Du bist ganz weiß im Gesicht.
Ich habe alles
gehört. Alle Worte!
Ich bin im Winter-schlaf.

Winter-schlaf, Mrs. Shonfield?
Hibernation? Is that what

you are afraid of? Please calm
down. There's no reason why
you should be afraid of that.
It's got nothing to do with you.

But.

This is her first English word,
Dr. Brancusi.
Kann ich den anderen
Doktor sehen, Julian?
Du meinst Dr. Denning?
Der hatte die Größe.

***

Good morning, Mrs. Shonfield.
Guten Morgen, Dr. Denning.
How was your night?
Danke der Nachfrage.
Ich hatte
einen mittel-
mäßigen Winter.
Winter-schlaf.
Und Sie?
I sleep like a bear.
Did you have any bad dreams?

Schlechte Träume …
zum Beispiel.
Können Sie mir sagen,
wo Aunt Martha ist?

Haben Sie Aunt Martha
beim Frühstück
getroffen?
Who? Aunt Martha?

Sie war kommunistisch,
besser als katholisch,
glaube ich. Sind Sie
selbst auch Kommunist,
Dr. Denning?
Me, a Communist? Why on earth
should I be a Communist?

Then I want coffee,
not tea, NOT tea.
Could you repeat that, please?
Dann möchte ich
Kaffee, nicht Tee.
What you said before.
Ich habe keine Ahnung,
was Sie meinen.

You said: Then I want coffee,
not tea.
Irgendetwas nicht
in Ordnung damit?
Anything – not okay – with it?
Warum schreiben Sie auf,
was ich sage?
Verwenden Sie das –
für mich?

You spoke English, Mrs. Shonfield.
In welchem Sinn?
Perhaps you lost your knowledge
of English after the accident.
Careful, Mrs. Shonfield. Don't
shake your head so vigorously.
Aahhh, ich bin tod-
todmüde.

Let's walk a few steps.
It is a beautiful morning. See?
Aber sind Sie nicht
auch tod-müde?
Vom Nacht-dienst?
Not a bit.
Das wird schon noch kommen.
Die Nach-wirkung.
Die Strafe.
Erzählen Sie etwas –
aus Ihrem jungen Leben.
My young life? What do you mean?

Wie alt sind Sie, Dr. Denning?
Guess.
Das wird meistens –
eine Beleidigung.
Zu alt, zu jung. Okay.
Sie sind –
siebenunddreißig.
Seven and thirty, very good.
I'm thirty-six.
Zeigen Sie mir

einen Ausweis.
Fahr-schein, Pass.
Diploma.

So. I need to change the dressing.
Welche Bekleidung?
Your wound is dressed.
I need to change that.
Sie sind willkommen.
Wir müssen die Schwester holen.
Nurse Heather, yes.

Bow your head a bit down,
Mrs. Shonfield.
Achtung!
Schwester Influenza,
den Tupfer. Ganz nah
zu mir. Damit ich deine
Arme spüre.
What is she talking about,
Dr. Denning?
Das geht Sie nichts an.
Was wissen Sie denn schon.

***

Also, Lisa. Ich habe gestern Abend
mit George gesprochen. Zum Glück
wussten sie schon, was passiert ist.
Sie haben es von einem der
Feinsteinbrüder erfahren.
Danny – Feinstein.

Ich will mir gar nicht vorstellen,
was sie sich gedacht haben,
als sie in das leere Haus
gekommen sind.
Bemühe dich
ein bisschen, Julian.
Offenbar kennen sich die alle,
dieser Lambert und die Stantons
und die zwei Brüder.
Sein Freund hat sich
zu Weihnachten
von ihm – scheiden lassen.
Wessen Freund?
Er hat sehr getrauert.
Von welcher Scheidung redest du, Lisa?
Nicht Scheidung.

Übrigens ist ein Brief
deines Vaters angekommen.
Übrigens?
George hat ihn in die Kanzlei
mitgenommen. Ich werde ihn
nach dem Dienst abholen.
Dann können wir ihn zusammen lesen
und die Fotos von Kathilein ansehen.

***

Warum kommt er nicht?
I'll come flying.
Wer nimmt
mich mit?

Diese Leute hatten keine
Zukunft für sich in
Österreich gesehen.
So kalt auf dem
verdammten Schiff.

Ich habe lange
genug
und NEIN.
Ich akzeptiere keine Strafe.
Kathi auf Johns Schultern.

***

Joe! Joe Petrosian.
Diesmal aber
wirklich?
Du bist nicht gut
mit mir zu sprechen,
oder?
Du hast die Hände auf
meinem Rücken.
Ich erinnere mich an alles.
Lisa, Lisa. How are you?
Keine Versprechen, bitte.
Whatever that means, no.
You could have been dead.
What a shock for all of us.

Schock. Was für ein Schock?
Ein Glück – dass nichts
passiert ist.

Ist nicht dein Fehler.
Sag nichts zu Julian,
pssst.

Look me in the eyes, Lisa.
Are you – playing?
(Seine Finger an meinem
Hand-knöchel. Wie heißt das –
Puls? Im Puls?)
I'm sorry, Lisa. It's just that –

Julian, ich weiß. Julian weiß.
Don't worry. Shall we
walk a few steps?
Give me your hand.
Du warst im Krieg.
Your hand is awfully cold.

Du hättest sterben
können in dem
Krieg.
I had no choice, but you have.
So einfach ist das also.
Have you really lost your English?

In meinem Kopf geht alles –
hin und her.
Hin und her. Einmal
nach vorn,
einmal zurück.
Was für ein
Datum haben wir heute,

was meinst du?
Datum – you mean date?
It's the 29th of December.

Joe. Ich muss
etwas wissen.
Kannst du mir helfen?
I'll do my best, Lisa.
Kannst du nachsehen,
wann Julian
Dienst hat?
Dienst? Duty? Careful!
Don't nod so badly – like
a wild horse, Lisa! Hm.

Bitte, Joe. Einfach
hinter Julians
Rücken, das ist okay.
Behind Julian's back, that's
what it would mean. This
would not be okay, Lisa.
It's a matter of – honour.
Vergiss es,
lieber Joe.

***

Ich wollte dich nicht
aus deinem Nachmittags-
schläfchen wecken, Lisa.
Bist du im Dienst?
Heute nicht mehr. Ich war

schon bei George in der Kanzlei.
Sehr liebe Grüße und gute
Besserung von der ganzen
Familie, besonders von Suzy.
Sie vermisst dich schrecklich.
Suzy könnte kommen, oder?
Du brauchst noch Ruhe, Schatz.
Suzy versteht mich
am besten.

Die Fotos vom Heiligen Abend:
Julian – das ist ja –
die kleine Maus – meine Tochter –
unsere Tochter, Lisa
wie sie stolz –
wie eine Königin –
mit ver- wie sagt man –
verschränkten Armen, meinst du
das?
durch die Tür schreit –
schreitet
lass mir Zeit! Ich weiß das schon –
das Fest ist nur für sie!
Gib mir das andere Foto –
ein Leber-kuchenhaus nein –
Lebkuchenhaus
wie der Schnee
vom Dach tropft –
steht in der Luft –
wie geht das?
Zuckerguss, Lisa, Zuckerguss
Aber da küsst

überhaupt keiner,
mir ist schwindlig Julian
vom
vom – vom –
komm her, das ist doch nicht
zum Weinen, mein Schatz.

Lass mich in Ruhe –
wo sind die Eltern, Julian?
Kannst du mir
das sagen?
Die sind nicht auf dem Bild,
Papa fotografiert Kathi und
Mama steht irgendwo –
die Eltern
des Kindes! Wo
sind die Eltern
des Kindes?
Du meinst die Eltern des
Kindes also – uns?
Wen sonst, verflucht!
Wir sind in New York, das ist
jetzt keine Überraschung.
Warum sind wir
nicht bei
unserer Tochter?
Wie oft denn noch, Lisa,
das ist zum Verrücktwerden,
dieses Theater! Wärest du
zuhause geblieben, dann
stündest du bei unserer
Tochter.

und stelle mir vor,
was du
am Stillen – am Heiligen
Abend in New
York machst.
Ich hätte Dienst gemacht.
Ja. Oder nein. Oder ja.
Wie weiß ich das?

Nurse Heather. Right moment.
Could we have a light sedative?
My wife is a little upset –
from the accident –

I'm not sure, Dr. Shonfield,
I'd have to ask –
Exakt, Nurse Heather.
Mein Mann ist nicht
mein Arzt.
Dr. Denning
ist mein Arzt.

Schämst du dich nicht,
Julian? So ein
Auftritt? Dir wird
immer schlecht
von der Wahrheit!

Bitte, Lisa. Reg dich ab!
Das tut dir nicht gut.
Du bist erst vor ein paar Tagen
aus einem Schädel-Hirn-Trauma

aufgewacht. Das ist kein Spaß.
Das dritte Foto hast du noch gar
nicht gesehen.

Oh mein Gott. So schön.
So schön.
Das viele Lametta
auf dem Baum.
Du magst gar
kein Lametta,
oder, Julian?
Oder?
Weihnachten 1943, stimmt's?
Ohne deine Mutter? In –
sag nichts –
Italien, mit Professor Brancusi.
Ja. Schokoladestückchen.
Mit Fransen. Die mag sie so gern.

Es ist alles noch zu viel für dich.
Du musst zur Ruhe kommen.
Ich schlafe und warte stark.

***

Wo bleibt er denn? I'll come
flying. I'll come flying. Ja.
Beeil dich. Es dauert viel zu
– ewig. Tage eins bis vier.

Du bist weggegangen – und
schon falle ich ins Bett.

Vergiss meine Kamera nicht.
Ich muss Geld ins Haus bringen.

Hin und her immer wieder.
Nach New York – nach Hause.
Nach Hause – nach New York.

***

Lassen Sie mich! Ich finde
allein zum Tisch.
Gemüsesuppe. Durchsichtig.
Drei Karottenscheiben ohne
Namen.
Und diese Teigblasen,
die kenn ich
nicht. Die heißen anders und
sehen anders aus. Ja?

John! Ich habe schon so
ewig auf dich gewartet.
Mmmmm – hm?
How are you, darling?
Es geht mir schon sehr besser.
Sehr besser, I see. Very better.
Oh, darling Lisa. I miss you
so much, our talks, laughing
with you, kiss-kissing you –
mmm
deine Lippen, John
you look gorgeous with your
head-dress

please don't worry
we will find a way.

Oh! Julian!

Schatz. –
Mr. Lambert. Störe ich?
Wieso hast du keine Jacke
über dem Nachthemd?
Wir sind doch zivilisierte
Menschen, oder?

Good evening, Mr. Shonfield.
I wanted to see how Lisa –
Mrs. Shonfield is.
Lisa, sleep well and recover
as fast as you can.
The world is waiting for your
return.
Good night. Good night.
Good night, dear John.

Sprichst du Englisch mit ihm?
„The world is waiting for your
return." So ein Pathos kann
ich leider nicht aufbringen.
Wenn ich daran denke, was
uns da noch bevorsteht …

***

Good morning, Mrs. Shonfield.

May I check your wound?
Was ist los, Dr. Denning?

I need to call Nurse Heather.
Nurse Heather ist
eine sehr gute
Schwester. Sie steht
an meiner Seite.
Could you help me dress
Mrs. Shonfield's wound, please?
There is an infection.

Morning, Nurse Heather.
Gut, Sie zu sehen.

Good to hear, madam.
Soon we will raise a glass
to your recovery.
Now some powder. Perfect.

Now the dressing.
Um diese Zeit esse ich
keinen Salat, Dr. Denning.
No salad? Oh I understand.
Thank you, Nurse Heather.
Good-bye Nurse Heather.

We are making progress
with your English.
We? Sorry, Dr. Denning.
Yes, You and I.
Can Mr. Lambert

visit me?
But only if it doesn't upset you.
Oh no.
Wie sieht es mit der
Asian flu in New York aus?
Are we in danger?
You mean in the hospital here?
I'm not an expert.

Mein Vater – my father
writes – that huge New York
ich sollte nach
Hause kommen.
Back to Austria? Do newspapers
report about the Asian flu in the USA?
Ja, und wie!
I would like to go on with our
German-English conversation,
Mrs. Shonfield.
But I'm afraid I have to leave.
See you, Dr. Denning.

***

Ahhh!
Wollte dich nicht aufwecken.
Sag mir die Wahrheit
über die Asiatische Grippe
Darüber musst du dir keine
Sorgen machen, Lisa.
Irgendwo hat ein Fußballspiel
abgesagt werden müssen.

Wo forschen sie hier –
im vierten Stock?
Oder wo du wohnst?
Lisa. Ein paar Kollegen
testen Impfstoffe, das ist alles.
Und warum sagt
mir das keiner?
Du hast dich
immer nur
lustig gemacht,
wenn Papa mehr
über die Asian flu
wusste als du.

***

Mrs. Shonfield, can we put on
your dressing gown?
We – wir beide?
Let's see if you can go
to the wash basin
and wash your face.
Aber ja, Nurse Heather –
ich tue doch alles für Sie.

This is your tooth brush.
Put some paste on it.
Aaa, daneben. Das ist
sehr oft.
Linke Hand. Klar.
Geht ins Gesicht hinauf!
Verdammt. Hin und her.

Langsam – hinauf. Über
die Wange!
Nurse Heather, can you help
me?
Just try, Mrs. Shonfield.
Maybe your other hand?
So ist es – ein Kinderspiel.
Nurse Heather,
how old are you?
I'm twenty-eight.
Call me Lisa.
Thank you, Mrs. Shonfield.
Lisa! I said Lisa!
Ich möchte duschen.
It's not possible with your
head injury, Mrs. Lisa.
Maybe tomorrow. In the New
Year.
Aha. Das dauert mir
zu lange. Ein ganzes Jahr.

Oh, Dr. Denning. Mrs. Shonfield
wants to take a shower but I
told her –

It's okay, Nurse Heather.
So you want to have an
adventure, Mrs. Shonfield?
Advent – ist schon
wieder Advent, Dr. Denning?

Let's check your wound.

I'm glad the infection
has not spread.
Good girl, oder, Dr. Denning?
Is this sugar you're
putting on my head?
No, Mrs. Shonfield.
Ich möchte zum
Friseur gehen.
Free-sir?
Hair-dresser.
You're dressing
my wound. Why not my hair?

Your English is such a mystery
to me.
Ich muss mein Englisch
wiederfinden.
Ich möchte hier –
erwachsen sein.
I need to check your pupils.
Don't shoot at me!
Just open your eyes wide –

***

Hello, Nurse Heather.
Ich habe Hunger nein –
Aperitit auf
chicken soup? Thank you,
Nurse Heather.
Erdäpfel-püree und Karotten.
Carrots. Christmas Carrots.

You are very funny, Mrs. Shon-
Lisa!
Lisa. Very funny.

Can I have another
piece of this
cake – blasser Kuchen.
It's lemon cake, Lisa.

***

Der Geruch von Kaffee –
wann war das
John (mein lover!)
wann holst du mich hier ab?

Come in – come flying!
Ach, du bist es, Nora!
You look so much better
than last time, dear Lisa.
Let's try and walk a little,
Dr. Denning allowed it.
Ah, du hast
ihn getroffen?
Erzähl mir etwas
von Julians –
diese blöden Ärmel
Careful, Lisa, now your slippers,
perfect. You need training
for your muscles.

Where are we, Nora?

Sixteenth floor.
Can we look out, please?
I want to see –
the bridge Brooklyn
Bridge von links
I'm not sure you can see
Brooklyn Bridge from here.

Let's go out. Ich will ein
Fenster finden, Nora, please.
Mein Gefühl ist, ich liege
allein im Krankenhaus.
Wo sind die anderen?
Die eigentlichen
Patienten?
Slowly, Lisa.
Slow-lee slow-lee, little
monk-lee.
Exactly, Lisa. You have all
the time of the world.
You mustn't rush things.
Rasch! Ja, es muss alles
rasch gehen, so rasch
wie möglich!

***

How's your head, my Lisa?
My darling Lisa?
Darfst du das – my Lisa
sagen, wie
sag noch etwas

are you feeling better?
Yes, dear John, I think I am
fee-ling bet-ter.
Fee-ling bet-ter.

Don't try to remember
if it is too much stress for you.
We don't need the past.
I don't – quite under-
stand that.
It's okay, darling.
Tell me – erzähl mir
etwas aus unseren Tagen
days and days.
We once walked over the
Brooklyn Bridge.
We once walked
over the Brooklyn Bridge.
Over the Brooklyn Bridge.
Ah, deine süße Hand, John.

Die Bridge – da muss
die Richtung passen
damit die Skyline – uns
sieht. Yes? – No?
You're right, darling.
You must start in Brooklyn
and go over the bridge to
Manhattan. Give me a kiss.

Nur einen halben
damit es keiner sieht.

Half a kiss –
halb Deutsch – halb Englisch

Do you have any idea -
irgendeine Idee –
how long you will be here,
Lisa?
Bis Juni.
Not in the hospital –
bis Juni neunzehn –
neunzehn nächstes Jahr.

Nineteen next year –
that's tomorrow, Lisa.
Today is the last day
of nineteen –
neunzehn –
fifty-seven.
Fünfzig-sieben.
Neunzehn-fünfzig-sieben,
Da stimmt etwas nicht.
The last day?
Yes, the day
before the New Year.
We call it Silvester, John.
Say that again, please.
We call it Silvester, John.

Why? Who is Sylvester?
Mach dir keine Sorgen.
Er ist mir ganz egal.
And then?

Then it will be 1958, darling.
This will be OUR year.
You think we'll find a safe –
haven! Not heaven!

HOLLITZER

www.hollitzer.at